Kein anderer Autor schreibt so ungeschönt und ohne Nostalgie vom Überlebenskampf im heutigen Kuba wie Ángel Santiesteban. Schlägertrupps, Kinderprostitution und streunende Hunde, die sich über die Knochen der Toten hermachen – Santiesteban entwirft Szenen und Bilder, die erschüttern und aufrütteln. Gleichzeitig bewahrt er sich die Zwischentöne, den liebevollen Blick auf den Menschen und den Glauben an die Literatur. Diese Storys zeichnen »das Gegenbild der falschen Havanna-Romantik mit ihrer Revolutionsnostalgie«. (Paul Ingendaay)

Ángel Santiesteban, geboren 1966 in Havanna, ist mit allen wichtigen Literaturpreisen seines Landes ausgezeichnet worden. Nachdem er einen regimekritischen Blog zu schreiben begann, wurde er zu einer Haftstrafe verurteilt und auf internationalen Druck wieder freigelassen. Im Juli 2021 nahm er an den Protesten gegen die Regierungspolitik teil und steht seitdem unter Beobachtung. Santiestebans Texte werden in Kuba seit vielen Jahren nicht mehr publiziert. Zuletzt ist auf Deutsch sein Erzählungsband »Wölfe in der Nacht« (2017) erschienen. 2020 wurde er mit dem »Disturbing the Peace Award« ausgezeichnet.

Thomas Brovot übersetzt aus dem Spanischen und Französischen (u. a. Juan Goytisolo, Federico García Lorca, Mario Vargas Llosa, Severo Sarduy, Jean-Baptiste Andrea) und lebt in Berlin. Seine Arbeit wurde ausgezeichnet mit dem Übersetzerpreis der Spanischen Botschaft, dem Helmut-M.-Braem-Übersetzerpreis und dem Paul-Celan-Preis.

Weitere Informationen finden Sie auf www.fischerverlage.de

Ángel Santiesteban

Stadt aus Sand

13 Storys aus Kuba

Aus dem Spanischen von Thomas Brovot
Mit einem Nachwort von Paul Ingendaay

FISCHER
TASCHENBUCH

Erschienen bei FISCHER Taschenbuch
Frankfurt am Main, September 2024

Taschenbuchausgabe mit freundlicher Genehmigung der Büchergilde
Gutenberg, Frankfurt am Main, Wien und Zürich

Satz: Dörlemann Satz, Lemförde
Druck und Bindung: GGP Media GmbH, Pößneck
ISBN 978-3-596-71005-8

Inhalt

Stadt aus Sand

In memoriam Carlos Victoria
– seine Erzählung

Wo bleiben diese Mädchen nur? Ich kann es ihnen noch so oft erklären, sie hören einfach nicht zu. Nicht dass ihnen einfällt, erst nach Tagesanbruch zu erscheinen. Emelina war eingeschlafen, aber als sie aufwacht und sieht, dass es schon dämmert, wird sie nervös und läuft zum Fenster. Jeden Moment können die Nachbarn aufwachen, dann kommen sie ihr auf die Schliche. Der alte Manolo zum Beispiel, allzeit auf seinem Posten am Balkongeländer, der sagt es garantiert dem Polizeichef des Viertels, und ein paar Stunden später stehen sie mit einem Durchsuchungsbefehl vor der Tür. Ihr Mann macht Licht, sie schaltet es sofort wieder aus.

»Das ist zu hell, die Leute können mich durch die Fensterläden sehen. Schlaf weiter, Schatz, ich passe auf.«

Leise huscht sie wieder zum Fenster und schaut in alle Richtungen. Mein Gott, hilf mir!, und ein Blick auf die Kerze für die Heilige Jungfrau, jetzt nur nicht ausgehen. Ach was, wenn sie sich danebenbenehmen, wenn sie sich nicht am Riemen reißen, werfe ich sie raus und sage meinem Sohn, er soll auf dem Land andere besorgen, als gäbe es nicht Mädchen genug, die auf den Straßen von Havanna arbeiten wollen. Gesagt habe ich es ihm, die letzten, die du mir gebracht hast, gefallen mir nicht, durchtriebene Luder sind das, die Augen immer dort, wo sie nichts zu suchen haben. Und dann erwische ich sie, wie sie meinen Mann um einen Gefallen bitten, ich mag diese Vertraulichkeiten nicht, er ist nun mal ein Mann und muss seine Rolle spielen. Sollen sie vor die Hunde gehen, mir doch egal, dann war's das eben, Respekt will ich, sie werden nicht die Ersten und nicht die Letzten sein, die ich zum Bahnhof schicke oder zu einer Totenhalle, sollen sie dort schlafen, und dann bloß nicht angeheult kommen, ich habe kein weiches Herz. Das ist mein Eigentum, Finger weg ... Meinem Sohn wäre ein Geschäft mit Männern ja lieber, aber mein Mann ist dagegen, was soll das heißen, das Haus voller Schwuchteln, einer reicht. Und der Sohn antwortet nicht mal, verschwindet nur für ein paar Tage, bis der Hunger ihn wieder nach Hause treibt.

An der Ecke tauchen zwei Gestalten auf. Na endlich! Und erleichtert streicht sie sich über ihre immer noch festen Brüste, die Augen ein Schimmern in der Dunkelheit. Sie geht zur Tür, öffnet sie behutsam, betet, dass weder der Riegel noch die Scharniere quietschen. Beeilung, jetzt kommt schon rein. Wo sind die anderen drei, diese Bauerntrampel? Die beiden zucken die Achseln, sie dachten, die wären längst da, sind mit Typen losgezogen, die sie nicht kannten. Emelina sagt, sie sollen leiser sprechen, oder wollt ihr, dass man mich verhaftet? Jetzt bezahlt mich, wenn ich bitten darf, und dann ab aufs Zimmer, aber ohne Krach. Die beiden ziehen jeweils zehn Dollar hervor, Emelina nimmt sie mit säuerlicher Miene entgegen, nur das?

»Schlechte Zeiten, Señora, das wissen Sie doch, überall laufen Polizisten rum. Eine Verwarnung haben wir schon, das nächste Mal stecken sie uns ins Gefängnis.«

»Zum Glück haben sich ein paar mit uns angefreundet und drücken ein Auge zu. Wir müssen nur ein bisschen lieb zu ihnen sein oder etwas Geld geben für ihre Familien. Außerdem kommen wir aus derselben Gegend.«

Emelina sagt, das ist ihr egal, das ist euer Problem, für mich zählt nur Bares, sonst müsst ihr eben zurück, wo ihr herkommt, oder ihr sucht euch eine andere Bleibe, ich bin doch nicht die Wohlfahrt, als würde ich das Risiko für nichts eingehen, das überlebe ich nicht, wenn die mich mit Illegalen erwischen, mit Minderjährigen, die werfen mich ins Gefängnis und lassen mich dort verrotten. Und während sie spricht, fasst sie ihnen an die Brüste und durchsucht sie nach einem versteckten Geldschein, findet aber nichts. Sie öffnet die Handtaschen und zieht aus einer ein Schinken-Käse-Sandwich und eine Limo hervor, aus der anderen ein Bier und eine Pizza, hier wird nichts gegessen oder getrunken, was nicht von mir ist. Außerdem, während ihr euch draußen rumtreibt und euch ein schönes Leben macht, schlage ich mir die Nacht um die Ohren und warte auf euch, und dann stehe ich den ganzen Tag in der Küche und zerbreche mir den Kopf, wie ich euch was auf den Teller zaubern kann, und so dankt ihr es mir, nicht mal ein kleines Geschenk, das habe ich davon, dass ich so gut zu euch bin. Emelina ist erst still, als es an der Tür klopft.

Sie schickt sie aufs Zimmer, lasst euch nicht blicken, und steckt das Geld zwischen ihre Brüste voller Knutschflecken, dann bekreuzigt sie sich und öffnet die Tür. Es sind die drei

Mädchen, die noch fehlen, sie zieht sie an den Armen herein. Was habt ihr euch dabei gedacht, wollt ihr, dass ich einen Herzinfarkt kriege? Habe ich euch nicht gesagt, ihr sollt kommen, solange es noch dunkel ist? Worauf sie die Hand nach dem Geld ausstreckt, eine gibt fünfundzwanzig Dollar, die zweite zwanzig und die Letzte dreißig. Mit einem Nicken gibt sie zu verstehen, dass das nicht schlecht ist, und scheucht sie ebenfalls nach hinten durch. Sie folgt ihnen, zählt das Geld.

Als die drei ins Zimmer treten, stehen die anderen beiden hinter der Tür. Sofort hören sie, wie Emelina draußen das Vorhängeschloss anbringt, um sicherzugehen, dass sie nicht im Haus herumspazieren und jemand sie durch die Fenster sehen kann. Die Mädchen begrüßen sich mit einem Küsschen und lassen die Handtaschen auf ihre Betten fallen, sie nehmen das ganze Zimmer ein. Das Fenster, von außen verrammelt mit einem großen Brett und ohne die kleinste Ritze, durch die ein Lichtstrahl fallen könnte, zwingt sie zu einem Leben in ständiger Dunkelheit, oder sie müssen sich mit dem bisschen Licht einer von der Decke baumelnden Glühbirne begnügen. Eine einzige Ecke des Zimmers ist nicht zugestellt, sie dient ihnen als Bad. Zwei Eimer stehen dort, einer leer, der andere mit Wasser. Sie stellen sich an, um sich zu waschen, nur eins der Mädchen bleibt auf dem Bett sitzen und legt das Gesicht in die Hände:

»Ich dachte, diesmal hätte ich es geschafft, ich konnte ihn fast sehen – aber gesehen habe ich nur den matten Schimmer des Horizonts«, und sie nimmt die tränenfeuchten Hände herunter, holt ein Heft hervor und schreibt mit zittriger Hand: *Ich konnte ihn fast sehen, aber gesehen habe ich nur den matten*

Schimmer des Horiz..., doch vor lauter Schluchzen kann sie nicht zu Ende schreiben, und noch einmal sagt sie, dass sie ihn fast sehen konnte, fast berühren: »Diesmal wirklich, dachte ich, aber ich hatte Angst, dass die Hexe mich nicht wieder in dieses Loch hier lässt und ich zurück in meine Provinz muss, ins Elend, dass ich meiner Familie nicht helfen kann, deshalb bin ich hergekommen, bevor es so weit war.«

»Das tut dir nur weh, Rita. Du weißt genau, dass du die Wirklichkeit nicht ändern kannst, egal wie viel du weinst oder leidest. Ruh dich aus und sag dir, dass du keine Wahl hast, bald hast du dich damit abgefunden.«

»Ich bin nun mal am längsten hier, und ich gebe alles, um mich daran zu gewöhnen. Aber so viele Monate sind schon vergangen, und ich habe das Gefühl, dass ich es einfach nicht schaffe. Ich kann so nicht weiterleben. Nicht ohne den Morgen zu sehen, das Tageslicht. Schaut euch meine Haut an, die ist krank, die Adern schimmern schon durch, manchmal sind sie blau oder grün, vielleicht verliert mein Körper bald all seine Farbe. Nein, ich will so nicht leben, ich weigere mich. Auch das Licht dieser Glühbirne ertrage ich nicht, es macht mich ganz gelb, und die Lichter der Straßenlaternen verbrennen mich, die Lichter der Autos, die Taschenlampen der Polizei. Ich habe die Nase voll von dem künstlichen Licht.«

Die anderen Mädchen hören nicht länger zu, sie wollen nicht traurig sein, haben es schon bei anderen gesehen, aber das macht die Situation nur schlimmer, denn Emelina besorgt ihnen gleich eine Rückfahrkarte in die Provinz, also beachten sie Rita nicht weiter. Sie wenden sich ab, entfernen sich so weit wie möglich von ihr, und der Wind fegt den erstickenden Dunst aus dem Zimmer, bläst ihnen die Hüte vom Kopf, zaust ihre Frisuren, die einen halten ihre Sonnenschirme fest, andere verschämt ihre Kleider. Vor ihren Augen verwandelt sich das Zimmer, es ist jetzt eine Landschaft mit Bergen und Bäumen und Vogelgezwitscher und einem rauschenden Fluss, und fröhlich laufen sie los, die Arme ausgebreitet, als wollten sie die Sonne einfangen.

»Wie geht es Ihnen, Señorita Dianelys?«, fragt Beatriz, die darauf wartet, dass sie am Wascheimer an die Reihe kommt, »ist das nicht ein wundervoller Morgen? Und die Bäume, so grün, dabei wird es gerade erst Frühling.«

»Gut geht's, meine liebe Nachbarin, an einem solchen Tag gehe ich gern mit der Palette aufs Land und lasse meine Hand den Pinsel über die Leinwand streichen, ohne jede Logik, und dann setze ich mich und schaue mir die Striche an und denke mir Figuren aus ... Wie war die Nacht?«

»Hervorragend, würde ich sagen. Heute werden im Garten die Bäume beschnitten, ich hoffe, Sie nehmen nachher eine Einladung zum Tee auf der Terrasse an.«

»Mit Vergnügen, meine liebe Freundin«, antwortet Beatriz, sie zieht ihren Slip aus und beugt sich über den leeren Eimer, damit das Seifenwasser hineintropfen kann.

»Wenn Sie Ihr Sonnenbad genossen haben«, sagt Dolores zu Beatriz, »kommen Sie doch bitte bei mir vorbei, dann zeige ich Ihnen das Kleid, das ich mir zuletzt gekauft habe, für die Hochzeit.«

»Aber sicher doch, Dolores, bin gleich bei Ihnen«, sagt Beatriz und seift sich ein.

Die anderen Mädchen ziehen sich aus, hängen ihre Sachen

auf Bügel und dann an eine von Wand zu Wand gespannte Schnur. Der schwierigste Moment kommt, wenn sie sich die Schuhe ausziehen, und es kostet sie einige Mühe, die Dinger von der Haut abzulösen oder das Material aus den Rissen zu pulen, in die es sich hineingefressen hat. Sobald sie es geschafft haben, stöhnen sie auf, der Schmerz ist jetzt umso heftiger, ihre Füße sind tiefviolett und geschwollen.

Beatriz ist fertig mit Waschen und tritt ans Ende eines Bettes:

»Dolores, da bin ich, jetzt kann ich Ihr schönes Kleid bewundern. Ich bin sicher, mit Ihrem Geschmack könnte es niemand aufnehmen.«

»Hereinspaziert«, sagt die Besitzerin des Bettes, öffnet eine imaginäre Tür und bittet sie elegant hindurch: »Fühlen Sie sich wie zu Hause, am besten setzen wir uns ins Wohnzimmer, da weht ein frisches Lüftchen, nehmen Sie doch auf dem Sofa Platz, die Polster sind so bequem!« Sie setzen sich auf eine Ecke des Bettes.

Die anderen folgen der Szene, als wären sie im Theater. Die Gastgeberin nimmt ein langes Kleid, streicht darüber, ihre Hände fahren durch die Luft, und die andere staunt und befühlt es ebenfalls:

»Wie schön, meine liebe Freundin!«

»Ich habe es für das Fest nach der Hochzeit ausgesucht. Im Hotelzimmer will ich es mir so langsam ausziehen, dass es ihn zur Verzweiflung bringt und er an keine andere Frau mehr denkt.«

»Von meinen Freundinnen bist du die glücklichste.«

»Ja, ich kann mich wirklich nicht beklagen.«

»Warum besuchen wir nicht Mileidys?«

»Ah, ja, großartige Idee.«

Und während sie zu dem anderen Bett gehen, hören sie ein Stöhnen, das ist Emelina, die mit ihrem Mann rummacht, er soll sie schlagen, ja, so, schlag zu, fester, verdammt noch mal, ja, genau, so mag ich es, au, tut das weh, mach's mir noch mal!

»Meine liebe Freundin, wir sind's, deine Nachbarinnen.« Mileidys tut überrascht und zeigt sich an einem Fenster ihres Hauses. »Damit hätte ich nicht gerechnet!« Mit einer Handbewegung öffnet sie die Tür, sie umarmen sich, Mileidys bittet sie herein. »Am besten setzen wir uns auf die Terrasse, da können wir den Duft der Lilien atmen, die Panchito für mich gesät hat, der Gärtner.« Sie machen es sich auf dem anderen Bett bequem.

»Vor diesen Lilien könnte ich den Rest meines Lebens verbringen.« Dolores atmet tief ein.

»Ja, ich habe Glück gehabt mit meinem Gärtner, der hat ein echtes Händchen. Ich kann mich wirklich über nichts beklagen in diesem Leben. Vor allem, weil ich einen Mann habe, der mich liebt und bald kommt, um mich zu heiraten und aufzunehmen in den Schoß seiner Familie, wir werden Kinder haben, später gehen sie auf die Universität.«

Rita hält sich abseits, wirft immer wieder einen Blick auf das Fenster, als ahnte sie, dass dort etwas Unerwartetes geschieht. Sie geht näher heran, betrachtet die Ränder, drückt ihr Gesicht gegen das Brett, um wenigstens die Wärme der Sonne zu spüren, die durchs Holz dringt. Sie sagt, sie würden ihre Sehkraft verlieren, bei so viel Dunkelheit sind wir am Ende blind. Aber die anderen machen weiter, als hätten sie nichts gehört.

Emelina nimmt das Vorhängeschloss ab, das Geräusch kommt so plötzlich, dass sie erschrocken zur Tür blicken. Ohne ein Wort stellt sie ihnen eine Schüssel Spaghetti hin, ein paar Teller, Gläser, Plastikbesteck und eine Kanne Wasser. In dem Licht, das durch die Tür hereinfällt, können sie die blauen Flecken auf ihren Armen sehen, den Bluterguss am Auge. Ihr kräftiger, früher sicher einmal schöner Körper verströmt einen säuerlichen Geruch von Schweiß. Dann geht sie wieder, schließt die Tür und bringt erneut das Schloss an, in ihren Ohren klingt es wie ein Hammerschlag.

»Wir sollten es riskieren und nicht im Dunkeln zurückkommen in dieses Loch, sollten einen ganzen Tag draußen bleiben, herumwandern, an den Strand gehen, laufen, die Stadt kennenlernen. Einen ganzen Tag nur Ausflug, und am Ende sind wir müde und glücklich. Stimmt's, Mileidys?«

»Rita, du weißt ja nicht, was du sagst. Kannst du dir nicht vorstellen, dass die Betten dann längst wieder belegt sind, dass wir mit einem Schlag nicht mehr wissen, wo wir hinsollen? Nein, ich zumindest will mit diesem Gedanken nicht einmal spielen.«

»Ihr werdet niemals frei sein, niemals. Ist euch nicht klar, dass wir Sklavinnen sind?«

»Moderne Sklavinnen«, sagt Dolores. »Immerhin verdienen wir Geld und können es unserer Familie schicken. Als hättest du nie daran gedacht, dass es anderen schlechter geht als uns!«

»Ich weiß nicht, ob ich jemals daran gedacht habe. Ich weiß nicht mal, ob ich überhaupt daran denken will. Wisst ihr nicht mehr, wie viele morgens zurückgekommen sind, und ihre Koffer standen vor der Tür? Die Alte lässt ihnen nur die Sachen, mit denen sie hergekommen sind, und klaut ihnen das Geld. Dann wirft sie sie raus, und ihr Sohn, dieser Drecksack, bringt sie zum Bahnhof. Habt ihr nicht seine angewiderten Blicke bemerkt? Wenn es nach ihm ginge, gäbe es nur Männer auf der Erde. Außerdem gibt ihm seine Mutter kaum etwas ab von dem Gewinn, das ganze Geld ist für ihren Mann, damit er sich besaufen kann.« Sie macht eine Pause und schaut die anderen reihum an: »So können wir nicht weitermachen, wir dürfen nicht zulassen, dass sie uns ausbeutet.«

»Mensch, Rita, jetzt bist du schon eine Revolutionärin, die die Rechte der Prostituierten verteidigt! Oder eine Oberfeministin?«

»Ihr wollt einfach nicht verstehen, was das ist, dieses Gefühl von Freiheit! Ihr werdet euch noch wundern, das sage ich euch. Deshalb will ich vorbereitet sein, ich würde es nicht ertragen, in die Provinz zurückzugehen, und alles ist wie vorher. Zurück geht es für mich nur als Siegerin, bloß keine Demütigung, kein Spott der Nachbarn«, und dabei streicht sie über die Flasche, die sie griffbereit versteckt hält, damit es erst gar nicht so weit kommt. »Nein, glaubt mir, zurück gehe ich nur verheiratet und mit Geld in der Tasche.«

Die anderen beachten sie nicht länger, hören diesem Unsinn nicht weiter zu. Und genauso ignorieren sie das Mittagessen.

»Die Schönheit der Lilien und ihr Duft wiegen mich in den Schlaf, meine liebe Freundin Mileidys.«

»Kein Wunder, meine liebe Freundin Beatriz.«

»Dann sehen wir uns auf der Hochzeit.«

Sie nicken, geben einander einen Kuss, gehen zurück zu ihren Betten.

Als sie das Geräusch am Fenster hören, richten sich alle Blicke auf die Ecke des Brettes, das sich nun bewegt. Rita geht fröhlich hin, mit dem Lächeln eines arglosen kleinen Mädchens, wie sie es seit Wochen von ihr nicht kennen.

»Gleich sehe ich den hellen Tag«, sagt sie.

Das Brett ruckelt weiter, rutscht an der Ecke ein Stück hoch, und plötzlich fällt ein Lichtstrahl herein. Rita ruft, sie sollen die Glühbirne ausmachen. Sie hebt die Hände, spielt mit dem Licht und bewegt sich auf eine Weise, dass es ihr über den Körper streicht. Dann schaut sie hinaus und versucht den Lichtstrahl mit den Händen einzufangen, folgt dem Schatten ihrer Hände auf dem Boden, wedelt hin und her, lacht, bis die Stimme von Emelinas Mann zu hören ist, der fragt, ob es so reicht. Die Mädchen erschrecken, denn wenn die Frau es mitbekommt, das wissen sie, werden sie bezahlen müssen für diese Dreistigkeit. Der Mann klopft leise ans Holz und fragt, ob sie einverstanden ist, ob sie bereit ist und die Abmachung gilt. Aber Rita antwortet nicht, schaut nur flehentlich zu den anderen, möchte, dass sie ihr helfen. Wenn du mich reinlegst, sage ich meiner Frau, sie soll dich zurück in die Provinz schicken. Rita bleibt weiter stumm, ihre Hände zittern. Solange du hier im Haus bist, wirst du nie wieder das Licht sehen, das schwöre ich dir, sagt er und schweigt. Nein, nur das nicht, sagt Rita und klopft ebenfalls leise mit den Fingerknöcheln an das Brett. Ich habe so getan, als würde ich den Saft der Alten geben, dann konnte ich ihn für dich aufsparen, und schon rückt er näher an den Spalt heran, wieder wird es dunkel, auch Rita beugt sich vor, drückt ihren Mund daran, nimmt sein hartes Fleisch auf, es pocht an ihrer Zunge. Er stößt jetzt wie verzweifelt, beiß mich, tu mir weh, und nach ein paar Minuten, die endlos scheinen, hören sie sein Keuchen und sehen das Sperma, das Rita über die Lippen rinnt. Danach schiebt er das Brett wieder runter und kehrt zurück in die Stille, in die Dunkelheit. Irgendwer schaltet die Glühbirne ein. Und auch wenn Rita sich über den Mund wischt und immer wieder ausspuckt, kann ihre Miene die Befriedigung nicht verhehlen.

»Habt ihr gesehen? Das Licht war echt!«

»Ich glaube nicht, dass sich das für so wenig lohnt«, sagt Dianelys. »Außer der Mann gefällt dir.«

»Sei du erst mal so viele Monate hier wie ich, dann kannst du mir sagen, was sich lohnt und was nicht. Selbst Dinge, die dich nie interessiert haben, erhalten eine besondere Bedeutung.« Sie fährt sich mit der Hand übers Gesicht, wischt die Tränen ab.

»Was ist aus der Frauenrechtlerin geworden? Oder bist du jetzt Öko?«

»Haben wir es nicht oft genug umsonst gemacht? Und dann machen sie sich lustig über uns, weigern sich, uns zu bezahlen, und ein paar Schläge gibt es noch dazu.«

»Wenn die Alte rauskriegt, dass du es dem Schnösel besorgst, werden die Gerechten für die Sünderinnen zahlen.«

»Alles Leben, das noch vor uns liegt, würde eine Minute Sonnenlicht nicht aufwiegen. Es ist das einzig Makellose und Reine.«

»Das war das letzte Mal, wir verbieten es dir. Das ist nicht fair, wenn wir wegen dir bestraft werden.«

»Lasst mich nicht im Dunkeln, nicht sterben wie ein Verräter, ich bin ein gutes Mädchen, und wie ein gutes Mädchen sterbe ich mit dem Gesicht zur Sonne.«

Die anderen kräuseln die Lippen. Sie ertragen Rita nicht länger und wenden sich ab. Ein paar Minuten schweigen sie, die Augen geschlossen, während die Dunkelheit sanfter wird. Sie schlagen die Augen auf. Das Bett, auf das sie sich setzen, ist jetzt ein bequemes Sofa, die Zimmerdecke löst sich auf, und das strahlende Blau des Himmels legt sich wie ein luftiger Schleier über sie.

»Um wie viel Uhr ist die Hochzeit?«, fragt Mileidys.

»Um fünf«, sagt Beatriz. »Um diese Uhrzeit heiraten wir alle. Das wird die schönste gemeinsame Hochzeit, die es je gegeben hat.«

Und die Vorbereitungen beginnen. Ist das Bier gekühlt? Ist der Kuchen schon da? Der Wagen fährt los, und als er vor der Kirche hält und die Türen aufgehen, schauen sie überrascht in die Blitzlichter. Jetzt stehen sie eine hinter der anderen und warten auf den Arm, der sie für immer aus dem Elend herausholt. Als Erste empfängt Dolores ihren Bräutigam, sie umarmt ihn liebevoll und küsst ihn auf die Wange, und alle ziehen los und treten durch das Eingangsportal in die Kirche, ihre weißen Kleider mit langer Schleppe schleifen über den Teppich, der bis zum Hauptaltar reicht, immer wieder fällt ihr Blick auf die Bilder der Heiligen, von ihren Nischen aus begleiten sie diesen denkwürdigen Tag. Die Orgel stimmt den Hochzeitsmarsch an, und auf ihrem Weg streuen Kinder Blütenblätter. Ihre Tränen benetzen die Schleier, sie fürchten, die Augenschminke könnte verlaufen, aber unmöglich können sie die Tränen unterdrücken, so gerührt sind sie. Die Bräutigame im Frack, ein einziges Strahlen. Dianelys schaut zu ihren Eltern, die in der ersten Reihe sitzen, die Mutter wischt sich mit der Spitze ihres Taschentuchs über die Ränder der Augen, der Vater seufzt tief. Die Gäste zeigen ein ergriffenes Lächeln. Beatriz entdeckt unter ihnen den Freund, den sie im Dorf mit dem Versprechen zurückgelassen hat, ihn nachzuholen, sobald sie sich finanziell besserstehe, und reagiert mit einem Achselzucken – so ist das Leben, denkt sie, Sicherheit und ein Leben in Würde können wir uns nicht bieten. Er hält es nicht aus und verlässt die Kirche. Das Ave-Maria setzt ein, und ein Chor von Engeln in Weiß lässt seinen Gesang wie Manna vom Himmel herabschweben. Rita verteilt auf ihrem Weg Fotos von sich und ihrem Verlobten, signiert mit ihren Gedichten. Sie schaut hinüber zu dem Bild der heiligen Teresa, Schutzpatronin der Schriftsteller, und wirft ihr einen Kuss zu. Mileidys verteilt Knospen, die sie aus einem großen, an die Brust gedrückten Rosenstrauß zupft. Der Bischof hat es sich nicht nehmen lassen, die Zeremonie persönlich zu vollziehen, und an der Seite ist sogar der Kardinal. Alle knien nieder und bekreuzigen sich vor dem großen, von der Decke hängenden Kruzifix. Nachdem der Bischof die Gelöbnisse gesprochen hat, die sie mit diesem Schritt vor Gott und der Gesellschaft ablegen, fordert er die Brautleute auf, die Ringe zu tauschen, und verkündet, dass sie nun durch die Gnade des Herrn Mann und Frau sind. Die Angehörigen der Frauen stehen auf, umarmen und beglückwünschen sie. Der Chor singt das Halleluja, und sie schauen einander an und sind so gerührt, dass sie es kaum aushalten.

Jetzt sind sie am Flughafen und verabschieden sich, versprechen, einander zu schreiben, schwören, dass sie sich jedes Jahr in der Ferienzeit treffen: reihum in einem ihrer Länder. Und nach und nach heben die Flugzeuge ab. Rita schmeißt die Flasche weg, die ein Verehrer ihr geschenkt hat, bevor sie das Dorf verließ, sie hatte sie aufgehoben für den schlimmsten Tag ihres Lebens – hier, hatte er gesagt, falls dir eines Tages danach ist, trink das, wenn du merkst, dass du am Abgrund stehst und keine Hoffnung mehr bleibt.

Dolores hat sich schon daran gewöhnt, dass ihr Mann sie Madame nennt und ihr die Hand küsst. Sie hilft ihm, den Blutdruck zu messen, mit einem tragbaren Gerät, das er immer in der Tasche bei sich hat, und bittet die Flugbegleiterin, ihnen einen Schluck Wasser zu bringen, damit er seine Tabletten nehmen kann, wirst sehen, *papito*, das gibt sich wieder, du wirst mir doch jetzt nicht sterben, wo ich die glücklichste Frau der Welt bin. Und er lächelt voller Zärtlichkeit, nimmt ihren Kopf und drückt ihn sanft an seine Brust, streichelt ihn, küsst ihn.

Als Mileidys das Haus betritt, ist es über und über mit Lilien geschmückt, sie ist sprachlos, mag nicht von ihnen lassen, ihre Augen wandern von Blüte zu Blüte, sie kann gar nicht alle anschauen, vorher wäre sie erschöpft, so viele sind es.

Als Rita hereinkommt, führt ihr Mann sie als Erstes in seine Privatbibliothek, überall stehen gebundene Bücher, Klassiker, und sie muss sich hinsetzen, um diesen Reichtum gebührend zu bewundern. Schließlich sieht sie in einer Ecke den Computer, dort wird sie ihre nächsten Gedichte schreiben.

Willkommen, meine liebe Beatriz, das wird dein Zuhause sein, unser Zuhause, korrigiert sie, ja, natürlich, unser Zuhause, sagt er, hier werden wir unsere Kinder haben, und sie findet es ungerecht, dass ihr so viel Glück zuteilwird, aber dann muss sie daran denken, was sie seit ihrer Kindheit alles durchgestanden hat, wurde langsam Zeit, dass sie auch mal ein bisschen Glück hat.

Dianelys hat die Augen verbunden, und er nimmt ihr das Tuch erst ab, als sie durch die Tür treten, *home sweet home*, okay, ja, ich meine *yes*, und sie umarmt ihn und drückt ihn und schwört, ihn zu lieben bis an ihr Lebensende.

Ihr Mann hat sie auch jetzt wieder so genannt, *Madame* Dolores, und als er aus dem Bad kommt, steht er im Pyjama da, aber sie verspricht, dass sie sich daran gewöhnen wird, auch wenn ihr nackte Männer im Bett lieber sind, dann kann sie ihre Hitze die ganze Nacht an den Pobacken spüren. Sie selbst hat sich ein durchsichtiges Negligé übergestreift und setzt sich ihm auf die Beine, tut so, als hätte sie ihren Spaß, als wären ihr die aufreizenden Bewegungen ihres Hinterns gar nicht bewusst. Er fasst sie um die Taille und küsst ihre Brüste: *C'est votre maison.*

Mia ragazza, i libri sono tuoi, Rita streicht über die Bücher, und dann legt sie sich die Hände auf die Brüste und entblößt sie, sie sind fest und verlangen nach diesem Mund, der an ihren Nippeln saugen wird.

Mileidys liegt auf einem weichen Sofa, und ihr kommt es vor, als würde sie darin verschwinden, verschluckt von all den Kissen. Er tritt an sie heran, sie beißt in den Stoff seiner Hose, bis sie spürt, dass etwas Hartes dahinter antwortet, und wieder beißt sie hinein, fährt mit der Zunge langsam über den schon feuchten Stoff, will, dass er vor Geilheit ausflippt.

Carissima Rita, *amore mio*, er umarmt sie, und dann erklärt er ihr, dass sie am nächsten Tag aufs Land fahren, wo sie seine Familie kennenlernen wird, er fährt schon mal vor, dann kann er sich um die Vorbereitungen für den Empfang kümmern, nicht dass am Ende etwas fehlt. Rita bekommt einen Schreck, sie bittet ihn, sie nicht allein zu lassen, lieber fährt sie mit ihm, auch wenn am Ende etwas oder alles fehlt, sie möchte an seiner Seite sein, nur so weiß sie, dass ihr nichts zustößt. *Amore mio, non ti preoccupare, tutto sarà bene*, seine Sekretärin wird sich ihrer annehmen und sie für eine augenärztliche Untersuchung in die Klinik bringen, um herauszufinden, ob sie eine Brille braucht, ob die Schwindelanfälle dann vergehen und dieses beklemmende Gefühl im Dunkeln, wenn sie kein Licht sieht. Ich kann warten, Schatz, muss doch nicht sofort sein. Und mit einer Liebkosung und einem *amore mio* sagt er, dass er nicht weiß, wann sie wieder in Rom sein werden, besser also jetzt, dann eilt es nicht mit der Rückfahrt. Sie antwortet mit einem resignierten Schulterzucken, gibt ihm einen Kuss.

Beatriz lässt sich von ihrem Mann streicheln, als wäre er der beste Mann überhaupt, hat mehrmals einen Orgasmus und ist am Morgen völlig ermattet. Scheiße, es wird schon hell, sagt er und steht auf, ich muss zur Arbeit. Du machst mir bitte Frühstück, ja?

Dianelys zieht die Vorhänge auf, um sich den Tag anzusehen. Ihr Mann ist schon gegangen. Er hat ihr neben der Nachttischlampe einen Zettel hingelegt, darauf seine dienstliche Telefonnummer. Wie aufmerksam, sagt sie sich und streicht über sein Foto, es steckt in einem kleinen Rahmen und ziert ebenfalls den Nachttisch – sie möchte in die Welt hinausschreien, was für eine glückliche Frau sie ist.

Dolores ist heiß, die Spitzen ihrer Brüste sind wie Knospen, die anschwellen, immer schwerer werden und sich von der Haut lösen wollen, also beugt sie sich vor und tastet seinen Pyjama ab, darunter ist es schlaff, aber sie lässt nicht nach, küsst, spielt, saugt, berührt diese verborgenen Stellen, zu denen, wie sie annimmt, keine andere Frau außer einer Hure vorzudringen weiß. Aber nichts regt sich, sie schaut ihn an, was ist los mit dir, nichts, sagt er und weicht ihrem Blick aus, ich dachte, du hättest mitbekommen, dass ich krank bin, du hast ja die ganzen Tabletten gesehen. Dolores will kein Wort davon hören. Er verspricht ihr, wieder zu Kräften zu kommen, ein normales Leben zu führen, aber um ehrlich zu sein, seit Jahren schaffe ich das nicht mehr. Dolores laufen ein paar Tränen über die Wangen, sie kommt nicht dagegen an, und als er versucht, sie ihr abzuwischen, schiebt sie seine Hand weg. Nur keine Angst, hier in Europa ist das anders, wir sind offener, also, ich habe da einen zuverlässigen jungen Mann, der für mich arbeitet und mir jeden Dienst erweist, ich lasse ihn herkommen.

Rita ist sich sicher, dass dieser Morgen ihr das erste glückliche Erwachen ihres Lebens geschenkt hat. Nach einer eindrucksvollen Nacht mit viel Sex hat ihr Mann sich aufgemacht zu seinem Flug, sie öffnet die Fenster und gibt nichts auf die kalte Luft, die hereindringt und durchs Zimmer weht, wichtig ist ihr nur das Licht, das auf ihren Körper trifft und ihr das Gefühl gibt, lebendig zu sein. An der Tür klopft es, die Sekretärin steht dort, alles bereit, *Signora* Rita, sie mag das Wort, es ist so schön musikalisch. Komme gleich, antwortet sie. Auch der Chauffeur ist schon da, mit einem schönen Alfa Romeo. In der Klinik wird sie erwartet, und die wenigen Patienten und der ganze Luxus sagen ihr, wie teuer die Behandlung hier ist. Im Sprechzimmer lässt man sie die Augen schließen und rückwärts von hundert bis eins zählen.

Als Mileidys aufwacht, liegt sie allein im Bett. Neben ihr eine Notiz: Möge dieses Leben ein besseres sein als das Leben, das ich nun hinter mir gelassen habe. *Um beijo.* Kuss. Sie zieht sich an und verlässt das Zimmer, sie versteht nicht, was für ein Spiel das sein soll. Draußen sind weitere Mädchen, verschiedener Nationalität, wie sie feststellt, und alle in Unterwäsche, Zigarette in der Hand. Sie lächeln ihr zu, während sie versucht, an ihnen vorbei zur Tür zu kommen. Eine Frau in Begleitung eines Schwarzen bedeutet ihr, stehen zu bleiben, sie gehört jetzt ihr. Mileidys antwortet, sie gehört niemandem außer sich selbst. Die Frau lacht und schaut zu dem Schwarzen, streicht ihm über die Brust, kannst du mir vielleicht erklären, wie du da draußen überleben willst, in der Kälte und mit leerem Bauch? Du weißt genau, die erste Nacht überstehst du nicht, am Morgen finden sie dich am Flussufer, ohne Kleidung und erfroren. Sie nimmt sie am Arm und führt sie ins Schlafzimmer: Mach dich zurecht, gleich kommen die Kunden.

Rita weiß nicht mehr, welche Zahl sie zuletzt gesagt hat, und es kommt ihr vor, als hätte sie viele Jahre geschlafen. Beim Aufwachen ist da die Hand der Sekretärin und streichelt sie, die Frau fragt, ob sie lieber zu Hause bleiben möchte, bis die Pupillen sich erholt haben, oder ob sie, wie mit ihrem Mann abgemacht, die Reise antreten will, im Flugzeug würde man sich rührend um sie kümmern, sie würde erster Klasse fliegen, alles sehr bequem. Aber Rita möchte so bald wie möglich ihren Mann sehen, ihn in die Arme schließen, sie würde es nicht aushalten, auch nur einen Tag länger zu warten. Mir tun die Augen weh. Die Ärztin erklärt, dass die Beschwerden nach wenigen Stunden abklingen, bei ihrer Ankunft wird sie sich schon besser fühlen. Bringen Sie mich bitte zum Flughafen, sagt Rita. Von der Narkose ist ihr noch schwindelig. Als sie ins Flugzeug steigen will, holt die Sekretärin ihr einen Rollstuhl und umarmt sie, nicht ohne ihr noch einmal zu versichern, dass alles gut wird, nur keine Angst, wenn Sie ankommen, wird Ihr Mann Sie mit offenen Armen empfangen.

Beatriz liegt noch schlaftrunken im Bett und zieht ihn zu sich, will ihn küssen, sie möchte spielen, aber er stößt sie fort, wird laut, ob sie denn nicht verstehen kann, dass er arbeiten muss, sonst kommen wir nicht über die Runden, du kriegst den Hals einfach nicht voll, meine ganzen Ersparnisse sind schon weg, jetzt füg dich einfach in deine Rolle. Sie ist perplex, bringt kein Wort heraus, erst dachte sie, es wäre ein Spiel, aber er schubst sie, so heftig, dass sie aus dem Bett fällt, sie weint und schmeißt die Nachttischlampe auf den Boden, dann schlägt er sie, und sie schreit ihm ins Gesicht, dass sie zurückgeht, der Mann ist überrascht, und die Überraschung kippt um in Wut, er greift in eine Schublade und zieht einen Revolver heraus, ich schwöre dir, vorher knalle ich dich ab, ich schwöre dir, vorher zahlst du mir alles bis auf den letzten Cent zurück, du hältst mich wohl für einen Volltrottel, denkst, du könntest mich benutzen, um rauszukommen aus deinem Land, klar, und dann verlässt du mich für den erstbesten Idioten. Unter Tränen macht sie ihm Frühstück. Danach geht er und schließt die Tür ab, und als sie versucht, sie mit zu Gewalt öffnen, gelingt es ihr nicht, bei den Fenstern ist es dasselbe.

Auf dem Flug sind die Stewardessen sehr freundlich zu Rita und fragen sie ein ums andere Mal, ob sie einen Wunsch hat, und obwohl es ihr länger vorkommt als gedacht, ist es eine angenehme Reise, abgesehen von den Augenbeschwerden, die Schmerzen sind das Einzige, was nicht zu der Prognose der Ärztin passt, sie werden immer schlimmer. Bei der Ankunft wird sie wieder in einen Rollstuhl gesetzt, und während man sie durch die Gänge schiebt, wartet sie darauf, jeden Moment die Stimme ihres Mannes zu hören.

Dianelys hört, wie jemand die Tür aufstößt, der Mann grüßt sie nicht und geht in Richtung Bad, fragt nach seinem Bruder. Und erschrocken, das Laken bis zu den Schultern hochgezogen, sagt sie, dass er zur Arbeit gegangen ist. Mit einem Ruck zieht er an dem Laken, und sie steht nackt da, *beautiful*, worauf sie droht, den Bruder auf der Arbeit anzurufen und sich zu beschweren. *Okay*, sagt er und hält ihr das Telefon hin, sie sträubt sich, er wählt die Nummer und gibt es ihr, immer mit einem zynischen Lächeln. Jemand nimmt ab, und sie nennt den Namen ihres Mannes. *Yes*, ja, *baby*, ja, ich bin's, komm bitte schnell. *What?* Da ist ein Mann hier, er belästigt mich und sagt, er ist dein Bruder. *Okay, yes, my brother, he's the owner. Do you understand? The owner. The house, the money, everything.* Und sie legt auf und kann den Mann nicht von sich schieben, der sich auf sie geworfen hat.

Etwas kommt Rita seltsam vor, es sind die Stimmen, die Sprache, die Lautsprecher, sie könnte wetten, dass sie umgeben ist von Kubanern, und sie fragt, wo sie gelandet ist, dass sie so viele Landsleute hört: Kuba, sagt man ihr. Sie weiß nicht, ob sie lachen und sich lustig machen soll über diese Ignoranten, aber vielleicht ist es ja eine Überraschung ihres Mannes, und ihr entfährt ein Schrei, sie ruft nach ihren Eltern, ihren Freundinnen, nach Emelina, ihrem Mann, in der Ambulanz bekommt sie ein Beruhigungsmittel gespritzt. Als sie dann beim Augenarzt sitzt, teilt man ihr mit, dass sie keine Hornhaut mehr hat, am besten macht sie sich keine Hoffnung, das Augenlicht jemals wiederzuerlangen, die internationalen Behörden, in diesem Fall Interpol, würden sich der Sache annehmen und die Täter verfolgen.

Die Mädchen kehren lieber wieder zurück zu der Szene am Flughafen, sie werden es so oft tun, wie es sein muss, bis alles gut läuft und sie nichts und niemandem etwas vorzuwerfen haben. Warum muss das so kommen! Wir müssen es noch einmal machen, sagt Dolores. Wann hat das alles angefangen schiefzugehen?, fragt Dianelys und läuft verzweifelt über die Betten. Mileidys ist völlig verschwitzt und fährt sich mit der Hand übers Gesicht, um die Tropfen abzuwischen. Wir sollten vorher stopp machen, sollten etwas dagegen tun, dass die Geschichten so enden, sagt Beatriz. Rita holt eine Flasche hervor, sie hat Tränen in den Augen. Für die anderen Passagiere, die in der Lounge warten, ist ein solches Zuprosten das Zeichen für den Beginn einer Reise, nur sie selbst wissen, dass es eine Rückkehr von der letzten ist. Für Fremde sieht es aus wie ein Abschied, sie dagegen stoßen aufs Wiedersehen an. Sie wünschen einander Glück auf ihrem neuen Weg. Der nächste Abflug muss der endgültige sein, weitere Enttäuschungen ertragen sie nicht. Ein einziges Mal noch und

Schluss. Die große Reise, die sie erwartet, führt an keinen bestimmten Ort, auch wenn es der wichtigste ist. Und dann klirren die Gläser, der Wein schwappt über, sie trinken ihre Plastikbecher bis zum letzten Tropfen aus, schauen dabei auf die schmutzigen Zimmerwände, die Betten, die Eimer. Rita legt sich auf den Rücken und starrt auf die Ecke des Fensters, wo sie zuletzt den Lichtstrahl gesehen hat. Aber lasst mich nicht im Dunkeln, sagt sie, immer mit dem Gesicht zur Sonne. Worauf sie die Augen schließt und einschläft.

Am Abend liegen sie immer noch in ihren Betten und schlafen. Emelina nimmt das Schloss ab, öffnet die Tür, steckt den Kopf herein, ihre Augen leuchten in der Dunkelheit. Sie klatscht ein paarmal in die Hände und zieht ihnen die Laken weg, ihr Fuß stößt gegen die leere Flasche, die Rita für den schlimmsten Tag ihres Lebens aufbewahrt hat. Zeit, zur Arbeit zu gehen, ruft sie. Faules Pack, wenn ihr kein Geld verdienen wollt, müsst ihr eben zurück nach Hause, ihr seid hier nicht im Urlaub. Und sie gähnen, rekeln sich, stehen langsam auf in diesem matten Schein, der sie umhüllt, streichen ihre Sachen glatt, und schon gehen sie, als schwebten sie in einem Traum. Sie sind aufgereihte Schatten, so diszipliniert wie zu der Zeit, als sie noch auf die Grundschule gingen und die Versprechungen Gewicht zu haben und die Ziele erreichbar schienen. Sie ziehen los, und das Licht ist jetzt nur noch ein Hauch, der sich auf ihre kalten und reglosen, auf den Betten ruhenden Körper legt, während ihre schemenhaften Umrisse sich aufmachen, die Träume einzufangen.

Ganz sicher ist heute die Nacht, die ihr Leben für immer verändern wird.

Richelieus Männer

Für Yoani Sánchez, Rodiles,
Claudio Fuentes, Ailer González,
Laritza Diversent,
Eugenio Leal, Jorge Olivera,
Yaremis und Veizan,
Brüder und Schwestern in der Zelle und unterm Knüppel
am 8. November 2012,
Vorhof und Ankündigung meiner Strafe

Als ich dem alten Schulfreund aus Kindertagen zufällig begegne, gehen die Gefühle mit mir durch: ein Musketier von der tapferen Sorte, und ich umarme ihn, frage, was aus ihm geworden ist. Er sagt, dass er Vater von zwei Kindern ist und von Beruf Schriftsteller. Ich habe auch zwei, sage ich, und meinen Abschluss in Krankenpflege frisch in der Tasche. Ich möchte ihn weiter umarmen, spüre aber bei ihm nicht die gleiche Freude, oder da ist etwas, was ich nicht benennen kann, denn irgendwie gibt er sich abweisend. Er lächelt gequält, verlegen, und schaut sich wie manisch um. Für mich dagegen ist es, als hätte ich einen verlorenen Bruder wiedergefunden, und in meinem Kopf überschlagen sich die Bilder aus der Vergangenheit. Er hat denselben besorgten Gesichtsausdruck wie damals, wenn wir eine Klassenarbeit hinter uns hatten.

Das heißt, ich war der Büchernarr und du bist Schriftsteller geworden, scherze ich. Ich muss daran denken, wie wir immer sagten, wir würden im Jahr 1627 leben, und kaum war die Schule aus, zogen wir in das Paris jener Zeit. Dutzende Male haben wir *Die drei Musketiere* gelesen, für uns war es ein genialer, cooler Roman.

Als mein Blick auf ihn fiel, unterhielt er sich gerade mit einer schlanken Dame mit langem, sehr langem Haar, vielleicht ja seine Constance, und ich platze in ein Liebesgeplänkel. Rasch sage ich ihm, dass ich hier draußen vor der Polizeistation stehe, weil mein Bruder seit einem Monat in Haft ist, ein Wirtschaftsdelikt, aber er ist krank geworden in diesen Tagen, ich bringe ihm Medikamente, und dann ziehe ich die Tabletten hervor und zeige sie ihm. Er wiegt bekümmert den Kopf, schaut auf die Bibel in meiner Hand, also sage ich ihm, dass ich Christ bin.

Ein paar andere kommen hinzu, grüßen ihn und bleiben in der Nähe. Ich sage, dass ich bei jedem Besuch meines Bruders mit Tamayo spreche, erinnerst du dich, die Lehrer haben uns »die drei Musketierchen« genannt, er ist jetzt Major bei der Sicherheit, aber er trägt Zivil. Wir sollten uns alle mal wieder treffen! Stell dir vor: ein Schriftsteller, ein Offizier und ein Krankenpfleger, spannende Mischung, nicht?

Er fragt mich nach meiner Mutter, und ich sage, dass sie gestorben ist. Für einen Moment spricht keiner von uns beiden ein Wort. Ich bin immer noch ein Mann des Degens im Dienste Seiner Majestät Ludwigs XIII., sage ich, weißt du noch? Er nickt, klar weiß ich das noch! Ein verrückter Spaß war das, manchmal sind wir rumgelaufen, als würden wir den Degen halten, die Faust auf Höhe des Gürtels.

Die Dame mit dem langen, sehr langen Haar hat die ganze Zeit Nachrichten in ihr Handy getippt, sie schaut zu uns, will ihn loseisen. Aber ich muss ihn einfach fragen, und du, was machst du hier? Er sagt, dass man einen Freund zu Unrecht verhaftet hat. »Zu Unrecht«, das kann nicht sein, ich nehme an, er denkt an unsere romanesken Abenteuer von früher.

Irgendwie ist er seltsam, das habe ich von Anfang an gespürt, und ich bin mir sicher, dass mich der Eindruck nicht trügt, seine Begleiter sind genauso merkwürdig. Ob sie schwul sind? Aidskrank? Ein Geheimnis verbindet sie, etwas Komplizenhaftes, ich durchschaue es nicht, sie sehen besorgt aus, angespannt, traurig, ganz eindeutig. Was würde Monsieur de Tréville jetzt sagen, der Hauptmann der Musketiere des Königs? Garantiert würde er sie hinauswerfen aus der illustren Garde zur treuen Unterstützung Seiner Majestät.

Der Musketier klopft mir zum Abschied ein paarmal auf die Schulter und sagt, wie sehr es ihn freut, mich zu sehen, irgendwann treffen wir uns mal, dann lassen wir die alten Zeiten wieder aufleben, vor allem aber träumen wir von einer besseren Zukunft. Ich verstehe nicht, was er damit meint, am liebsten hätte ich gesagt, dass mir nicht gefällt, mit welchen Leuten er sich umgibt, aber Intellektuelle sind sowieso komisch. Als er geht, rufe ich, immer noch aufgewühlt und weil ich ihn nicht wieder aus den Augen verlieren will, er soll mal bei mir zu Hause in der Calle Anita 211 vorbeikommen, und schenk mir ein Buch von dir, auch wenn mir bei der Lektüre hier, ich halte die Bibel hoch, nicht langweilig wird. Ich ziehe meinen Degen aus der Scheide, salutiere und stecke ihn zurück. Er nickt und geht zu den Wartenden. Als Geste der

Höflichkeit verbeuge ich mich in Richtung der Dame und tippe mir an meinen Filzhut mit der weißen Feder. Dann wende ich mich dem zu, weshalb ich gekommen bin, und frage den Zuständigen im Eingangsbereich, ob man meinen Bruder ins Krankenhaus gebracht hat und ob das Fieber gesunken ist.

Während der Beamte sich erkundigt, unterhalte ich mich mit Tamayo und erzähle ihm von der überraschenden Begegnung mit Athos und dass er jetzt Schriftsteller ist. Damals waren wir unzertrennlich, für uns galt »Einer für alle, alle für einen«. Offenbar ist da etwas passiert mit ihnen, was ich nicht deuten kann. Vielleicht bin ich auch bloß ein Romantiker, der in der Zeit festgefroren ist, aber meine Kindheit und meine Jugendjahre sind mir heilig, voller Zauber. Peinlich wäre mir, als kindisch dazustehen, steckengeblieben in der Vergangenheit, deshalb sage ich nicht, dass mir noch heute all die Gemeinheiten durch den Kopf gehen, die erste Freundin, unschuldige Streiche auch, auf die wir so stolz waren. Nur reagiert Tamayo nicht wie sonst. Ob er diese Phase überwunden hat? Er zeigt sich kühl, auf jedes Wort bedacht, und bei der Erwähnung unseres Musketiers scheint er sich nicht zu erinnern. Ich erzähle ihm ein paar Anekdoten aus unseren Wochen in den Schulen auf dem Land, nenne die Namen der Mädchen, und am Ende macht er eine Kopfbewegung, als würde er aufwachen. Den Militärs hat man die Sehnsucht ausgetrieben, denke ich. Wie kann man nur so wunderbare Zeiten vergessen? Also lieber schweigen.

Als ich die Polizeistation verlasse, sehe ich, wie ein paar Streifenwagen die Straße blockieren und eine Gruppe Uniformierter über Zivilisten herfällt und sie abführt. Ich bin überrascht, als ich unter den Festgenommenen den Freund erkenne, den ich vorhin getroffen habe und der Schriftsteller geworden ist. Das muss ein Irrtum sein, also gehe ich hin, um ihnen zu sagen, dass er ein Edelmann ist, dabei wende ich mich an Christus, du, der du alles vermagst, hilf ihm! Die Männer des Kardinals führen ihn zu einer Patrouille, und er schaut zu mir, macht mich mit einem Zwinkern zum Komplizen, ist wieder Athos, warnt mich vor einem Lehrer, der den Flur herunterkommt und Kardinal Richelieu untersteht, aber diesmal läuft niemand durch die Schule, und ich bin auch nicht Aramis, er gibt mir nur zu verstehen, warum er bei unserer Wiederbegegnung so verhalten reagiert hat. Ich hätte ihm gern mit unserer üblichen Geste geantwortet, der geballten Faust über dem Herzen, aber er schaut nicht mehr zu mir. Die Degen in die Scheide, meine Herren! Der König hat uns verboten, die Klingen mit der Leibgarde Ihrer Eminenz zu kreuzen.

Sie wollen ihn in den Polizeiwagen setzen, im selben Moment schlägt ein Soldat ihm in den Nacken, er protestiert, wehrt sich, drückt die Hand weg, und mitten auf der Straße prügeln sie erbarmungslos auf ihn ein. Nachdem sie ihn in den Wagen gestoßen haben, zieht einer von ihnen eine Pistole unter seinem T-Shirt hervor und lässt sie mehrmals auf ihn niedersausen, ich habe Angst, dass er ihm den Schädel einschlägt. Er will ihn umbringen, den Eindruck habe ich. Und mein Musketier hält es nicht mehr aus und schafft es raus aus dem Wagen, zurück auf die Straße. Welches Verbrechen könnte er begangen haben, dass man ihn derart brutal behandelt?

Ich möchte diese Schlägertypen zurückhalten, aber die Angst lähmt mich, ich finde nicht einmal den Mut zu schreien, ihnen zu sagen, dass sie ihn umbringen. Und so stehe ich reglos da, bin bloßer Zeuge, kann nur weiteratmen, nur irgendwie das Blut durch meine Adern pumpen. Die Frau mit dem langen, sehr langen Haar brüllt, nennt sie Killer, Unterdrücker. Ganz offensichtlich hat sich mein Freund in die Politik eingemischt, und das ist keine gute Idee. Wie kann ein intelligenter Mensch nur so dumm sein? Schon lange sind den Musketieren des Königs solche Raufereien untersagt.

Schließlich fesseln sie ihn, schubsen die Leute in die Wagen der Polizei und formieren sich zu einer Reihe von sieben Karossen. Ich streiche über die Bibel, sie ist knittrig und feucht vom Schweiß. Neben mir steht meine Frau, ich hatte sie gar nicht bemerkt. Wir schauen uns an. Jetzt ab nach Hause, sagt sie. Sie ist Ärztin und kommt gerade von ihrem Dienst, sie hat sich Sorgen um den Gesundheitszustand meines Bruders gemacht und wollte bei der Station vorbeischauen, ihr war klar, dass sie mich dort antreffen würde. Alles in Ordnung, sage ich mit stockender Stimme. Sie nimmt mich am Arm, und wir gehen schweigend los. Ich spüre, wie sie zittert. Wir können noch nicht glauben, was für eine gewalttätige Szene wir erlebt haben. Hätte ich es nicht mit eigenen Augen gesehen, ich würde es glatt für gelogen halten. Wie eine Zeitreise war das, als hätte sich vor uns abgespielt, was in den Geschichtsbüchern über die Batista-Diktatur geschrieben steht, über die Diktaturen Lateinamerikas oder die Schikanen der Männer des Kardinals.

Wir sind kaum ein paar Schritte gegangen, als die Soldaten

mich auffordern mitzukommen. Ich frage, warum, und erhalte einen Schlag in den Nacken, verliere das Gleichgewicht, meine Frau schreit, das ist ein Irrtum. Innerhalb von Sekunden sitze ich in Handschellen im Streifenwagen. Meine Bibel liegt noch auf dem Boden. Ich bitte darum, sie mir zu geben, aber der Polizist kickt sie weg. Meine Frau wird ebenfalls in einen Wagen gesetzt, direkt neben die junge Frau mit dem langen Haar, die die Beamten laut beschimpft hat. Monsieur, ich darf klarstellen, dass es keinerlei Grund für meine Festnahme gibt, das ist ein Unrecht, ich bin ein friedfertiger Mensch und unpolitisch, nur Christus verpflichtet. Halt besser die Klappe, sonst schlage ich dir die Zähne aus dem Gesicht, sagt einer zu mir. Ich nehme den Rat als Zeichen seines guten Willens. Taktisch gesehen ist es besser, ihm nicht zu widersprechen.

Der Polizeiwagen schließt sich dem Tross an. An der Spitze fährt ein grüner Lada, am Ende der Kolonne ein kleiner roter Bus. Ein paarmal habe ich meine Dame in dem anderen Wagen erkennen können. Die junge Frau mit dem langen Haar, auf dem Sitz neben ihr, signalisiert mit Daumen und Zeigefingern ein L.

Bestimmt bringen sie uns zur Bastille, denke ich, an den Ort, wo die Verurteilten hingerichtet werden. Die Handschellen sind zu fest angelegt, ein stechender Schmerz. Ich frage den Polizisten neben mir, ob er sie lockern kann, und mit einem Lächeln greift er nach ihnen und drückt sie noch fester zusammen. Die Schmerzen werden unerträglich, ich stöhne auf, wie eine Frau in den Wehen. Sie lachen. Diesmal bin ich garantiert keiner der Musketiere, die das Diamantenhalsband der Königin zurückholen werden.

Sie bringen uns aus der Stadt hinaus, vielleicht zum Palast des Kardinals. Die Menschen sehen der Karawane der Polizeiwagen zu, ziehen an ihrer Zigarette, kratzen sich oder schauen einfach weg. Nur wenn jemand direkt neben uns auftaucht, frage ich mich, warum sie nicht rufen, dass das ein Unrecht ist, warum protestieren sie nicht für mich?

An einer trostlosen Landstraße holen sie uns raus, durchsuchen uns und versetzen uns bei der Gelegenheit ein paar Schläge, selbst den Frauen. Meine Frau weint. Athos protestiert immerzu gegen diese Übergriffe, und einer der Polizisten, ein gewisser Camilo, der auftritt wie Jussac, meint, ob ihm die fünf Jahre nicht reichen, zu denen man ihn verurteilen wird. Wenn mein schriftstellernder ehemaliger Freund wusste, dass er in ernsten Schwierigkeiten steckte, warum hat er dann meinen Gruß erwidert? Er hätte sich von mir abwenden können, hätte mir klipp und klar sagen können, was Sache ist, und ich wäre von der Bildfläche verschwunden.

Sie schubsen meine Frau vor sich her, und ich fasse Mut, ein Gefühl, das ich so nicht kenne und dessen ich mir kaum bewusst werde, und rufe, dass sie unschuldig ist, aber ich erhalte einen weiteren Schlag ins Gesicht, jedes Zeitgefühl kommt mir abhanden. Ich höre nur noch ferne Stimmen, verschwommene Echos, und sosehr ich mich anstrenge, die Lider zu öffnen, kann ich nichts sehen, mir ist, als wären sie pfundschwer. Dann schmeißen sie mich wieder in den Wagen, und wir verlassen den Ort.

An mehr erinnere ich mich nicht, bis wir zur Polizeistation im Viertel Capri kommen. Neben mir sitzt ein weiterer Einkassierter, er sagt keinen Ton. Die anderen Wagen erscheinen nicht. An den Handschellen zerren sie mich heraus, als wollten sie mir die Arme ausreißen, ein Pochen in den Handgelenken sagt mir, dass das Blut aufgehört hat zu fließen, Schmerzen wie von Degenhieben, die mir ins Fleisch schneiden, meine Kräfte schwinden, einen solchen Zustand hat mein Nervensystem noch nicht erlebt, jeden Moment breche ich zusammen.

Als sie mir die Handschellen abnehmen, möchte ich vor Freude weinen, möchte dafür danken, dass das stechende, von den Zehennägeln bis in die Haarspitzen immer heftigere Pochen nachlässt. Sie schubsen mich, und ich falle auf einen kalten Boden. Der Gestank von Urin dringt mir in die Nase, so ätzend, dass ich den Kopf hin- und herwerfe wie ein Pferd. Wir sind in den Kerkern der Bastille, wird mir klar, das Fenster ist mit dicken Gitterstäben gesichert und erlaubt nur einen Blick auf eine weitere hohe Mauer. In meinem Kopf gehen die gelesenen Bücher durcheinander, und der Ort erinnert mich an das Château d'If in der Bucht von Marseille.

Ich bin allein in der Zelle. An die Wand links von mir hat jemand *Nieder mit Fidel* geschrieben und an die Wand gegenüber *Es leben die Menschenrechte!* Ich frage mich, in welche unbekannte, fremde Welt man mich verschleppt hat. In welchem Höllenkreis der Göttlichen Komödie befinde ich mich? Wann hat man mich in einen anderen Roman gesteckt, ohne auch nur ein Wort zu sagen?

Schon bald kommen sie mich holen, der Aufseher macht sich an den Schlössern draußen zu schaffen, und wieder legen sie mir Handschellen an, aber zum Glück nicht so fest. Sie bringen mich in einen Raum mit einem Stuhl in der Mitte, auf den ich mich setzen muss. Einer der Männer sagt, er möchte mir die Sache erleichtern: Ich rede, und er lässt mich nach Hause, ganz einfach. Wenn es nur das ist, denke ich, ich erkläre die Situation und kann gehen. Die Degen in die Scheide, meine Herren! Ich hebe die Schultern, offenbar macht ihnen die Tatsache, dass ich die Szene miterlebt habe, Angst, ich bin nun ein gefährlicher Zeuge.

Keine Sorge, sage ich, Sie können mir vertrauen, ich bin nur vorbeigekommen und habe kaum etwas gesehen. Außerdem bin ich Christ und ... Ein Faustschlag verschließt mir den Mund. Dann kommen die Ohrfeigen, bis meine Haut glüht, als würden sie mir jedes Mal mit einem heißen Bügeleisen übers Gesicht fahren. Womit habe ich diese Wut verdient? Ich wünschte, alles wäre nur ein Traum, ein Albtraum, aus dem ich erwache, jetzt gleich, bitte, eins, zwei, drei, ich wache auf ... aber ich bin immer noch da, die Schläge lassen nicht nach. Am liebsten würde ich sie fragen, hat Gott euch gesandt, seid ihr Diener der Hölle, seid ihr Engel oder Teufel, heißt ihr Eloah oder Astarte? Der Geschmack von Blut im Mund, und aus einem verzweifelten Jammern bricht ein Schrei hervor, Gnade, genug der Grausamkeit, ich rede, sage, was Sie hören möchten, aber um Himmels willen, schlagen Sie mich nicht mehr.

Und sie hören auf, okay, sagt dieser Camilo, oder Jussac, dann rede, du Schwuchtel, und sag uns, was ihr vorhabt, du und diese Konterrevolutionäre. Nichts, das schwöre ich, ich wusste nicht mal, dass sie politisch aktiv sind. Aber sie lassen mich nicht ausreden, schlagen weiter auf mich ein, brüllen, ich halte sie wohl für dumm, sie haben genau gehört, dass ich ihnen meine Wohnung angeboten habe. Ich schüttle den Kopf, schreie, nein, niemals würde ich sie für dumm halten, wie könnte ich Ihnen gegenüber respektlos sein, unmöglich, großartige Männer sind Sie, Hüter der Revolution, und sie schlagen noch fester zu, weil sie denken, ich würde sie verspotten, sieh an, ein Komiker, der Drecksack! Aber wie soll ich ihnen zu verstehen geben, dass ich es mit der größten Aufrichtigkeit der Welt gesagt habe? Mein soeben wiedergetroffener Freund kann mich mal, all die niederträchtigen Musketiere, die mit ihrem Ungestüm und ihren Ketzereien die Revolution besudeln. Wieso begreifen diese Militärleute nicht, dass ich nur ein Romantiker bin? Dass ich auf der Stelle schreien könnte, ich liebe den Kardinal und betrachte mich als einen seiner Männer?

Ich weiß nicht mehr, wann ich aufhöre zu weinen und nichts mehr mitbekomme, nur dass sie immer wieder brüllen, ich soll endlich reden, und ich schluchze wie ein Kind, das man im Dunkeln einsperren will und das fleht, man möge das Licht anlassen, ihm erlauben, bei den Eltern zu schlafen. Ihr habt euch bestens verstanden, wir haben dich gesehen, brüllen sie, und jetzt verstehe ich das Missverständnis, und ich erkläre, dass wir uns zufällig begegnet sind, dass wir als Kinder zusammen auf der Schule waren und ich mich kaum an ihn erinnern konnte, dass er es war, der mich angesprochen hat, aber sie werden nur noch wütender. Ob sie vielleicht hören wollen, dass ich mich der Gegenrevolution angeschlossen habe? Dass ich Waffen vom Herzog von Buckingham erhalte? Dass ich ein Söldner bin? Bomben lege? Wie könnte ich ihnen so etwas auftischen, alles würde nur noch schlimmer. Also behaupte ich, dass wir uns als Jugendliche nicht abkonnten, dass ich ihn unerträglich fand, immer hatte er etwas zu meckern, unausstehlich, ich selbst war Anwärter auf eine Mitgliedschaft im Kommunistischen Jugendverband. Aber sie stellen sich taub und sehen mich an, als wäre ich einer der Musketiere, die es darauf anlegen, Richelieu in Verruf zu bringen.

Ich sage ihnen, dass ein Bruder von mir auf der Polizeistation ist, Sie können ja nachfragen, und dass ich den Offizier Tamayo kenne, unser Porthos ist vielleicht der einzige echte Musketier von uns dreien und kann bezeugen, was ich sage. Und als Tamayo die Tür öffnet, scheint für mich die Sonne herein. Stimmt doch, dass wir zusammen auf der Schule waren, sage ich, während er auf mich zukommt, stimmt doch, dass mein Bruder in Haft ist, dass ich Opfer falscher Gerüchte bin, oder? Aber er antwortet nicht, es vergehen endlose Minuten, er schaut mir nur in die Augen, als wollte er Vertrauen wecken.

Seit er da ist, schlagen sie mich nicht mehr, immerhin. Du musst kooperieren, sagt er, wir haben gesehen, wie gut du dich mit ihm verstanden hast, die Kamera hat alles aufgezeichnet, und es hatte nicht den Anschein, als hättet ihr euch lange nicht gesehen. Als wir uns wiederbegegnet sind, hast du nicht so einen fröhlichen Eindruck gemacht! Und er steht da, als würde er darauf warten, dass ich etwas gestehe, was ich mir nicht ausgedacht haben kann. Na los, gib zu, dass du dort warst, weil sie dich angeworben haben, ich helfe dir, glaub mir, und du hast keine Probleme mehr, aber zuerst musst du die Wahrheit sagen, wie sollen wir dir sonst vertrauen.

Mit seinen Worten verlöscht das imaginäre Licht, und die Dunkelheit dringt bis in den letzten Winkel meines Hirns. Er spricht zu mir wie die Männer des Kardinals, ist selbst zum Geist des Bösen geworden. Tatsächlich lassen sie mir in diesem Moment keine andere Wahl, als an Christus zu glauben und an Richelieu, den größten und einzigen Führer, oder besser umgekehrt, an Richelieu und an Christus. Nicht mal richtig erinnern kann ich mich an unseren ehemaligen Mitschüler. Ich scheiße auf seine Mutter und auf die Stunde, in der wir uns als Kinder kennenlernten und beschlossen, Musketiere zu werden.

Soll ich jetzt weinen? Für den Rest meines Lebens in der Verstörung leben? Eine plötzliche Lethargie überkommt mich, und ich versinke im Nichtwissen, einer Art permanenter geistigen Zurückgebliebenheit. Wieder ohrfeigen sie mich, aber das ist mir egal, ich bin längst zu der Überzeugung gelangt, dass etwas im System oder in ihren Köpfen nicht stimmt.

Und ein Unbekannter überrumpelt mich, spricht aus meinem Mund, ohne dass ich eingewilligt hätte. Dann tötet mich eben, sage ich, nur kann ich nichts sagen, was euch glücklich macht. Doch mein Schulkamerad lächelt, nein, hier wird weder getötet noch gefoltert, so etwas tut die Revolution nicht, wir helfen nur, den Irrweg zu verlassen, und mir kommt es vor, als würde die Maske des Porthos von seinem Gesicht abfallen und zum Vorschein käme Rochefort persönlich. Glaub mir, hier werden keine Fingernägel ausgerissen, allenfalls lackiert. Auf seinem Gesicht erscheint ein Grinsen.

Sie ziehen einen Vorhang beiseite, dahinter ist eine Scheibe als Trennwand, ein Lautsprecher wird eingeschaltet. Auf der anderen Seite sitzt meine Frau. Meine Constance. Sie ist in Handschellen und sagt, dass sie absolut nichts weiß über meine Bekannten. Sie verhält sich, wie die Königin Anna von Österreich und ich es erwarten dürfen. Bestimmt war es für mich eine Überraschung, auf diese Konterrevolutionäre zu treffen, betont sie. Ich schwöre Ihnen, ich weiß nichts davon, ich war ja selbst überrascht, als Sie mir das gesagt haben.

Zwei Frauen in Uniform ziehen sie an den Haaren, zwei Männer schauen zu, na los, du Schlampe, brüllt Milady sie an, die Spionin des Kardinals und Vollstreckerin der Folter, sag mir die Wahrheit, sonst hast du zum Kämmen kein Haar mehr auf dem Kopf. Meine Frau weint, schwört, dass sie nichts weiß. Vielleicht fürchtet sie, man könnte sie in ein Kloster stecken. Ich schreie, nein, sie weiß nichts, aber auf der anderen Seite kann man mich nicht hören. Sie schütteln sie, verpassen ihr Schläge, immer und immer wieder, und dann sagt sie, ja, das stimmt, gibt zu, dass sie im Vorbeifahren aus dem Bus gesehen hat, wie ich mit den später Festgenommenen gesprochen habe, er hat sie mir nie vorgestellt, dabei dachte ich, ich würde alle seine Freunde kennen. Sie selbst ist Ärztin, erklärt sie, und als eine der beiden Frauen widerspricht, kramt sie in ihrer Handtasche nach dem Dienstausweis. Aber das ist keine gute Idee, denn als sie ihn sehen, schimpfen sie sie undankbar, sagen, dass die Revolution ihr ein Studium ermöglicht hat, und dann verrät sie sie, beißt die Hand, die ihr zu essen gibt. Sie versetzen ihr einen Schlag über dem Ohr, und sie kippt zur anderen Seite, als wäre sie eine Strohpuppe, liegt jetzt am Boden, selig schlafend, dankbar, dass sie der Tortur entronnen ist. Ich schreie, Arschlöcher, Folterknechte, und wieder schlagen sie auf mich ein. Als sie genug haben, ziehen sie den Vorhang zu und schalten den Lautsprecher aus.

Für einen Moment lassen sie mich in Ruhe, und ich kann mich von den Schmerzen erholen. Am meisten treibt mich um, dass sie meine Frau misshandeln, dabei ist sie unschuldig. Ich muss zum Königspalast und die Übergriffe melden, damit sie dem Leid ein Ende setzen. Irgendwann stelle ich fest, dass ich mich nur vorbeugen und warten muss, bis der Ventilator gegen den Vorhang vor der Scheibe bläst, und es tut sich ein Spalt auf, durch den ich sie sehen kann. Zum Glück wird sie nicht mehr geschlagen. Ich beuge mich so weit nach vorn, dass ich fast das Gleichgewicht verliere. Sie nehmen ihr die Handschellen ab. Mir kommt es vor wie eine Ewigkeit, bis der Vorhang wieder zu schwingen beginnt. Sie kämmt sich, dabei sprechen sie mit ihr. Ich beobachte sie noch ein paarmal für wenige Sekunden. Bis man sie fortbringt.

Ich weiß nicht, wann sie eingesehen haben, dass wir die Wahrheit sagen. Stunden später kommt ein Offizier und meint, wir seien für sie nicht von Interesse, wir können gehen. Als wir die Bastille verlassen, ist es dunkle Nacht, wir trauen der Sache noch nicht.

Die Rückfahrt nimmt kein Ende, ich bin wie betäubt. Erst als wir zu Hause ankommen, wird mir bewusst, dass wir die ganze Strecke nicht miteinander gesprochen haben. Eine Stunde ohne ein Wort. Versunken mit jeder Faser in diesem Albtraum.

Sie setzt sich im Wohnzimmer aufs Sofa, lässt sich vielmehr hineinfallen, seufzt vor Erleichterung und fasst sich mit beiden Händen an den Kopf, ihr kommen die Tränen. Ich gehe zum Fenster und schaue nach, ob man uns gefolgt ist. Aus dem Haus gegenüber treten ein paar Männer. Kurz darauf öffnet der Nachbar das Fenster und späht beharrlich zu uns herüber.

Ich habe Angst, wieder diesem Mitschüler aus meiner Kindheit zu begegnen. Überhaupt niemanden möchte ich treffen, der etwas mit meiner Vergangenheit zu tun hat. *Die drei Musketiere* werde ich verbrennen, denn jede glückliche Erinnerung an das Buch ist ausgelöscht, überlagert von einer anderen Wirklichkeit, und die werde ich niemals vergessen.

Für mich ist Schluss mit der Vergangenheit, mit der Fantasie. In meinem Kopf werde ich alles ausradieren. Ein Musketier bin ich jedenfalls nicht. Selbst Planchet war mutiger als ich, und der Diener erhielt den Rang eines Sergeanten der Garde. Die Lehrer hatten recht, als sie uns Musketierchen nannten, denn nichts anderes bin ich, nur ein winziges, harmloses Tierchen. Eine Parodie des Hauswirts Bonacieux ... Kein Mann des Degens ... Ich ziehe die Klinge langsam aus der Scheide und betrachte den Degen, so hilflos und nutzlos in meinen Händen. Dann hebe ich das Knie und tue, als würde ich ihn zerbrechen. Ab jetzt gilt nur noch die Gegenwart.

Ich gehe nach nebenan zum Telefon und hebe ab, will wissen, ob sie es angezapft haben, sage kein Wort und versuche herauszubekommen, ob jemand mithört. Meine Frau steht vom Sofa auf und geht langsam auf mich zu. An der Tür bleibt sie stehen, ich registriere ihren keuchenden Atem, sie wartet darauf, einen Namen zu hören, ein verdächtiges Wort.

Und so steht sie da, lauscht.

Dolce vita

Zum ersten Mal würde ich die Welt dort draußen kennenlernen: wie es sich lebt, nachdem man die Gewässer rings um
die Inselgruppe überquert hat! Dann wäre ich ein Weltbürger
und könnte den Insulanern nach meiner Rückkehr davon erzählen, für sie ist es schon fast eine Manie, etwas vom Leben
der anderen erfahren zu wollen, hinter der großen Mauer, auf
dem fernen und rätselhaften alten Kontinent.

Ich hatte Kunstgeschichte studiert, aber nach meinem Abschluss wurde ich Beamter, dank einem Onkel, der meinte, die
Zukunft liege in der Produktion und nicht in der Kunst, die
werde immer unverständlicher. Wie auch immer, nach meinem Abschluss fand ich ohnehin keine geeignete Stelle, also
sagte ich zu.

Eine fast schon gewöhnliche Reise, Kollegen von mir haben eine solche oft unternommen, vor allem der Vorgänger
an meinem frisch angetretenen Arbeitsplatz, er war in die
Psychiatrie eingewiesen worden, weshalb man mich, ebenfalls
dank meinem Onkel, zum Leiter der Abteilung für Landwirt-
schaftsbedarf zur Beschleunigten Entwicklung der Nation er-
nannte.

Es wird meine erste Auslandsreise, und was das Wichtigste
ist, sie führt mich nicht in eine der ehemals sozialistischen
Republiken. Zum Glück hat es seit einiger Zeit ein Ende mit
diesen Abkommen. Früher, habe ich gehört, kamen sich die

Leute bei diesen Reisen vor wie auf Besuch in einer unserer Provinzen, alles viel zu vertraut, nur das Gleiche noch mal, selbst wenn die wirtschaftliche Situation eine bessere war als bei uns. Solche Ziele wurden bei weitem nicht so freudig begrüßt wie eine Reise in die anderen Länder, auch die Verabschiedung von den Kollegen war anders. Wer jedoch auf Rom anfliegt, der weiß unter sich dreitausend Jahre Geschichte.

Ich würde nichts Geringeres als den Vatikan besuchen, den kleinsten Staat der Welt, Traum eines jeden Sterblichen, denn dort begegnet man der Kultur schlechthin. Die Reise meines Lebens, ja, Erinnerung an meine eigene Vergangenheit, wenn ich Meter um Meter der im Gedächtnis aufbewahrten Filme abspule. Dutzende Bücher habe ich gelesen über die römischen Sagen, und mit den Fotos und Bildern im Kopf kann ich die Augen schließen und die Stadt Schritt für Schritt durchwandern. Kann auf den Kapitolshügel steigen, den Palatin, den Esquilin, und ihre Ruinen erzählen mir wortreich die majestätische Geschichte des Imperiums.

Immer wieder sind mir die glänzenden Augen derjenigen aufgefallen, die von ihren Reisen zurückkamen, aber auch ein nervöses Zucken, das ich der Wiederbegegnung mit unserer Wirklichkeit zuschrieb, einer Wirklichkeit im ewigen Krieg. Als würden wir, nachdem wir es auf der Leinwand zum Farbfilm gebracht haben, zur Projektion in Schwarz-Weiß zurückkehren und dann auch noch stumm. Zu diesem Mann am Klavier, der bestimmt, mit welcher Melodie er uns begleitet, wenn er nicht, ausgerechnet im wichtigsten Moment, innehält, um zu gähnen, eine Kleinigkeit zu essen oder wegzudösen, weil der Alkoholpegel ihn umgehauen hat.

Doch so groß der innere Konflikt auch sein mag, das Aufeinanderprallen der Kulturen und das Trauma der Rückkehr, es lohnt sich gewiss, mich der Herausforderung zu stellen. Ich bin bereit, hin- und wieder zurückzukommen, ohne dass meine Psyche Schaden nimmt, und im Ideologischen werde ich erst recht standhaft bleiben. Ich habe eine Reihe von Schwarz-Weiß-Fotos herausgesucht, Familienerinnerungen, die werde ich mir immer wieder ansehen, vor allem in den Tagen vor dem Rückflug.

Ich bin in meinem Büro und blättere in einem Wörterbuch Italienisch-Spanisch, neben mir ein Buch mit Abbildungen der Basilica Aemilia, der Basilica Iulia und der Basilica Nova. Plötzlich tritt ein mysteriöser Herr an mich heran, den ich im Gebäude schon oft gesehen habe, auf dessen Funktion ich mir aber nie einen Reim machen konnte. Er bittet höflich um Entschuldigung für die Unterbrechung, aber »vor Antritt der Reise muss ich dich auf ein paar Dinge hinweisen«. Und sogleich nimmt er unaufgefordert Platz. Er holt seinen Ausweis eines Offiziers der Spionageabwehr hervor und sagt, viele Feinde hätten es auf Daten zu unseren Arbeitsplänen abgesehen, wofür sie die unterschiedlichsten Tricks anwendeten, Erpressung aus heiterem Himmel und so weiter. Worauf er mir tief in die Augen blickt.

Also lehnen sie meinen Einsatz in dem betreffenden Land ab, denke ich, und er ist gekommen, um es mir mitzuteilen. Ich lasse mir mein Widerstreben nicht anmerken, spüre, wie meine Kräfte schwinden. Und ich begreife, dass die Fundamente meines Reisevorhabens erste Risse bekommen. Ade Kolosseum, ade Trevi-Brunnen mit all deinen spielfilmtauglichen Füßen. Und ich beschließe, meinem geistigen Glück auf die Sprünge zu helfen, dem Glück meiner Familie und meiner Freunde, denen ich die Reise schon angekündigt habe. Ich stelle mir die Witze vor, die ich über mich ergehen lassen müsste, das Flurgetratsche, sollte ich abgelehnt werden. Wenn ich nicht energisch auftrete, werde ich den Stuhl auf meinem frisch zugeteilten Posten kaum anwärmen können. Passivität hieße, mich zu begraben.

Der Mann schaut mir weiter stur in die Augen, als wären sie ein Fenster zum Garten meines Hirns, als könnte er dort, Blumen gleich, meine blassen Ideen sehen, meine Ängste, Schwächen, Sehnsüchte, ausgerechnet jetzt, wo ich mir vorstelle, ich würde über den Petersplatz spazieren. Ich klammere mich an die Säulen der Kolonnaden wie ein Kind an sein Spielzeug.

Und springe in die Arena, versichere, dass die einschlägigen Maßnahmen ergriffen werden, damit nichts durchsickert, was die Unternehmung oder das Land gefährden könnte. Am Ende bin ich außer Atem. Ein befriedigendes Gefühl, als hätte ich eine Prüfung abgeschlossen. Ich atme tief durch und habe den Eindruck, dass der Offizier solche Momente gewohnt ist, für ihn ist diese Szene Routine, und ich bin ein Ad-hoc-Schauspieler beim Casting für eine politische Diskussionsrunde.

Erst nach einiger Zeit blinzle ich, und meine trockenen Augen versuchen wieder feucht zu werden, ohne Erfolg. Wir müssen dich darauf vorbereiten, sagt er und lässt an seiner Autorität keinen Zweifel, damit du jeden Ansprechversuch zurückweisen kannst, mit anderen Worten: Spionage. Ich balle die Faust und schlage auf den Tisch, natürlich kriegen die nichts aus uns raus, und ich erkenne mich selbst nicht wieder in dieser Rolle des Verzweifelten, der seine Reise retten will, gestützt auf zwei Dinge, die in mir wohnen und die ich bisher für unvereinbar hielt: kulturelle Beflissenheit und Wunsch nach materiellem Überleben.

Risiko Nummer 1, sagt der Offizier: Sie versuchen, über eine Prostituierte körperlichen Kontakt herzustellen. Wärst du imstande, dich in eine dieser Lasterhöhlen zu begeben? Er reißt die Augen sperrangelweit auf, als wollte er mein Bewusstsein scannen. Niemals, antworte ich prompt, um meine felsenfeste Haltung unter Beweis zu stellen, aber ich muss zugeben, dass ich es gesagt habe, ohne die Sache zu analysieren, als hätte ich mir die Antwort schon vorzeiten zurechtgelegt, eine Vorbereitung des Unterbewussten, das sich geduckt hält und auf seinen Moment wartet. In dem Fall, fährt der Offizier fort, würdest du bei einem perversen sexuellen Akt fotografiert. Nie und nimmer, völlig ausgeschlossen, versichere ich im natürlichsten Ton. Perfekt, befindet der Mann.

In meiner Hemdtasche sind, woher auch immer, drei Kugelschreiber gelandet, und wie nebenbei nehme ich sie heraus und lege sie auf den Schreibtisch, um das Klischee vom grauen Bürokraten auszuräumen.

Risiko Nummer 2, fährt er fort: Vorstellung einer Dame durch einen gemeinsamen Freund. Ich will schon mit einer weiteren Idiotie antworten, aber er hebt die Hand, erst ausreden lassen, also, bestünde der Verdacht, dass du schwach werden könntest, hätte man dich weder für den Posten hier noch für die Reise ausgewählt, zu deiner Person ist bereits alles überprüft, keine Sorge, wir denken und ihr führt aus. Er lächelt, sagt, sie zermartern sich das Hirn, während wir unseren Spaß haben. Die Erfolge und die Beförderungen sind dann für euch, und wir? Wir kriegen nichts, bleiben anonym, aber klar, jeder tut, was er kann, das Wichtigste ist, die Errungenschaften der Revolution zu schützen und zu verteidigen. Selbstverständlich, werfe ich ein. Du wirst eine lobenswerte Arbeit leisten, das weiß ich, sagt er, daran zweifeln wir nicht, aber du musst dir auch bewusst sein, dass wir ein Team sind. Ich signalisiere ein ums andere Mal Zustimmung, mein Kopf geht rhythmisch auf und ab. Nur manchmal nehmen wir einen Schluck kapitalistische Luft, sofern die Umstände es gebieten, und machen uns im Ausland auf die Jagd nach der Beute. Ansonsten immer von den Inseln aus, verstanden? Und ich stimme zu, nicke unaufhörlich.

Meine Sekretärin unternimmt einen Versuch, das Büro zu betreten, doch als sie den Mann sieht, vielleicht auch mein Gesicht, macht sie kehrt, ich muss sie nicht einmal dazu auffordern. Ich frage mich, ob es sich positiv auswirkt, wenn ich ihm ein Glas Wasser oder einen Kaffee anbiete, aber daraus ließe sich womöglich der typische Charakter eines dem Wohlbefinden nicht abgeneigten führenden Bürokraten ableiten, womit ich mich als kleiner Bourgeois zu erkennen gäbe. Mir ist bewusst, dass es sich um eine allgemeine Überprüfung meiner Vertrauenswürdigkeit handelt, und jede nachteilige Bewertung würde das Ende der Reise und des Verbleibs auf meinem Posten bedeuten.

Risiko Nummer 3, und dabei hält er ebenso viele Finger in die Luft: Du trinkst nichts, was nicht vor deinen Augen geöffnet wird, nicht einmal Wasser. Achte auf das Geräusch, und wenn der Flaschenöffner oder Korkenzieher auf keinen erwartbaren Widerstand trifft, nimm es nicht an, täusch irgendeine Unpässlichkeit vor. Ideal wäre, du hast eigene Getränke dabei. Es ist schon vorgekommen, dass man Leuten eine Dosis Schlaftabletten oder Drogen verabreicht und sie dann verhört hat, oder sie wurden in äußerst erniedrigenden, völlig inakzeptablen homosexuellen Stellungen fotografiert.

Ein schreckliches Gefühl überkommt mich, und ich spüre, wie sich etwas auf immer in mir einnistet, es ist der Beginn eines geistigen Veränderungsprozesses, der das Leben eines verfolgten und mithin paranoiden Menschen bestimmt. Einen Moment frage ich mich, ob ich nicht auf die Reise verzichten und statt meiner irgendeinen Experten benennen soll. Aber dann besteht die Gefahr, dass dieser Vertreter in dem Land um Asyl bittet und der Verdacht auf mich fällt, weil ich ihn ausgewählt habe. Wieder muss ich an meine Familie denken, an die materiellen Bedürfnisse und das Stigma des Feiglings in den Augen meiner Bekannten. Und mir gehen all die kubanischen Serien mit Agenten durch den Kopf, die dem CIA ein Schnippchen schlagen.

Die Risiken sind ohne Zahl, betont er, ich wollte dir nur die häufigsten erläutern, dein bester Leitfaden wird deine Intuition sein ... Sie alle gehen einher mit einem unverkennbaren Symptom: Jemand kommt auf dich zu und freundet sich mit dir an. In dem Fall musst du diese Nummer anrufen, worauf er mir ein Kärtchen hinhält, ohne Namen. Die Leute wissen, was zu tun ist, sie sind darauf vorbereitet, dich zu schützen und unsere Daten vor fremden Blicken zu bewahren.

Er steht auf und sagt, ich dürfe nicht vergessen, dass ein schlechter Job dem Unternehmen und dem Land schade, ebenso meiner Familie, womit er offenbar meinen einflussreichen Onkel meint, und mit einer knappen Handbewegung schickt er sich an, das Büro zu verlassen. Bevor er hinausgeht, dreht er sich noch einmal um, machen Sie sich nichts vor, mein Herr, das große internationale Geschäft ist die Spionage, der Diebstahl und Verkauf von Informationen über die militärische Verteidigung und die Industrieproduktion der Länder, hier fließen die Milliarden, alles andere sind Kinkerlitzchen, worauf er die Tür hinter sich schließt. Ich lasse all diese Instruktionen sacken und fühle mich wie ein Agent 008 oder wer weiß welche Nummer.

Von Stund an werde ich zu einem wortkargen und argwöhnischen Menschen. Man hatte mich schon gewarnt, dass mir das im Ausland nicht erspart bliebe, aber angefangen mit meiner Paranoia hat es an diesem Tag. Ich ertappe mich dabei, wie ich meinen Arbeitskollegen misstraue, sicher wären sie hocherfreut, wenn ich die Reise nicht antreten könnte und das Glücksrad sich weiterdrehte, dann gäbe es die Chance, dass es einen von ihnen träfe. Ab jetzt vergewissere ich mich, ehe ich das Büro verlasse, dass die Schubladen und die Aktenschränke verschlossen sind, dass die Produktionszahlen und die Lagerdaten meiner Sekretärin nicht vor Augen kommen.

Dann werde ich auch misstrauisch gegenüber meinen Freunden, denn solange sie selbst keine Anekdoten von jenseits der Grenze zu erzählen haben, könnten sie sich vor ihren Frauen herabgesetzt fühlen. Ich dagegen mit meinem Image des Erfolgreichen, einfach unwiderstehlich. Und so ungeheuerlich es mir erscheint, analysiere ich jetzt schon meine Familie. Jawohl, der Feind lauert überall. Bald stelle ich fest, dass ich nicht nach einem Spion suche, sondern nach jemandem, der mir etwas verübelt und davon träumt, statt meiner zu reisen.

Am Tag des Abflugs sage ich den Kollegen nicht Bescheid, auch nicht meinen Nachbarn oder irgendwelchen Verwandten, strengstes Staatsgeheimnis. Und als ich dann am Flughafen bin, muss mich nur jemand nach meinen Papieren fragen und anschauen, schon denke ich, dass man mir die Ausreise verweigert, etwas Unvorhergesehenes ist in letzter Minute dazwischengekommen. Schließlich bin ich durch die Kontrollen durch. Selbst als ich im Flugzeug sitze, kommt es mir unglaublich vor.

Während des Flugs kann ich mich kaum dazu durchringen, ein paar Worte mit meinem Sitznachbarn zu wechseln, einem freundlichen Herrn. Ich antworte nur einsilbig, denke, das ist noch zu früh für eine Prüfung, gesetzt den Fall, er ist von der kubanischen Sicherheit und will mich testen. Als er fragt, ob ich geschäftlich reise oder als Tourist, mache ich deutlich, dass ich auf eine Unterhaltung nicht aus bin, und ziehe eine undurchdringliche Wand zwischen uns, was der angebliche Ausländer sofort merkt, und er taucht ab in seine innere Welt.

Bei der Ankunft habe ich Gelegenheit, die ganze Palette an Sicherheitsvorkehrungen durchzuexerzieren, die der Offizier mir erklärt hat. Wie geplant werde ich von den Leuten erwartet, mit denen das Geschäft abgeschlossen werden soll, sehr höfliche, vornehme Menschen. Sie bringen mich in ihrem Auto zum Hotel, womit mir schon mal das Taxigeld bleibt, das man mir zu diesem Zweck gegeben hat. So kann ich Eintrittskarten für Museen kaufen oder Geschenke für die Familie.

Als wir an der großen Freitreppe vorbeifahren und ich die Piazza Spagna wiedererkenne, kommen mir fast die Tränen, und dann sehe ich die Porta del Popolo, dieses an einen Triumphbogen erinnernde Tor in der Aurelianischen Mauer, und ein Stück weiter, mitten auf dem Petersplatz, den von Papst Sixtus V. errichteten Obelisken. Überwältigende Eindrücke.

In der Lobby des Hotels vereinbaren wir, dass ich mich zunächst ausruhe, am Abend wollen meine Gastgeber mich abholen und zum Essen einladen. Verhandelt wird morgen, sagen sie, erst das Vergnügen. Mir wird der erste Widerspruch zuteil, im Sozialismus ist es umgekehrt.

Ich lege mich ins Bett, kann aber nicht schlafen, ich muss die Dinge sehen, muss meine Kenntnisse mit Wirklichkeit füttern, also gehe ich hinaus, und ich atme so begierig, dass es wie ein verzweifelter Versuch anmutet, die Stadt zu verschlingen. Jeder einzelne Ort ist wundervoll. Selbst die Steine sind für mich Kunstwerke, die Wände, die Malereien an den Fassaden, ganz zu schweigen von den Brücken und der Architektur. Ich laufe durch die Straßen nahe dem Hotel, besuche eine Buchhandlung, mehrere Galerien, einen Markt für Volkskunst.

Als ich zurückkomme, erwarten mich die Unternehmer in Begleitung ihrer Frauen, so hatten sie es angekündigt, wir verbinden hier gern Geschäft, Vergnügen und Familie, sagen sie, und ich: drei auf einen Streich, aber mein Scherz kommt nicht rüber, sie lächeln trotzdem, aus Höflichkeit. Das ist der zweite Widerspruch, die Familie mitzunehmen gilt in meinem Land als Korruption.

Das Abendessen findet in der Nähe der Piazza Navona statt, bei Kerzenlicht in einem für mich rätselhaften Restaurant, nach und nach werden die köstlichsten und delikatesten Speisen serviert. Die jeweils letzte scheint die vorhergehende an Raffinesse noch zu übertreffen, und zugleich wüsste ich nicht zu sagen, für welche ich mich entscheiden sollte. Eine mir unbekannte Kombination: Höflichkeit, Reichhaltigkeit und Qualität. Auf dem Rückweg zum Hotel schweige ich. Trotz allen Überschwangs vermisse ich meine Familie.

Am nächsten Tag einigen wir uns auf ein Abkommen, unterzeichnen zunächst eine Absichtserklärung. Sie zeigen mir ihre Fabriken und führen mich zu den Büros der Reedereien, die mit dem Transport der Ware beauftragt werden sollen. Abends besuchen wir die verschiedensten Orte. Mir wird es schon zur Gewohnheit, dass ich um acht Uhr bereit bin fürs Nachtleben, und dabei setzen wir, so groß ist die Vertrautheit, unsere Verhandlungen fort. Die Rechnung geht immer auf sie, so dass mein Erspartes anwächst.

In einem Restaurant beim Obelisken an der Piazza San Giovanni in Laterano verspüre ich, noch bevor es losgeht, eine wohlige Zufriedenheit, und mir ist, als hätte ich bereits gegessen. Aber das wollen mir meine Augen nur einreden. Im Laufe des Abends gesellen sich Bekannte der Gastgeber zu dem Mahl hinzu, Tische werden aneinandergerückt. Ich behalte im Blick, dass die Weinflaschen in meiner Gegenwart geöffnet werden. Einem der Hinzugekommenen habe ich es offenbar angetan, er spricht von Kuba, gibt mit seinem Wissen an, tatsächlich kennt er sich, trotz der ein oder anderen Verwechslung, in der Geschichte des Landes aus. Über Politik spricht er nicht mit mir, auch nicht über die beklemmende Wirklichkeit der Kubaner aufgrund ihrer prekären Lage, und dann lädt er mich für den nächsten Tag zum Abendessen ein, bei sich zu Hause, ich versuche es auszuschlagen. Aber die anderen ermuntern mich, bis mir klar wird, dass eine Ablehnung allzu unhöflich und verdächtig wäre.

Als ich später allein in meinem Hotelzimmer bin, frage ich mich, ob es jetzt meine Pflicht wäre, die vereinbarte Nummer auf dem namenlosen Kärtchen anzurufen. Ein zu voreiliger Schritt? Er schien ein feiner Kerl zu sein, ein echter Fan der Karibik und ganz besonders von Kuba. Einer von denen, die nicht wissen, wohin mit ihrem Geld. Am Ende beschließe ich zu warten, will erst mehr über seine Interessen in der Hand haben.

In seinem Haus zeigt er mir Fotos seiner anderen Villa, in Neapel, und von dem Boot, das in einem nahen Jachthafen liegt. An einem Wochenende würde er mich gern mitnehmen zum Angeln, sagt er. Ich lehne natürlich ab, zu viel zu tun, ich werde in Rom bleiben müssen. Aber er besteht darauf, ich soll ihm Bescheid geben, sobald mein Terminkalender es erlaubt. Ich betone noch einmal, dass das unmöglich ist, und indem ich es ausspreche, habe ich schon beschlossen, mich zu melden.

Kaum zurück im Hotelzimmer, hole ich das Kärtchen hervor und rufe an. Ein Mann nimmt ab und hört schweigend zu, während ich mich identifiziere. Nicht weitersprechen, sagt er, er kümmere sich darum. Und legt auf.

Die Arbeit hält mich so sehr auf Trab, dass ich den Anruf vergesse. Als ich drei Tage später, nach einer anstrengenden Tour durch die Fabriken, ins Zimmer komme, sitzt dort ein Mann und wartet auf mich, ich zucke zusammen, will schon nach einem Stuhl greifen, um mich zu verteidigen, aber seine Worte lassen mich innehalten. Ich bin die Person, die du angerufen hast. Ich möchte wissen, wer dieser Kontakt ist und wie er dich angesprochen hat.

Nachdem ich die Fakten geschildert habe, fragt er mich, welchen weiteren Treffpunkt wir vereinbart haben. Ich sage es ihm, und er plant eine Strategie. Wir arrangieren eine zufällige Begegnung, sagt er und erklärt, dass er dann an unseren Tisch tritt, du stellst mich vor als Repräsentanten der Nickelindustrie in Kuba, um den Rest kümmere ich mich. Worauf er mir auf die Schulter klopft und geht. Ich bin so perplex, dass ich ihn nicht einmal zur Tür begleite. Er erwartet eine solche Aufmerksamkeit auch nicht, er steht einfach auf und geht.

Alles läuft wie geplant. Überraschende Begegnung, Vorstellung, freundliche Unterhaltung. Und dann sprechen der Kontakt und der Vorgestellte mehr miteinander als mit mir, ich bin nur eine dritte Person, die kaum eine Rolle spielt. Irgendwann stehe ich auf, um zur Toilette zu gehen, sie merken es nicht einmal.

In den nächsten Tagen beharrt der tolle Freund nicht mehr darauf, mich zu dem angeblichen Jachtausflug einzuladen. Eine Woche später treffe ich die beiden zufällig, als sie gerade die Gründung einer Tochtergesellschaft beschlossen haben. Wir umarmen uns wie alte Kameraden. Und das war's. Sie haben versprochen, mich anzurufen, und sind fröhlich gegangen. Mir wäre es lieber, sie hätten das nicht getan, denke ich und winke zum Abschied.

Ich bereite weiter vor, was für mich die erste vertraglich vereinbarte Materialbeschaffung zum Wohle der Entwicklung meines Landes wäre. Jeden Tag stehe ich in aller Frühe auf und komme um Mitternacht zurück. Von der Stadt nehme ich nur auf, was ich bei unseren Fahrten von einem Produktionsstandort zum nächsten durchs Autofenster sehe.

Als ich eines Abends erschöpft auf mein Zimmer zugehe, stellt sich mir ein Mann in den Weg. Ich mustere ihn, er ist mir unbekannt. Ich bin die Person, die Sie angerufen haben, die Telefonnummer hat man Ihnen in Havanna gegeben, sagt er und wartet darauf, dass ich ihn entsprechend begrüße. Er erklärt es mir noch drei Mal, als wäre ich zu doof, aber offenbar bin ich das tatsächlich. Ich sage ihm, dass schon ein anderer Herr in meinem Zimmer gewesen sei, inkognito, er habe sich als der Verbindungsmann ausgegeben, auch hätte ich ihn bereits der verdächtigen Person vorgestellt.

Der Mann wird erst nervös, dann sauer. Er will mir zu verstehen geben, dass ich schuld bin an dem Missverständnis. Minutenlang beteure ich meine Unschuld. Worauf er erklärt, dass mein Anruf offensichtlich von einem anderen Geheimdienst abgehört wurde, ich müsse herausbekommen, wer die Leute seien. Ich weigere mich strikt. Ich bin wegen einer geschäftlichen Vereinbarung in diesem Land, sage ich, und stehe kurz vor dem Abschluss, der Vertrag biete große Vorteile für die kubanische Seite, dafür sei ich verantwortlich. Außerdem hätten die Leute keine statistischen Daten über unser Land aus mir herausbekommen, ich könne meine Zeit nicht vertun mit James-Bond-Spielchen.

Der Mann nimmt es mir übel, sagt, das sei höchst bedauerlich, zumal ich laut den Angaben, die man von der Insel geschickt habe, ein echter Revolutionär sei. Das bist du der Revolution schuldig, sagt er, und das Wichtigste ist, die Sicherheit zu gewährleisten, vor allem die des obersten Führers, womöglich wird genau hier, vor deiner Nase, ein Anschlag auf seine Person geplant. Inzwischen bin auch ich nervös und in Sorge. Was ich nicht einmal verberge.

Die Sache hat mit meinem ursprünglichen Interesse und meinem Beruf nichts mehr zu tun. Aber mir bleibt keine andere Wahl, als mitzumachen und ihn dem anderen bei einem zufälligen Zusammentreffen vorzustellen. Wir werden sagen, er komme als Verstärkung aus Kuba, um uns bei dem vereinbarten Abkommen zu unterstützen, mit neuen Zahlen im Gepäck.

Ich kann kaum schlafen. Ich halte mich für einen friedliebenden, ruhigen und, in meinem Privatleben, konservativen Menschen. Spionage ist nicht mein Ding, sage ich mir. Ich stehe auf und schaue aus dem Fenster. Versuche herauszufinden, ob ich beobachtet werde. Untersuche das Zimmer, befürchte, dort könnten Kameras oder Mikrofone versteckt sein. Gleich morgen muss ich die Spione einander vorstellen. Mir kommt es vor wie ein kindisches Spiel.

Als ich hinuntergehe, wartet er schon in der Lobby auf mich. Wir begrüßen uns mit einem kleinen Nicken, und ich will schon loslaufen in Richtung U-Bahn, aber er winkt mich herüber, er hat einen Wagen mit Chauffeur, während der Fahrt beobachtet mich der Mann die ganze Zeit im Rückspiegel. Ich ignoriere ihn. Der neue Agent und ich gehen noch einmal den Plan durch. Wenn wir ankommen, stelle ich ihn unserem geschäftlichen Gegenüber vor, sie werden es seriös finden, dass die Chefs Unterstützung schicken, es unterstreicht die Ernsthaftigkeit und das Interesse an dem Vertrag.

Zur Mittagszeit begegnen wir den beiden, die ich zuerst miteinander bekannt gemacht habe, in einem Restaurant, man könnte meinen, ein schwules Paar, immer wieder lachen sie. Nachdem ich sie über meine angebliche Verstärkung ins Bild gesetzt habe, stelle ich fest, dass sie die Einbeziehung des neuen Mitarbeiters in unser Gespräch nicht im Mindesten verwundert, sie geben sich die Hand, tauschen Visitenkarten, und alles geht in schönster Harmonie weiter. Ich kann nicht glauben, was da geschieht. Das sind professionelle Schauspieler, die bis ins kleinste Detail an ihren Rollen festhalten.

Die ständige Belauerei stört den für das Abkommen notwendigen gedanklichen Prozess, aber ich reiße mich zusammen. Die Staatssicherheit ist die Herrin über alles, über die Kubaner und was immer mit Kuba zu tun hat.

Ich überlasse sie ihrer angeregten Unterhaltung, sollen sie Spione spielen, und beuge mich über die Punkte unserer Vereinbarung, mit denen ich mich noch gründlicher beschäftigen muss. Wann immer ich zu den Agenten hinsehe, habe ich das Gefühl, dass sie beste Freunde sind, die gerne miteinander pokern, sie lachen, stoßen freudig an. Dann achte ich nicht mehr auf sie und merke nicht einmal, dass sie irgendwann aufgebrochen sind.

In den folgenden Tagen geht alles seinen gewohnten Gang.

Wann immer ich die Gelegenheit habe, fahre ich zum Trevi-Brunnen, und am Wochenende besuche ich die Sixtinische Kapelle. Oder ich wandere durch die Stadt, verlaufe mich und finde mit Hilfe des Stadtplans zurück zum Hotel. Ein faszinierendes Spiel, das ganz sicher. Und ein wahrer Luxus, die Winkel dieser tausendjährigen Stadt mit ihrer Kultur zu durchstreifen. Außerdem spare ich Geld, denn den Rückweg mache ich immer zu Fuß.

Im Hotelzimmer reißt mich das Klingeln des Telefons aus meiner Verzückung, ja bitte, sage ich, und sekundenlang bleibt es still. Nachdem der Anrufer sich vergewissert hat, wer ich bin, gibt er sich als der Offizier zu erkennen, der mich in meinem Büro in Havanna aufgesucht hat. In wenigen Worten sagt er, dass er aufgrund meines Schweigens annehme, dass alles reibungslos laufe, angerufen hätte ich ja nicht, wie er von seinen Untergebenen erfahren habe. Ich bin sprachlos, er denkt schon, die Leitung wäre unterbrochen, aber dann sage ich, mittlerweile würde ich gar nichts mehr verstehen, und erkläre, ohne es weiter zu vertiefen, was vorgefallen ist, und das bereits zwei Mal. Der Mann gerät außer sich, unmöglich, dass man mich derart verschaukelt, die Nummer, die er mir gegeben hat, ist eine sichere Verbindung, wie er mehrmals betont. Am Ende bittet er mich, die Ruhe zu bewahren, sie bringen die Situation in Ordnung, notfalls würde er persönlich kommen und die Sache in die Hand nehmen.

Die nächsten zwei Tage bin ich völlig verstört. Sobald sich mir jemand nähert, halte ich ihn für einen weiteren Spion. Bis es erneut an meiner Zimmertür klopft. Eine Italienerin, die exzellent Spanisch spricht. Sie sagt, von Havanna aus habe sie Anweisung, sich um mich zu kümmern. Ich solle die vereinbarte Nummer vernichten und unter keinen Umständen mehr benutzen, offenbar habe man sie herausgefunden, und jetzt laufe eine Ermittlung, weil nicht auszuschließen sei, dass es einen Maulwurf gebe, und als sie meine ratlose Miene sieht, erklärt sie: einen Doppelagenten, angesichts der Dringlichkeit würden verstärkt Nachforschungen angestellt. Sie fragt, ob noch jemand Zugang zu dem Kärtchen hatte. Ausgeschlossen, versichere ich. Sie will wissen, ob ich Familie in Miami habe. Ja, sage ich, aber zu diesen Verwandten besteht kaum eine Verbindung. Ihr Gesicht strafft sich, als hätte sie bei mir eine Schwachstelle entdeckt. Sie fragt nach den Namen. Ich erinnere mich nur an die ersten Nachnamen von zwei Cousins väterlicherseits. Mir wird klar, dass das Teil der Ermittlungsdynamik ist und Misstrauen dazugehört.

Sofort schlägt sie mir vor, sie am nächsten Tag mit den feindlichen Informanten in Kontakt zu bringen. Was meine Pläne, die Trajanssäule zu besichtigen, zunichtemacht. Tatsächlich war mir dieser Besuch ein besonderes Anliegen, denn ich erinnerte mich nur zu gut, wie ich an der Universität in einer Prüfung, bei der es um dieses Monument ging, durchgefallen war. Aber unmöglich, das Treffen mit den Agenten duldet keinen Aufschub: Es eilt, macht die Frau mir klar. Ich bin einverstanden, erst die Revolution, gewiss doch, danach ich und alles andere.

Natürlich kenne ich Geschichten von Repräsentanten im Ausland, die nicht länger vertrauenswürdig waren und zur Rückkehr gezwungen wurden, manchmal nach Verhaftung. Man hat uns zum Misstrauen erzogen, und solange das Gegenteil nicht bewiesen ist, sind wir potenzielle Verräter. Weshalb ich alles daransetzen muss, meine Unschuld zu beweisen.

Wir verlassen das Hotel, und sie entscheidet, dass wir mit dem Taxi fahren. Sie ist eine schöne Frau, für meinen Geschmack vielleicht zu perfekt. Wir würden uns, erklärt sie ihre Taktik, so geben, als hätten wir uns bei einem kleinen Flirt kennengelernt. Als wir zu dem vereinbarten Ort kommen, sind die Vertreter der italienischen Vertragspartei bereits da, natürlich auch die anderen, die auf meine Geheimnisse lauern, drei Fliegen, die über dem Kuchen schwirren und sich nicht zu setzen trauen.

Ich begrüße sie und stelle die Frau, wie es sich für den Zuletztgekommenen gehört, an den Tischen vor: Eine Freundin, sage ich, und sie können sich ein Lächeln nicht verkneifen, was für ein Don Juan. Meine drei Agenten spare ich mir für den Schluss auf, tatsächlich sitzen sie am weitesten entfernt. Nachdem ich der Dame den Stuhl zurechtgerückt habe, nehmen wir an ihrem Tisch Platz. Alle beobachten sie. Mir ist das egal, ob sie einen Verdacht hegen oder bloß Männer sind, die auf Beischlaf aus sind.

Als intelligente Frau gibt sie nach wenigen Minuten den Ton an. Mit einem langsamen Schwenk nehme ich die Tische in den Blick, und als kein Zweifel mehr daran besteht, dass die Männer ihre kostbare Zeit nur verschwenden, stürze ich mich in die Farce. Ich komme mir schmutziger vor als die anderen, ekle mich vor der wichtigsten Person in meinem Leben: vor mir selbst.

Um ihre Rolle glaubhaft zu spielen, streicht mir die junge Frau über den Arm, stößt mit ihrem Glas Wein an und flüstert mir in einem passenden Moment ins Ohr, ich solle ihr helfen, den Leuten weiszumachen, dass wir tatsächlich miteinander flirten, dann ein Kuss aufs Ohr, und ich bekomme Gänsehaut. Ich trinke ein paar Schlucke Wein, vielleicht mehr als sonst. Später will sie mir wieder etwas ins Ohr flüstern, und ich küsse sie auf die Lippen. Sie sträubt sich nicht, lächelt noch breiter, nur so kann sie ihrer Überraschung Ausdruck verleihen. Ich weiß nicht, was mich reitet, aber ich frage sie, wann man mich das letzte Mal aus Havanna angerufen hat. Ihre Augen verändern sich, die Nase kräuselt sich, sie schließt leicht die Lider und richtet ihren Blick zum ersten Mal direkt auf mich. Sie hat mich unterschätzt. Die ganze Runde hier hat mich nicht ernst genommen, hat mich nur benutzt als Werkzeug für ihre Geheimdienste.

Die Frage habe ich ihr gestellt, nachdem mir aufgefallen ist, dass am Nebentisch der Offizier sitzt, der mich in Havanna befragt hat, sie selbst hat ihn nicht wahrgenommen, die beiden kennen sich also nicht. Wie am Telefon angekündigt, ist er gekommen, um die Sache persönlich in die Hand zu nehmen, und bei der Gelegenheit genehmigt er sich einen ordentlichen Schluck kapitalistische Luft. Aufgrund der vielen Erfahrung, die ich in diesen wenigen Tagen gesammelt habe, muss ich als Nächstes, vermute ich, wohl wieder so tun, als wäre ich überrascht, einen Kollegen zu treffen, und dann simuliere ich eine freudige Begrüßung, bitte ihn, sich der Gruppe anzuschließen, und stelle ihn den anderen vor.

Ich schaue zu seinem Tisch hinüber und glaube an seinem Blick zu erkennen, wie er an mir die Müdigkeit abliest, den Verdruss über diese zermürbende ständige Anspannung. Minutenlang fixiere ich seine Augen, sie sind ausdruckslos, antworten mir nur still, ich nehme an, sie sind auf das Schlimmste gefasst.

Vor den verblüfften Gesichtern der anderen stehe ich auf, schaue mich um und lächle in die Runde. Schweigend sehen mich alle an, in den Augen der jungen Frau liegt eine Traurigkeit, die mich an Michelangelos Pietà erinnert. Als ich aufbrechen will, hält sie mich am Arm zurück. Du weißt, was das bedeutet, wenn du jetzt gehst, ja?, sagt sie drohend. Bist du dir bewusst, dass du alles aufgibst? Ich löse mich sanft aus ihrem Griff und kehre ihr den Rücken zu. Der aus Havanna angereiste Chef erhebt sich ebenfalls, er denkt, dass das Spiel nun beginnt und ich zu ihm komme. Als ich an ihm vorbeigehe, höre ich ihn sagen, ich solle an meinen Onkel denken, und unter den Blicken sämtlicher Anwesender eile ich hinaus, lasse ihnen keine Möglichkeit, mich zu fragen, wohin oder wann ich zurückkomme. Ich laufe einfach am Ufer des Tibers entlang und folge meiner Silhouette auf dem Wasser.

Dann haste ich durch die Straßen, ohne Ziel. Mein Körper fängt an zu schwitzen, und während ich spüre, wie der Wind auf ihn trifft, steigt in mir eine Reinheit auf und löst diesen Rost ab, der auch die alten Schiffsrümpfe überzieht, mit jedem Schritt werde ich leichter. Die Menschen, die mich dahinstürmen sehen, wenden sich erschrocken ab. Bis ich verstehe, an welchen Ort mein Unterbewusstes mich geführt hat.

Vor dem Konstantinsbogen bleibe ich stehen. Und feiere auf seine Art, Jahrhunderte später, meinen Triumph.

Trautes Heim

So nervös, wie die Soldaten sind, erwartet man offenbar hohen Besuch im Gefängnis. Es läuft immer gleich ab, erinnert sich Mandy. Schon auffällig, dass es für alle Häftlinge länger als dreißig Minuten Wasser am Tag gibt, und noch ungewöhnlicher, dass man ihnen Seife und Waschpulver austeilt, damit ihre Sachen blitzsauber sind. Sie erhalten auch Petroleum, um die Wanzen zu töten, von denen es in den Betten und an den Wänden des Gefängnisses wimmelt, außerdem Medikamente gegen die Krätze, so wie es auf einmal auch Carbamazepin für die Epileptiker gibt und Captopril für die Hypertoniker. Da ist doch was im Busch!, grummelt Mandy, aber niemand hört mehr zu, jetzt geht es darum, das Gratisangebot zu nutzen.

Dann kommen die Friseure und sorgen für einen Haarschnitt und die Rasur. Die seit Monaten verstopften Klos werden instand gesetzt. Die Wände werden gestrichen. Stundenlang dürfen wir auf den sonnigen Innenhof, nach ein paar Tagen haben wir Farbe angenommen, man könnte fast meinen, sie hätten uns zum Strand gebracht, rosarot wie kanadische Schweine, damit es so aussieht, als bekämen wir gelegentlich Fleisch zu essen.

Die problematischen Fälle, abgemagert, tuberkulosekrank, mit Ringen unter den Augen, die Schwerbehinderten, deren Hände und Knie verschwielt sind, weil sie mangels Rollstüh-

len und Krücken über den Boden kriechen, die Narbenge-
sichtigen, erst unlängst verprügelt von den Wachen oder bei
einer Auseinandersetzung zwischen Häftlingen und noch
voller Blutergüsse, dazu die psychisch Kranken und wer immer lange in einer Strafzelle gesessen hat, lebender Beweis
für diese Art von Konzentrationslager, sie alle werden auf die
Krankenstation gerufen, wo man ihnen mitteilt, dass sie in
eine »Klinik« verbracht werden.

»Nicht diese Klinik, Doktor!«, sagt der Verrückte, »das tut
zu weh.«

Und Mandy lacht, als wüsste er, was der Verrückte meint.
Aber den Häftlingen bleibt keine Zeit, zu protestieren oder
ihre Gehirne anzustrengen und sich zu fragen, was dieser
Mandy wieder hat mit seinem Sarkasmus.

Im Nu ist das ganze Heer der Nutzlosen fixiert mit »Sha-
kiras«, eine um den Bauch geschlungene Kette verbindet die
Handgelenke und die Füße.

Da sie wissen, was auf sie zukommt, bitten die Aussortier-
ten die anderen Häftlinge um Flaschen mit Wasser und ziehen sich bis auf die Unterhose aus, denn diese Klinik, von der
die Rede ist, kennen sie schon.

Dann werden sie unter Stößen gezwungen, in den Gefangenentransporter zu steigen, und obwohl ihnen bewusst ist,
dass man sie in die Hölle fährt, wehren sie sich nicht, das wäre
noch schlimmer. Sie geben den Drohungen also nach, erinnern sich noch gut an frühere Male, als sie es gewagt haben,
sich zu widersetzen, und man sie bewusstlos weggebracht hat,
zusammengebrochen unter den Schlägen der Soldaten, und
als sie wieder zu sich kamen in dieser fahrbaren Zelle, war

ihre Körperhaltung eine äußerst unbequeme. Sie haben gelernt, sich aufs Überleben zu konzentrieren, allen Umständen zum Trotz.

Schließlich fährt der Wagen los, braust über den Erdwall hinter dem Gefängnis und wirbelt eine riesige Staubwolke auf, genau wie in der Wüste von Äthiopien, erinnert sich einer der Häftlinge, der mit den Internationalisten in Afrika gekämpft hat, als Siebzehnjähriger, wie er betont, aber die anderen wollen von seinen Geschichten aus der Vergangenheit nichts hören, die Gegenwart beschäftigt sie genug. Als sie zu der kleinen, mit Bäumen bestandenen Anhöhe kommen, einen Kilometer vom Gefängnis entfernt, wird sich versteckt. Die Wachen stellen den Motor ab und sehen zu, dass sie Schutz finden im Schatten des Laubs.

Die Häftlinge bleiben in einem Gemenge aus Ketten und menschlichen Körpern zurück, verbrennen sich an dem rostigen Karosserieblech, das ihnen über die Haut schmirgelt. Ströme von Schweiß rinnen an ihnen herab, Schüttelfrost packt sie, die ein oder andere Erregung auch, bei dem ständigen Geruckel schaffen sie es, sich mit einer Ejakulation zu erleichtern.

Der Verrückte weint, weil schon der Atem brennt, deshalb lassen sie die Luft nur sacht aus dem Mund entweichen, dann tut es weniger weh. Wann immer jemand mit der Haut an das Metall der Wände oder des Bodens kommt, sind Stöhnlaute zu hören, als wäre es ein glühendes Bügeleisen.

Die körperlich Behinderten haben keine Chance, sie werden an die Seite gedrängt, eine leichte, unmerklich rotierende Bewegung, die sie zwingt, eine Art Schutzschicht zu bilden, bis die Stärksten in die Mitte gerückt sind.

Das Jammern kommt also immer von den Schwächeren, sobald sie spüren, dass sie sich an dem Blech verbrennen, und genauso müssen sie die Tritte ertragen, die auf sie niedergehenden Körperausscheidungen: Schweiß, Spucke, Urin, Tränen, Dünngeschissenes. Dazu das Auf- und Abhüpfen der anderen wegen der Hitze an den Fußsohlen und der eingeschlafenen Gliedmaßen, ihre Körper dienen als bloße Unterlage, eben weil sie unten liegen, und wenn sie um Gnade bitten, ein wenig Respekt, antwortet das Gelächter oder der Spott der Männer über ihnen, die sich nicht anmerken lassen wollen, wie unbequem und schmerzhaft es auch für sie ist, lieber reißen sie auf Kosten der anderen Witze. Das Beste, was den Männern unten passieren kann, ist, dass sich einer oben mit Wasser übergießt, um sich Kühlung zu verschaffen und die Körpertemperatur zu senken, deshalb auch die Flaschen, um die sie so dringend gebeten haben.

Von der Anhöhe aus sehen die Wachen, wie die Touristenbusse mit den Besuchern in die Haftanstalt hineinfahren. Es sind Journalisten, die über die »Menschenrechte in Kuba« berichten werden. Ausländer mit Kameras, die sich vom Zustand der Inhaftierten überzeugen wollen. Sie kommen genau zur vereinbarten Zeit.

Im Essraum des Gefängnisses wird aufgefahren, Tabletts mit einer solchen Menge Reis, dass sie ihn in einer Woche nicht essen könnten, Bohnen, die sie zuletzt in Freiheit gesehen haben, und ein Stück Hähnchen, so riesig, dass es ihnen vorkommt wie im Traum, allein der Gedanke, es könnte echt sein, macht ihnen Angst. Die ausgewählten Häftlinge werden ermahnt, bloß nicht mit der Presse zu sprechen, ignoriert sie, weicht ihren Blicken aus, konzentriert euch auf euer Sonderessen, so was gibt's nur im Science-Fiction, und lasst es euch schmecken, solange ihr noch könnt! Schlingt das Zeug nicht runter, benehmt euch, verhaltet euch, als würdet ihr jeden Tag so eine Mahlzeit bekommen.

Dann wird gewarnt: Wer meint, er müsse sich unbedingt mit den Besuchern unterhalten, und dafür sorgt, dass ihnen Negatives zu Ohren kommt, kriegt nicht nur Prügel und landet auf unbestimmte Zeit in der Strafzelle, er darf auch keine Vorteile von der Umerziehung erwarten.

Als die Besucher sich auf ihrem Rundgang nähern, gibt ein Offizier den Befehl, mit dem Essen anzufangen. Und auf der Stelle kennen die Gefangenen nur noch ihre köstlichen Speisen, niemand will mehr etwas wissen von einer anderen Wirklichkeit. Die Medien halten fest, wie sie verpflegt werden, wie sie in diese riesigen Hähnchenteile beißen.

Kaum ziehen die Besucher weiter, brüllen die Soldaten, sie sollen den Nächsten etwas übrig lassen, schubsen sie, helfen ihnen mit dem Knüppel auf. Aber die Schläge sind ihnen egal, sie wollen nur das Fleisch abnagen, das noch an den Knochen hängt.

Nachdem die Offiziere sich vergewissert haben, dass die Besucher nicht mehr in der Nähe sind, wird das übliche Essen ausgeteilt, für die anderen Häftlinge, Schluss mit dem Schauspiel, und Mandy lacht aus vollem Hals, bis einer der Soldaten ihm einen Blick zuwirft, als wäre ihm die Prügelstrafe sicher, weshalb er lieber die wenigen Zähne verbirgt, die er vor den Knüppelschlägen hat bewahren können. Gebracht wird die Miniportion Reis mit Würmern, das einzige

Fleisch auf dem Speiseplan, bestenfalls Süßkartoffeln und Rührei.

Als die ausländischen Journalisten Stunden später wieder in die Busse steigen, voller Dankbarkeit, dass man sie in die klimatisierte Kühle entlässt, fahren die Soldaten, nachdem sie auf der Anhöhe aus ihrem Blechgeschirr gegessen und unter den Bäumen Siesta gehalten haben, den Gefangenentransporter mit seinem Ausschuss zurück ins Lager. Einige schaffen es mit Mühe auszusteigen, andere sind bewusstlos.

Die Soldaten schütten ihnen eimerweise Wasser über, beschimpfen sie, treten sie, schubsen sie mit den Stiefeln, und wenn sie dann hinfallen, brüllen sie sie an, sie sollen sich nicht beschweren, ihr seid zurück im Leben!

Mandy schaut durch ein Oberlicht seiner Zelle zu, aber das Lachen ist ihm vergangen.

Das Skelett des Herrn Morales

Am Morgen, bevor er ins Büro ging, waren die Knochen seines Vaters noch vollständig, das kann er mit Sicherheit sagen. Stück für Stück hatte er sie gezählt, so wie jeden Tag, die ganze letzte Woche schon nach der Exhumierung, um ihn ins Familiengrab in seiner Heimatstadt zu überführen, die Reise wollte er antreten, sobald man ihm auf der Arbeit die Urlaubstage bewilligte.

Er weiß nicht, warum, aber das hatte er schon als Kind so gemacht, wenn er seine Spielsachen zählte, bevor er morgens zur Schule ging. Eine Art liturgischer Akt, um sich zu verabschieden, sagt er sich, was machte es schon, dass es nur eine Trennung für wenige Stunden war. Wie ein Hirte, der seine Schafe auf die Weide treibt oder sie zurückholt. Waren die Knochen durchgezählt, legte er sie jedes Mal so sorgfältig und liebevoll wie möglich zurück in das Ossarium, und er kam nicht umhin, zum Gedenken ein paar Tränen zu vergießen.

Für ihn ist das eine Obsession, seinen alten Herrn wohlbehalten aufzubewahren, so kann er ihn später im Familiengrab der Morales mit dessen Eltern vereinen, mit den Großeltern und Urgroßeltern und mehreren Generationen von Vorfahren, die er in der langen Geschichte seines Stammbaums nicht hat kennenlernen können. Aber kaum kommt er von der Arbeit, sieht er, dass der Deckel des Ossariums verschoben ist, auch mit der Anordnung der menschlichen Überreste stimmt etwas nicht, sie sind nicht an ihrem Platz. Er bekommt einen Riesenschreck, und langsam tritt er heran, ahnt schon das Schlimmste.

Ihm fällt eine verdächtige Lücke auf, genau an der linken Seite. Er überprüft die Türen und Fenster, kann aber kein Anzeichen für ein gewaltsames Eindringen erkennen. Das alles ist äußerst seltsam. Um sich zu vergewissern, beschließt er, das Knochengerüst des Mannes, der zu Lebzeiten sein Vater gewesen war, in seinen Ursprungszustand zu bringen. Und er verteilt den knöchernen Haufen auf den Bodenfliesen, damit er das Gerippe so zusammensetzen kann, dass es dem Skelett aus dem Biologieraum in der Sekundarstufe ähnelt, vor dem die Schüler zuerst so viel Angst hatten, bis sie, nachdem sie sich daran gewöhnt oder mit einem Zusammenleben abgefunden hatten, nur noch Scherze machten, eine gespielte Verwegenheit, die letztlich das Gegenteil bewies: Respekt vor den menschlichen Überresten.

Sie hatten ihm den Unterkiefer auf- und zugeklappt, als wäre es das Skelett einer Lehrerin, die einem Schüler verkündet, dass er durchgefallen ist, hatten die Stimme des Direktors nachgeäfft, wenn er den Ungehorsamen mit Maßnahmen drohte. Immer humorvoll dem Verstorbenen gegenüber, der keine trauernden Angehörigen besaß, die von ihnen Rücksicht und den nötigen Respekt hätten einfordern können. Sicherlich waren sie damals zu dem Schluss gelangt, dass es sich um einen alten Mann handelte, den man in einem Heim seinem Schicksal überlassen hatte, und als er starb, hatte niemand nach seinem Leichnam gefragt.

Liebevoll breitet er die Überreste seines Vaters auf den Fliesen aus, nicht anders, wird ihm bewusst, als man ein Puzzle zusammensetzt. Am liebsten würde er jeden Knochen einzeln küssen, sein Vater selbst hatte es ihm so beigebracht, wenn er mal ein Stück trockenes Brot wegwarf. Es war gleichsam eine Bitte um Verzeihung, um nicht bestraft zu werden, weil ihm dieses Lebensmittel zuteilgeworden war und er den Rest, als er satt war, ausgeschlagen hatte, denn das Brot, mein Junge, sagte er, ist heilig, und auf der Welt gibt es viele Kinder, die diesem von dir verschmähten Kanten Brot nachweinen. Auch du bist heilig und wirst es immer sein, Papa, murmelt er und bugsiert das Knöchelchen eines rechten Zehs an seinen Platz, um die Bestandsaufnahme abzuschließen.

Natürlich bist du heilig, sagt er sich noch einmal. Oder reicht es nicht, was du mir alles beigebracht hast, diese warme Berührung deiner Hand, wenn du die meine hieltest, wann immer wir uns einer Gefahr aussetzten, beim Überqueren einer Straße etwa? Und als die Knochen nachgezählt sind, weiß er, dass er sich nicht geirrt hat – das Schienbein fehlt. Eine tiefe Unruhe erfasst ihn, und minutenlang überlegt er, was der Grund für den Diebstahl sein könnte. Vielleicht ein Santero, der es für seine Rituale benötigt. Was er niemals zulassen wird, ganz bestimmt nicht, und wenn er dafür jeden dieser Priester in der Stadt aufsuchen müsste, eine endlose Liste. Weshalb er erst einmal die Zimmer durchsucht, um zu sehen, ob noch andere Dinge fehlen, so kann er den Tathergang und die Absicht dahinter vielleicht klären.

Er muss an den Tag der Beerdigung denken und wie schwer es für ihn war, sich von diesem geschundenen Leib zu trennen. Alle hatte es viel Kraft gekostet, aber ihn besonders, und er wollte es sich nicht anmerken lassen, vor allem, damit seine Mutter und seine Schwestern nicht über Gebühr leiden mussten. Seither hat er dem Bild des männlichen Familienoberhaupts zu entsprechen, so hat man ihn von Kindesbeinen an erzogen, so ist es Brauch, das erwarten alle von ihm, im Grunde ist es eine emotionale Erpressung, er selbst nimmt sich da nicht aus, auch wenn er sich immer als der Schwächste von allen gefühlt hat. Verdammter Machismo, als steckte er den Menschen dieses Landes in den Genen. Tatsächlich ist es niemandem je in den Sinn gekommen, seine Gefühle zu ermessen, dabei war klar, dass sie zuweilen weit hinausgingen über die Gefühle sämtlicher Frauen in der Familie.

Als er damals vom Friedhof nach Hause ging und über diesen unseligen Tag hinwegzukommen versuchte, schmerzten ihn noch die Finger, so sehr hatte er sie zusammengekrampft, um seinem Vater nicht hinterherzustürzen und ein für alle Mal zu verhindern, dass man ihn in die Grube hinabließ, in dieses elende Dunkel, aus dem Scharen von Kakerlaken herauskrabbelten, ein einziges Gewimmel an den Wänden und auf der Grabplatte. Als die Gruft dann geschlossen war, fragte er sich, welchen Grund es gab, ihn dort zu lassen, ganz allein und weit weg von den Liebsten. Konnte es überhaupt einen Grund geben, einem so anständigen Menschen wie seinem Vater dies als krönenden Abschluss aufzubürden? Er war der beste Mensch von allen, warum also zulassen, dass ihm dergleichen Sonderstatus zuteilwurde: als Kakerlake. Vielleicht, dachte er, waren all diese Kakerlaken ja nur eine Verkörperung der Geister, die man dort begrub.

Und als wäre es nicht genug, seinen Vater zu verlassen, ließ er ihn inmitten der Überreste von lauter Unbekannten zurück, Menschen, mit denen er nie etwas zu tun hatte und denen er bestenfalls einmal im Leben über den Weg gelaufen war, ohne dass sie einander auch nur gegrüßt hätten, nichts, was es rechtfertigte, dass sie jetzt für alle Ewigkeit dort zusammen waren. Vielleicht würde er, nicht auszudenken, den Raum auch mit einem Feind oder einem Neider teilen müssen, einem Vorgesetzten gar, der ihm in den Jahren seiner Berufstätigkeit ein Unrecht angetan hatte. Was immer er sich vorstellte, es wurde nur schlimmer, und er wischte diese Gedanken beiseite, sie quälten ihn zu sehr.

Auch kann er nicht vergessen, dass der Schmerz beim Abschied, ohne Aussicht, seinen Vater je wiederzusehen, so groß war, dass er den Wunsch verspürte, zurückzulaufen und die kalte Grabplatte zu umarmen, unter der man ihn versenkt hatte. Aber gegen die Erpressung durch seine Verwandten kam er nicht an, all die auf ihn gerichteten Blicke, die nach Schutz suchten in ihrer Verzweiflung, weil die Familie nun ohne Ernährer dastand – eine Vakanz, die sie ihm bereits antrugen und wonach er dem Titel eines Morales alle Ehre zu machen hätte, ungefragt und ohne die Möglichkeit, anzunehmen oder abzulehnen.

Dieser Schmerz auf dem Weg nach Hause. Wo er nicht ankommen wollte, denn er ertrug den Gedanken nicht, die Sachen seines Vaters ohne die gewohnte Ordnung vorzufinden, ohne diese Art, wie ein jeder den eigenen Dingen eine persönliche Note verleiht und die bei ihm eine sehr besondere war. Er müsste sich mit den Gerüchen begnügen. Doch nach ein paar Tagen, dachte er, würde die Erinnerung alles überlagern, die Zeit würde alles verschwimmen lassen. Und ihm kam eine geniale Idee: Künftige Bauten sollten das Familiengrab mit einbeziehen, etwas so Gewöhnliches wie ein zusätzliches Zimmer oder ein Garten, ein Haus mit Garage. Warum auch nicht? Genauso konnte man sagen: Biete Wohnung mit angeschlossenem Familiengrab. Oder ist er der Einzige, der sich wünscht, auf immer mit den Liebsten zusammenzuwohnen, Mitgliedern der Familie, denen er so viel zu verdanken hat und nach denen er sich sehnt?

Als er sich im Haus umgesehen und festgestellt hat, dass sonst alles an seinem Platz ist, kommt ihm das erst recht verdächtig vor. Wer würde ein solches Risiko eingehen für einen einzigen Knochen, wo er mehr hätte haben können oder auch das komplette Skelett? Bis er sieht, dass in der Küchentür, ob von der feuchten Witterung oder vom ständigen Putzen, ein Brett so morsch ist, dass sich die Nägel gelockert haben. Aber nur ein Hund oder eine Katze hätte hindurchschlüpfen können. Ersteres erscheint ihm am plausibelsten: Ein Hund hat sich das Schienbein seines Vaters geschnappt. Also stellt er das Ossarium auf den Tisch, verschließt den Deckel, breitet ein Tuch darüber und rennt, ohne es weiter zu hinterfragen, auf die Straße, um den verflixten Hund zu finden und den väterlichen Knochen zu retten. Ihm kommt das Bild der Hunde in den Sinn, die um die Totenhalle streichen und nur auf eine kleine Unachtsamkeit lauern, dann können sie ein Stück vom Leichnam stehlen. Seit geraumer Zeit ist es den Friedhofswärtern gestattet, auf alles zu schießen, was mit zweifelhafter Absicht das Gelände betritt, ob Mensch oder Tier.

Stundenlang läuft er kreuz und quer durch die Gegend, bis

er die Suche ausweitet, er bemerkt nicht einmal, dass er in die umliegenden Viertel eindringt, ist so verzweifelt, dass er auch nicht merkt, wie es Nacht wird und die Nacht in den Morgen fällt. Irgendwann wird ihm bewusst, dass er schon mindestens zum achten Mal dieselbe Stelle passiert. Er kennt die Stadt gut, die engen Straßen und die Müllhaufen an den Ecken, die als Dekoration dienen, je nach Jahreszeit auch als Weihnachtsbaum. Er kann sich sein Viertel nicht mehr vorstellen ohne diese Pyramiden aus Müll, so sehr erinnern sie ihn an das geliebte Ägypten seiner Fantasie. Er ist es gewohnt, in Gedanken zu spielen, er würfelt die Landschaft durcheinander und sieht den Sarkophag des Tutanchamun statt eines Müllcontainers, meist ohnehin aufgegangen in Flammen durch die Gleichgültigkeit der Erwachsenen, den Mutwillen eines Jungen oder einen »Lone Ranger«, von dem es heißt, er zünde alles an, was ihm vor die Nase komme, für ihn sei es ein Akt des Widerstands gegen das Regime.

Schließlich ist er so oft an denselben Stellen vorbeigelaufen, dass ihm alles vorkommt wie ein Déjà-vu. In manchen Gassen begegnet er Hunden, die ihrem Aussehen nach seit Ewigkeiten keinen Knochen mehr vors Maul bekommen haben, auch nicht in ihren schillerndsten Träumen. Er erinnert sich an die langen Schlangen vor den Metzgereien und wie die Menschen verzweifelt versuchten, »vernickelte« Knochen zu ergattern, so genannt wegen ihres Glanzes, nicht im Ansatz schienen sie jemals ein Fell besessen zu haben, geschweige denn so etwas wie Fleisch. Vermutlich wussten sie selbst nicht mehr, welcher Tierart sie angehörten, so viele Jahre hatten sie, längst vergessen, in den staatlichen Kühlhäusern gelagert.

Er ist sich bewusst, dass das Schienbein seines Vaters schmackhafter ist als die vernickelten Knochen im Angebot des Staates, und da sie die Knochen gern verstecken wie einen Schatz, läuft er den Hunden hinterher. Aber die hier haben gelernt, sich zu schützen, vor ihren Artgenossen ebenso wie vor den Menschen, die sich nicht zu schade sind, ihnen ihr Eigentum zu stehlen. So wie er sie im Auge behält, merken die perfiden Köter, dass man sie verfolgt, und sobald sie die Absicht erkennen, werden sie vorsichtiger. Weshalb der junge Morales gezwungen ist, so zu tun, als würde er sie nicht bedrängen, als wäre er mit etwas beschäftigt, während er sie zugleich belauert. Irgendwann erhärtet sich für die geplagten Hunde der Verdacht, und sie buddeln ihren Hühnerknochen aus, eine Maus oder eine Eidechse, und verstecken sie rasch an einem anderen, weniger riskanten Ort.

Er wüsste nicht, wie er seiner Mutter und seinen Schwestern erklären sollte, was ihn, sei es Verhängnis oder Schicksal, in eine solch missliche Lage gebracht hat. Zumal sie darauf vertraut haben, dass er die sterblichen Überreste seines Vaters bewacht, »des einzigen echten Mannes in der Familie«. Würde er sie derart enttäuschen? In ihren Augen würde er lesen, wie unfähig er ist, schließlich hat er sich seiner Aufgabe nicht gewachsen gezeigt, diesen heiligen Schatz der Familie, wie sie ihn zum Gedenken an seinen alten Herrn nennen, sorgsam zu hüten.

Ohne das Schienbein seines Vaters kann er nicht zurück, das weiß er. Er sieht ihn vor sich, wie er an einem Ort im Universum, wo sein Geist sich befindet, dahinhinkt. Oder wie er unter der Demütigung leidet, dass ein Hund an ihm knabbert. Und so streicht er weiter durch die Straßen. Ihm bleibt keine andere Wahl, als den väterlichen Knochen unverzüglich wiederzufinden.

Es kränkt ihn so sehr, dass er fürchtet, er könnte allzu gewalttätig auf den Dieb losgehen und ihn so brutal schlagen, dass er winselnd davonläuft und die Leute ihn für einen gefühllosen Menschen und Tierquäler halten. Ein paarmal hat er Entgegenkommende gefragt, ob sie einen Hund mit einem Knochen im Maul gesehen hätten, aber sie haben sich nicht einmal zu einer Antwort bequemt, eine solche Frage konnte nur ein Verrückter stellen, denn egal wie verzweifelt jemand sein mochte, den Hunden das Futter streitig zu machen, zumal einen abgegrabbelten Knochen, das verdiente Verachtung. Und wortlos drehten sie ihm den Rücken zu, um ihn nicht zu beschimpfen.

Er schwitzt von Kopf bis Fuß, fühlt sich müde, der Erschöpfung nahe. Auf den Straßen sind keine Passanten mehr. Manchmal werfen ihm die Polizisten einen misstrauischen Blick zu. Sein Körper schmerzt mit jeder Faser, von der nervlichen Anspannung, der tiefen Enttäuschung, die perfekte Mischung für einen Molotowcocktail. Er krampft die Finger zusammen, knirscht mit den Zähnen. Allein der Gedanke, dass er ihn nicht finden wird, ist für ihn ein Fiasko. Wieso sollte er nach Hause gehen oder sein Leben weiterleben, wenn er den väterlichen Knochen nicht zurückgeben kann? Alle Hunde, die er gesehen hat, waren ausgehungert. Für einen jeden von ihnen könnte das Schienbein seines Vaters der Traum aller Träume sein. Als er am Friedhof vorbeikommt, schießt ihm ein Gedanke durch den Kopf, ein aberwitziger, keine Frage.

Doch nach reiflicher Überlegung scheint es ihm, so absurd die Situation auch ist, die Lösung zu sein: Er könnte das Schienbein seines Vaters durch das eines anderen Toten ersetzen. Wie viele Tote wurden nicht schon mit Prothesen, Metallplatten, Nägeln oder künstlichen Kniegelenken begraben, mit lebenswichtigen Organen, die einmal einem Menschen gehört hatten, der zu Lebzeiten in eine Spende eingewilligt hatte? Sein Schienbein durch das eines anderen zu ersetzen, um den niemand getrauert hat, wie bei dem Skelett im Biologieraum, ist die einzige noble und praktikable Möglichkeit, die ihm in diesem entscheidenden Moment seines Lebens einfällt. Und da es schon fast Tag ist, setzt er sich hin und wartet darauf, dass die Arbeiter kommen.

Kaum haben sie die Tore geöffnet, betritt er den Friedhof, als erster Besucher und im Wissen um das Geschacher in den Grenzen dieser Totenstadt, wo seit der Sonderperiode in den Neunzigerjahren alles seinen Preis hat. Nur dass er dafür die richtige Person finden muss. Nachdem er sich mehrere Arbeiter angesehen hat, entschließt er sich, auf einen von ihnen zuzugehen. Er bekundet sein Interesse, ein Schienbein zu erwerben, worauf der Mann eine besorgte Miene macht und sich umschaut, er will herausfinden, ob das eine Finte der Polizei ist, die ihn bei der Übergabe verhaften will. Können Sie ermessen, um was für ein gewaltiges Verbrechen Sie mich bitten?, sagt er nur knapp. So gewaltig wie meine Verzweiflung, nehme ich an, antwortet der junge Morales resolut. Der Mann liest stur in seinen Augen, er will keine Überraschung erleben und rechtzeitig erkennen, was sich dahinter verbirgt, ob sie etwas verheimlichen. Und noch einmal blickt der Totengräber ringsherum, vergewissert sich erneut, dass er nicht überwacht wird. Können Sie, falls ich auf das Geschäft eingehe, den Wert dieser Bestellung ermessen?, fragt der Mann. Jawohl, antwortet er, aus derselben Verzweiflung heraus, nehme ich an, die jemanden zu dem Entschluss bringt, sämtliche Ersparnisse zu verausgaben, wie es bei mir der Fall ist. Der Totengräber zeigt sich nun interessierter, bleibt aber misstrauisch. Dürfte man erfahren, auf welche Summe dieser finanzielle Aderlass hinausläuft? Der junge Morales summiert in Gedanken sein Privatvermögen und erklärt, er besitze einunddreißig Dollar, dazu fünfhundertfünfundsiebzig Pesos in Landeswährung, abzuheben bei der Bank. Dem Totengräber ist seine Unlust anzusehen, er atmet langsam aus, reine Zeitverschwendung. Ich schwöre, mehr besitze ich nicht, versichert Morales, Sie wissen ja, wie die Zeiten sind, und wer in solch unruhigen Zeiten auf dergleichen Ersparnisse zählen kann, darf als vermögend gelten, geringvermögend, aber vermögend doch. Der Totengräber schaut sich ein letztes Mal um und fragt, wie groß der Verstorbene war, um die Maße des benötigten Knochens abzuschätzen, worauf der junge Morales ihm, nachdem er sich die Statur seines Vaters in Erinnerung gerufen hat, die ungefähre Größe mit den Händen angibt. Der Totengräber nickt, und seine Gestalt verliert sich zwischen den Gräbern.

Vor dem Tod seines Vaters war der Friedhof für ihn nicht mehr als ein Stück Stadtlandschaft, eine Art Kulturdenkmal oder schlicht der Ort, an den er ging, um Verwandte, Nachbarn, Arbeitskollegen zu begleiten, die einen geliebten Menschen verloren hatten und denen er sich in gewissem Maße freundschaftlich verbunden oder gesellschaftlich verpflichtet fühlte. Weiter nichts. Aufgrund des persönlichen Verlusts wurde der Friedhof dann zu dem Raum, in den er seinen tiefsten Schmerz trug. Nach einer halben Stunde erscheint der Totengräber wieder, ohne etwas Erkennbares in Händen. Doch als er das enttäuschte Gesicht des jungen Morales sieht, zeigt er, während er schon durch das Friedhofstor hinaustritt, auf seinen Hosenbund und gibt ihm mit einem Wink zu verstehen, er möge ihm folgen. Der junge Mann geht ihm nach, und als der Totengräber am Eingang der nächstgelegenen Filiale der Staatsbank stehen bleibt, bedeutet er ihm, hineinzugehen und das Geld abzuheben. Was er beherzt tut.

Kurz darauf ist er mit der angegebenen Summe zurück. Nachdem der Mann das Geld gezählt hat, zieht er sein Hemd hoch und holt etwas hervor, eingeschlagen in Zeitungspapier. Und ohne Gelegenheit für ein vermittelndes Wort drückt er es ihm in die Hand und eilt davon. Nur ein kleiner Dank, denkt er, weil Sie mir die Ruhe wiedergegeben und die Gebeine meines Vaters vervollständigt haben, das hätte er ihm am liebsten gesagt. Aber der Mann ist schon fort, zurück zum Friedhof, und so macht sich der junge Morales auf den Heimweg, durchdrungen von einem seltsamen Glücksgefühl. Der Friede ist wieder eingekehrt, er möchte sich jetzt nur hinlegen und viele Stunden schlafen.

Als er die Haustür öffnet, sieht er die Katastrophe. Das Ossarium liegt in Stücken, offenbar ist es vom Tisch gefallen, die Knochen sind verschwunden. In manche Ecken des Wohnzimmers haben die Hunde uriniert, sie sind noch einmal gekommen, um sich weitere Beute zu holen. Jetzt wollten sie alles haben. Und in seiner Verzweiflung geht er wieder hinaus auf die Straße, schaut in alle Himmelsrichtungen, aber keine Menschenseele, kein Hund, nichts, was ihm das Vorgefallene erklärte. Die Enttäuschung könnte nicht größer sein. Er ist der einsamste, der unglücklichste Mensch der Welt. Als wäre die ganze Stadt mitschuldig am Diebstahl der Gebeine seines Vaters. Und ihm wird klar, dass er es hätte vorhersehen müssen, natürlich würden sie sich auch den Rest holen, aber es hat ohnehin keinen Sinn mehr, ob er die Schuld auf sich nimmt oder nicht. Und so geht er zurück ins Haus und sinkt aufs Sofa, kämpft an gegen die Erschöpfung. Er ahnt, dass er mit seinen Möglichkeiten am Ende ist, keine Chance, dass sein Vater einmal neben den Großeltern und der übrigen Verwandtschaft ruht. Doch bei dem Gedanken, vor Mutter und Schwestern für sein verantwortungsloses Verhalten geradestehen zu müssen, wächst auch wieder dieses Schamgefühl, unbezähmbar, unannehmbar, und er springt auf, um sich auf die Suche nach den diebischen Hunden zu machen. Was soll's, wenn er dafür sämtliche Hunde der Stadt und der Welt aufspüren muss. Wer sagt, dass er den Verlust der sterblichen Überreste seines Vaters zu akzeptieren hat. Und wieder geht er auf die Straße, entwirft jetzt keinen Plan wie noch am Abend zuvor. Auch sein Magen hat sich nicht wieder gemeldet und ihm mitgeteilt, dass er schon seit einem Tag keine Nahrung zu sich genommen hat.

Aber suche mal nach dem Allerbanalsten, schon wird es schwer, sagt sich der junge Morales, denn plötzlich gibt es keine Hunde mehr in der Stadt. So viele Stunden er auch durch die Straßen läuft, er sieht nur die paar wenigen, die mit ihren Herrchen oder Frauchen Gassi gehen. Er bedenkt sie mit feindseligen Blicken, fast hasserfüllt, sowohl die Tiere als auch ihre Besitzer. Er läuft nur aus Trägheit weiter, ohne eine bestimmte Richtung. Es ist schon wieder dunkel geworden, mit der Suche nach den Knochen wird es jetzt noch schwerer. Er streift umher, kann seine Schritte nicht anhalten. Im Grunde hat er die Suche längst aufgegeben. Er will nur, dass sein Körper rebelliert und zusammenbricht. Schließlich setzt er sich auf den Bordstein und weint. Hält sich die Hände vors Gesicht, weil ihn ein Gefühl von Scham überkommt. Er wüsste nicht zu sagen, wie er der Wirklichkeit gegenübertreten und das Vorgefallene erklären könnte. Als er sich die Tränen abwischt, erkennt er das Viertel wieder, erinnert sich an seine Jugendzeit, die Späße, die erste Freundin, und dort drüben, jenseits der Häuser, zeigen sich die Lichter eines Gebäudes, das ihm ebenfalls vertraut vorkommt. Es ist seine alte Sekundarschule. Er geht auf sie zu, seine Schritte immer schneller. Bis er davorsteht. Er schaut hinüber zu einer Ecke des Gebäudes, genau dort war der Biologieraum, erinnert er sich, und er denkt an das Skelett, das sie dort bestimmt noch präsentieren. Er muss lächeln bei der Vorstellung, wie er das unbekannte Gerippe an sich nimmt und seiner Familie übergibt.

Zu seiner eigenen Überraschung steigt er über den Zaun. Geht am Sportplatz vorbei. Dann die Treppe hinauf, nachdem er das Radio des Wächters gehört und gesehen hat, wie der Mann im Büro der Schulleitung sitzt, Füße auf dem Schreibtisch. Die Tür des Biologieraums ist geschlossen, also geht er an ein Fenster und bricht am Klappladen drei Bretter heraus, so passt er hindurch. Er weiß noch genau, wo das Skelett stand. Er streckt die Hand aus, stößt an die Knochen, zuckt zurück. Sucht nach etwas, womit er es transportieren kann, und findet einen leeren Karton. Er legt die einzelnen Teile hinein, und als er schon den Rückweg einschlagen will, geht das Licht an. Vor ihm stehen der Wächter und zwei Polizisten. Er schaut auf den Karton und denkt, ja, beinahe hätte er es geschafft. Und wie praktisch es gewesen wäre, hätte er das Skelett seiner Familie übergeben können, als Ersatz für seinen Vater. Die Polizisten sagen nichts. Sie nehmen ihm nur den Karton ab und legen ihm Handschellen an.

Draußen steht der Streifenwagen, der ihn zur Wache bringen wird. Seine Erklärung werden sie ihm nicht glauben, das weiß er schon jetzt. Als sie ihn in den Wagen setzen, sieht er in der Nähe einen Hund vorbeilaufen, mit einem Knochen im Maul, und er macht die Polizisten darauf aufmerksam, ein schlagender Beweis, so könnte er den Vorfall doch noch aufklären. Das sind die Knochen seines Vaters, und er deutet auf den Hund. Nehmen Sie ihm den Knochen ab, ruft der Verhaftete.

Die Polizisten werfen einander Blicke zu, erstaunlich gelassen. Psychiatrie, meint der eine, und der andere nickt, während der junge Morales weiterbrüllt, sie sollen ihm glauben, doch, das stimmt, die Hunde haben ihm seinen Vater gestohlen.

Der Äquilibrist

Nicht einmal Gott hätte Jesús María Iriarte Betancourt vor Machenschaften bewahren können, wie man sie gegen seine Person und seine Familie ins Werk setzte. Doch wer ihn nicht näher gekannt hat, möchte meinen, er sei ein glücklicher Mensch gewesen, wollte man es denn so nennen, wenn jemand aus einem friedlichen oder zumindest dem Anschein nach friedlichen Leben, dem eines verwöhnten und vermeintlich frohgemuten Kindes, hinaustritt in das Leben eines furchtsamen jungen Mannes, der dem »historischen Ruf seiner Zeit« folgt. Momente ruhiger Ausgeglichenheit, jähe Erschütterungen und Kümmernisse, eine gequälte Existenz, die zu dem angsterfüllten Menschen wurde, der er heute ist, zu ebenjenem, der voll Reue im Halbdunkel sieht, wie sein Vater, das Gesicht im schwachen Schein einer Glühbirne, an einem um den Deckenbalken geschlungenen Strick baumelt ...

Zwar entstammt er einem altehrwürdigen Geschlecht – der ursprünglichen Oberschicht, seit seine Vorfahren vor zwei Jahrhunderten von der Iberischen Halbinsel auf den Archipel kamen und sich dort niederließen –, doch war die Familie genötigt, sich anzupassen an die neuen Zeiten, welche die regierenden Rebellen mit ihrer marxistischen Ideologie den zum Bleiben entschlossenen Bewohnern aufzwangen. Auch wenn es in diesem Fall nicht die Schuld der Familie war, dass sie es nicht schaffte oder nicht verstand, eine »revolutionäre«

zu sein, ungeachtet der großen Mühe, die sich ihre Mitglieder gaben, zumindest Gleichmut an den Tag zu legen und nicht aufzufallen. Ihre Gene hatten einfach nicht das Zeug zur Anpassung, oder ihnen blieb die Gelegenheit versagt, man könnte gar vorbringen, dass es ihnen von Natur aus unmöglich war, die gesellschaftliche Schicht zu wechseln. Ein verständliches Unvermögen, da ihnen nach all der Übung über Generationen hinweg ein robuster Panzer gewachsen war.

Ihre DNA bildete einen Kern, der sich, was ihren Status anbelangte, nicht mehr auflösen ließ, sie waren zu einer gleichsam unsterblichen Sippe geworden, mit Genen wie von Rassepferden, wie hätte man sie dazu bewegen können, ihr Verhalten zu ändern und diese offensichtliche, so natürliche wie abgrundtiefe Kluft zu überwinden, die es nun einmal gab zwischen einem Vollblut und einem Klepper auf der Koppel, nichts anderes war der Rest der Gesellschaft seit jeher für die Familie gewesen. Doch zumindest lernten sie ab 1959, unter Aufbietung aller Kräfte und angetrieben von Eigennutz und allerlei Befürchtungen, sich einen anderen Anschein zu geben und den Schwindel aufrechtzuerhalten in ihrem Versuch, unbemerkt zu bleiben, und das anzuerkennen gebietet die Fairness.

Mit den ersten Familien wären sie ausgewandert, noch im Januar jenes Jahres, als bekannt wurde, dass der Präsident von der Fahne gegangen und in ein anderes Land geflohen war; als die Rebellen wie die Mäuse, wenn die Katze aus dem Haus ist, zur Aufteilung des Schmauses in die Speisekammer luden. Denn der Großvater des kleinen Jesús hatte sofort erkannt, was auf sie zukam, und aus seinem Hass auf die Roten keinen

Hehl gemacht, alles bloß eine Nachahmung der russischen Diktatur des Proletariats, sagte er und biss die Zähne zusammen, bevor er weitersprach, mehrere Generationen würden erst leiden müssen, ehe diese Leute von der Macht verdrängt wären, und er bekam einen Kloß im Hals, Tränen stiegen ihm in die Augen: Ob Wirklichkeit oder Schicksal, wie immer ihr es nennen mögt, es wird sich nicht ändern lassen, stellte er klar. Harren wir auf der Insel aus, bleibt uns nur, es hinzunehmen und zu darben. Gehen wir aber in den Norden oder an einen anderen Ort unserer Wahl, können wir wieder den Platz einnehmen, der uns von unserem Rang her zusteht. Auch wir müssen fliehen, sagte er in eindringlichem Ton, die Familie genoss einmal hohen Kredit, in der Politik, in der Gesellschaft, in der Wirtschaft, und jetzt präsentieren sie uns ihre Rechnung, wollen uns leiden sehen, solange sie sich erinnern, worauf er reihum alle anschaute und auf eine Antwort wartete.

Nachdem er seinen Entschluss, die Insel in Richtung USA zu verlassen, bekannt gegeben hatte, erklärte Jesús' Mutter ihrem Schwiegervater, dass sie trotz des Hasses auf die Kommunisten, in dem sie erzogen worden sei, nicht die eigene Mutter zurücklassen könne, die damals auf den Tod lag, auch nicht ihren Vater und ihren einzigen Bruder, die nach deren Ableben gewiss der Verzweiflung anheimfielen, ihr Platz sei an der Seite der Familie, weshalb sie es, das bitte sie zu verstehen, nicht gutheiße, wenn ihr Mann fortgehe, erst recht nicht der kleine Junge, wohingegen sie beide, seine Großeltern väterlicherseits, frei seien zu tun, was sie für richtig hielten, sie wünsche ihnen eine glückliche Emigration. Und sogleich schaute sie zu ihrem Mann, wartete darauf, dass er eine Entscheidung traf, und der griff, zum Zeichen des Einverständnisses, sanft nach ihrer Hand, während seine Eltern die Augen verdrehten.

Nach dieser Zusammenkunft, bei der man übereinkam, das Thema nicht wieder anzusprechen, beschlossen die Großeltern, an der Seite ihres einzigen Sohnes und ihres ebenfalls einzigen Enkels zu bleiben, womit die Sache besiegelt war. Außer dem Großvater dachten alle, die »Revolutionäre« würden sich gewiss nur kurze Zeit an der Macht halten. Und so beugten sie sich und lernten zu ertragen, was immer auf sie zukam und die Familie in das tiefste Leid ihrer Geschichte stürzte, bis sie zu der Überzeugung gelangten, dass die Entscheidung, auf der Insel zu bleiben, ein Fehler gewesen war.

Es fehlte auch nicht an Verwünschungen der Schwiegertochter, weil sie den Exodus verhindert habe, die Schwiegereltern hielten ihr vor, nicht die vornehme junge Dame zu sein, die sie sich für ihren einzigen Erben gewünscht hätten. Der Beweis war nun erbracht, sie hatten sich nicht vertan, als sie einst zu unterbinden versuchten, dass diese kleine Augenliebelei in irgendeinem Gesellschaftssalon der von ihnen auserwählten Beziehung ein Ende setzte, dem Verlöbnis mit einer Dame, die einen illustren Nachnamen wie auch ein Vermögen ihr eigen nannte und die es jetzt, mit der kühlen und ihrem Stand angemessenen Gelassenheit, vermocht hätte, angesichts der Situation eine schickliche und bewunderungswürdige Haltung einzunehmen; die sie unterstützt hätte bei den besten ihrer Entscheidungen für die Familie und das ihnen zuwachsende Kapital, um es zum Nutzen aller zu mehren. Doch die Schwäche der Schwiegertochter, ihr mangelndes blaues Blut, hatte sie ins Gefühlige gezogen statt ins Korrekte –

typisch für eine Frau, die ihre gesellschaftliche Stellung nicht zu schätzen weiß, sagte die Schwiegermutter, ohne Sinn für die Pflichten und die Verantwortung gegenüber der familiären Ökonomie wie der ihres Landes.

Seit der Großvater es ausgesprochen hatte, geschah alles wie eine Prophezeiung, seine Vorhersagen erfüllten sich aufs Wort. Die einzige Freude, die dem Patriarchen blieb, war das große Haus, das er für seinen Sohn hatte erbauen lassen und das er ihm bei dessen Hochzeit übergab, das Haus, in dem später sein Enkel Jesús María geboren werden sollte, kurz JM, wie der Vater ihn lieber nannte, da er nicht einverstanden war mit der Einmischung seiner Eltern, das heißt der Großeltern des Kindes, die den religiösen Namen wählten und zum damaligen Zeitpunkt noch die Besitzer des Familienvermögens waren, mithin das Sagen hatten. Und als die Großeltern, die Schuldigen an dem weiblichen Patronym, starben, hatte sich die Gewohnheit bereits so weit verfestigt, dass dem Jungen nichts anderes übrig blieb, als die Bürde dieses »María« zu tragen.

Das Wichtigste jedoch war, dass die mit Waffengewalt an die Macht gekommenen Sieger sich das Haus nicht unter den Nagel gerissen hatten, ebenjene, die sich als gute Eindringlinge sofort auf Spritztour durch die Stadt machten, nachdem ihnen die Luxuskarossen der Bürger in die Hände gefallen waren, welche in einer wahren Stampede aus dem Land flohen und ihre Fahrzeuge vor den Wohnsitzen oder an den Anlegestellen ihrer Boote stehen ließen; unterwegs suchten sich diese Heroen dann die verlassene Villa aus, die ihnen am besten gefiel, und vergaßen ihre Herkunft aus bescheidenen Verhältnissen. Sie machten das Gleiche wie mit den Piñatas auf einem Fest, wo sich nimmersatt die Taschen vollstopft, wer es schafft, die meisten Süßigkeiten zu ergattern.

Seit jenem Januar, zumal angesichts der permanenten Überwachung durch die staatlichen Organe und die angebliche Zivilgesellschaft, lebte die Familie zurückgezogen im Haus, womit es ihnen gewissermaßen gelang, das Handicap ihrer bürgerlichen Vergangenheit vergessen zu machen, verbannt wie eine nicht hinnehmbare Schande hinter Schloss und Riegel, weshalb sie auch als erste Maßnahme, um niemandem zu schaden, vor allem aber um der Zukunft des kleinen Jesús willen, die Fotos versteckten, die ein untrüglicher Beweis wären für seinen Ausschluss aus der neuen, zugunsten der Arbeiter und Bauern geschaffenen Ordnung, das heißt der armen und vom alten Regime unterdrückten Klassen – so zumindest nach dem offiziellen, frisch eingeführten Sprachgebrauch – in dieser »durch die und für die einfachen Menschen errichteten« neuen Gesellschaft mit den Bärtigen an der Macht.

Entsetzt lasen JMs Eltern und Großeltern Tag für Tag die Nachrichten in den Zeitungen, spürten, dass man sie in die Enge trieb wie einen Bären auf der Flucht, der die hintere Wand der Höhle erreicht hat und sich dort versteckt. Sie fürchteten diese neue Art der Inquisition, begonnen mit einer Säuberungsaktion, um die Komplizen der vorherigen Tyrannei aufzuspüren, ob sie sich einer Gewalttat schuldig gemacht hatten oder nicht, ob sie einem Revolutionär Schaden zugefügt hatten oder nicht; eilig hatten sie es nur, die Nutznießer oder Sympathisanten der gestürzten Diktatur ausfindig zu machen und ihnen ihren Besitz zu nehmen, ihren Stolz oder was immer nach sozialer Ungleichheit roch, sie wollten sie demütigen, über den Boden kriechen und in den Staub beißen lassen wie so viele, die jahrzehntelang in Armut gelebt hatten. In ihrem Groll machten sie keinen Unterschied in der Verfolgung von Zuhältern, Homosexuellen und Kiffern, von Prostituierten, Schmarotzern auf Staatskosten und Beteiligten an nunmehr für ungesetzlich erklärten Wettspielen. Schluss mit der Erniedrigung nur der einen, dachten sie.

Ebenso sahen sich seine Eltern gezwungen, kompromittierende Fotos zu beschneiden, auf denen irgendein Beamter oder Militär aus den alten Glanzzeiten zu sehen war, »Feinde des ausgebeuteten Volkes«, Fotos, auf denen man mit Champagner und Whisky anstieß, »Getränke des Feindes«, und alle glücklich und im Frack posierten, in diesem Lichterglanz, der ihre Herkunft zum Funkeln brachte, »während ein Teil des Volkes sich zu Hause nicht mal eine Glühbirne leisten konnte«, wie die Bärtigen posaunten. Unter diesen Umständen sah sich JMs Familie genötigt, eine Strategie zu entwickeln und interne Gesetze zu erlassen, ganz im totalitären Stil der Zeit, inklusive Bestrafung, sollte aufgrund mangelnder Disziplin ein Familienmitglied in Gefahr gebracht werden. Wer gegen die Vorschriften verstieße, hätte an der Tür zu seinen Privaträumen eine handfeste Protestaktion zu gewärtigen.

Die einzelnen Punkte besagten:

1. Alle Wohnungen, die sie vermieteten, sowie die Bankkonten würden dem Staat überschrieben. Die Familie würde sich in einem einzigen Palais zusammenfinden, um so vielleicht zumindest eins ihrer Häuser zu retten.

(Eine Kontaktperson hatte sie bereits über die Absicht der Regierung informiert, alle Besitztümer zu verstaatlichen. Nach einer vernünftigen Diskussion einigten sie sich auf die Villa des Sohnes, die nicht so pompös war und einen geeigneteren Standort hatte, zudem war sie die neueste ihrer Immobilien. Auf diese Weise kamen sie dem Unvermeidlichen zuvor, konnten die Extremisten an der Macht in die Irre führen und sich deren Auffassung von »sozialer Gleichheit« ein wenig zunutze machen, kurzum, eine Bewusstwerdung vortäuschen.)

2. Mehr als drei Lichtquellen auf einmal würden nicht eingeschaltet, bei Bedarf war sich mit Kerzen zu behelfen.

(Auch wenn die Fenster geschlossen blieben, wie es ihrer Erziehung und ihrem Stand entsprach.)

3. Streng verboten war es, den Weihnachtsbaum aufzustellen und die Geburt des Gottessohnes zu feiern, weshalb das Weihnachtsessen ausfiel, zudem Ostern einschließlich Karfreitag wie auch der Dreikönigstag und die übrigen religiösen Feste, die sie sonst stets begingen.

Geburtstage würden im allerengsten Kreis gefeiert, nicht einmal nahe Verwandte seien einzuladen. Bejubelt würde dagegen der 1. Januar, weniger als Beginn des neuen Jahres denn als Jahrestag der Revolution, und die Haustür würden sie mit Stiefmütterchen und allegorischen Symbolen schmücken, genau wie an den übrigen von der Regierung bestimmten Tagen.

4. Keinesfalls dürfte, aufgrund des abwertenden Beiklangs, der revolutionäre Prozess als »Regime« bezeichnet werden, so wie auch die Sowjets keine »Russen« wären.

5. Die Verbindung zu den Verwandten im Ausland würde abgebrochen, um auszuschließen, dass die Zensur ihre Briefe

las und als regierungsfeindlich kennzeichnete. Zu distanzieren wäre sich auch von Verwandten mit allzu mondäner Vergangenheit.

(Wer Briefe von Angehörigen im Ausland mit Kritik am herrschenden System erhielt, der wurde, das war bekannt, inhaftiert, als wäre er der eigentliche Urheber; dies auch als abschreckende Maßnahme gegenüber reichen Verwandten, die im Land geblieben waren und kein Interesse an der Auslöschung ihrer schändlichen Vergangenheit zeigten.)

6. Ein einziges Auto würden sie in ihrem Eigentum belassen, den Cadillac, und nur sonntags benutzen, sofern es nicht anders ging.

(Es sollte kein Neid aufkommen oder der Wunsch geweckt werden, sie für den Klassenunterschied zu brandmarken).

7. Besucher, die im Haus herumschnüffeln und sie verraten könnten, wären nicht zu dulden, schon gar nicht auf Feiern, so intim sie auch sein mochten.

(Womit jede Art von Besuch verboten war. Was auch für Schulkinder galt, die der kleine Jesús zu sich einlud.)

Die vielleicht umstrittenste Vorschrift war, der Reaktion nach zu urteilen:

8. Abschaffung der Hausangestellten: Kein Butler, kein Dienstmädchen, kein Chauffeur, kein Gärtner. Und erst recht natürlich keine Köchinnen.

(Letzteres wurde von den Frauen als unfreundlicher und machistischer Akt seitens ihrer Ehemänner verstanden, welche, da sie den Clan dominierten, Ausschlüsse verhängten, ohne dass die Weiterungen sie in ihren geschlechtstypischen Gewohnheiten beeinträchtigten.)

Mit der Zeit schwoll die Liste der unzulässigen Handlungen so weit an, dass die Verbote den Katalog des nach alter Sitte Erlaubten nicht unerheblich übertrafen.

Für den jungen JM, der jede Maßnahme mit größter Disziplin befolgte, hieß dies, dass er in einem lähmenden Gespinst widersprüchlicher Vorstellungen aufwuchs. In der Schule hatte er ein mulmiges Gefühl, wenn der Marxismus-Lehrer ihn im Unterricht ansah und seinen Worten Nachdruck verlieh, als hätte er ein besonderes Interesse daran, ihm das Wesentliche des Erklärten begreiflich zu machen; woraufhin JM den Anschein zu erwecken versuchte, er hätte durch dieses bislang unbekannte Lehrfach ein bestimmtes Bewusstsein erlangt. Auch bei der Geschichtslehrerin mit ihren neuen Fragestellungen und Lehrmethoden glaubte er das zu bemerken, ein Unterricht, der ihm die gewerkschaftlichen und studentischen Kämpfe vor Augen führte, bei denen es den Menschen – im Gegensatz zu seiner Familie, die sich über Generationen hinweg der Förderung eines »wilden« Kapitalismus verschrieben habe – um ein Minimum an Anerkennung und gesellschaftlicher Integration ging.

Wann immer die Lehrerin auf das Thema der arbeitenden Klassen zu sprechen kam, konnte man wetten, dass sie an seine Schulbank trat und ihm einen müden Blick schenkte, als hätte sie es satt, müsste aber zugleich ihr Revier markieren, wie ein Hund, der in seine Ecken pinkelt, um die anderen Artgenossen zu verscheuchen, und dann erzählte sie mit eindringlicher Stimme von der Entschlossenheit des Proletariats und seinem Wunsch nach Sicherheiten, betonte, und dabei zeigte sie ihre Eckzähne und nahm ihn fest in den Blick, dass die sozialen Schichten diesen egalitären Status erreichen müssten, der eben genau das sei, was die Revolution allen verspreche, und JM hörte erfreut zu und brachte begeistert seine Überzeugung zum Ausdruck, dass alle Menschen gleich seien und die gleichen Rechte und Chancen hätten vor Gott, Marx, Engels und Lenin, vor Fidel Castro und John Lennon. Und ihm schien, als wäre es ihm gelungen, die Lehrerin zu beeindrucken, denn davon hing sein Leben ab, zumindest kam es ihm so vor.

Das Gefühl, dass die Lehrkräfte der Sekundarschule ein besonderes Interesse an ihm hatten, verfolgte ihn bis zum Abitur. Mit dem Ergebnis, dass er nicht mehr in den Familien-Cadillac steigen mochte, auch nicht sonntags, denn er schämte sich und hielt es für einen Überrest seiner bürgerlichen Vergangenheit. So wurden die öffentlichen Verkehrsmittel für ihn zur einzigen Option, selbst wenn er im Sommer an den Strand fuhr.

Denunziationen waren inzwischen gängige Praxis, denn auch sie boten eine Möglichkeit, den persönlichen Einsatz für das neue Regime unter Beweis zu stellen, im Grunde war es dieselbe Taktik wie unter der vorherigen Diktatur, nur häufiger angewandt, die neuen Zeiten verlangten es. Und so denunzierten sich nun Eltern und Kinder, Geschwister und Freunde gegenseitig. Dieses Risiko vor Augen, war JM einverstanden, dass die Eltern, eisern beschwiegen von den Großeltern, die sich schuldig fühlten an dem heraufziehenden Unglück, sämtliche Fotos verbrannten, die für die Familie gefährlich werden konnten, vor allem jene, auf denen der Großvater vor den Massen Reden zugunsten des gerade amtierenden oder an die Macht geputschten Präsidenten schwang, oder solche, auf denen er sich in allzu trauter Runde mit der ehemals herrschenden Führungsspitze ablichten ließ; so wie sie auch beschlossen, sich der ausgeschnittenen Seiten aus Zeitungen, Pamphleten oder der Zeitschrift *Bohemia* zu entledigen, in denen er anlässlich einer politischen oder gesellschaftlichen Veranstaltung Erwähnung fand. Auf mehreren Fotos sah man ihn im Hintergrund inmitten einer Gruppe politischer Strippenzieher oder erfolgreicher Geschäftsleute. Eine geballte Ladung von Beweisen, um die Familie zu stigmatisieren und für den Rest ihres Lebens büßen zu lassen.

Mit dieser Aktion, die »verräterischen« Fotos und kompromittierenden Dokumente zu vernichten, erhofften sie nicht nur, sich körperliches Leid zu ersparen, schließlich wussten sie, dass viele Freunde und Bekannte bereits im Gefängnis waren oder in den Arbeitslagern der UMAP, der Militärischen Einheiten zur Unterstützung der Produktion. Sie wollten auch etwas tun gegen die ständige Anspannung, wann immer ein Auto vor dem Haus hielt oder irgendwer etwas kassieren wollte und allzu fest an die Tür klopfte, worauf tiefste Stille folgte und sie, auf das Schlimmste gefasst, ein paar Sekunden wie erstarrt dasaßen. Weshalb sie sich schon weigerten, überhaupt an die Haustür zu gehen und nachzusehen, und dann wanderten die Blicke von hier nach da, flehentliche Blicke, es möge nicht einem selbst zukommen, das Gesicht zu zeigen und, wer weiß, gezwungen zu sein, eine Erklärung zu diesem heiklen Thema abzugeben.

Niemand wusste, was schlimmer war, und sobald auch nur eine der beiden Alternativen aufs Tapet kam – Gefängnis oder UMAP –, sprach aus den Mienen das gleiche Entsetzen. Selbst den Couragiertesten verschlug es die Stimme, denn längst machten die schauerlichsten Berichte die Runde, Aussagen von Überlebenden, die zurückgekehrt waren aus dieser Hölle, die niemand am eigenen Leib erfahren wollte. Die Gefangenen wurden mit einem Hass behandelt, den nicht einmal Tiere verdient hätten, halblaut erzählte man sich die Geschichten beim Abendessen und an den intimsten Orten der Wohnungen. So wurde JM zum Zeugen, und mit jeder Mahlzeit, die er zu sich nahm, nahm er auch etwas von dem Schrecken wahr, mit dem die Wirklichkeit seiner Familie drohte.

Hinzu kam die soziale Ausgrenzung der Angehörigen all jener, die man als Feinde des Prozesses bezeichnete. Führungspositionen oder Schreibtischposten wurden ihnen verweigert, selbst wenn sie über entsprechend qualifizierte Abschlüsse verfügten, dafür gab man ihnen die gröbsten und gefährlichsten Arbeiten, so sollten sie ihre Schuld gegenüber der Gesellschaft begleichen. Den Kindern wurde ein Hochschulstudium verboten, oder man wies ihnen, wenn es nicht anders ging, eine Ausbildung zu, die mit ihren Talenten nicht das Geringste zu tun hatte, meist im Zusammenhang mit der Landwirtschaft. Außerdem sollte das neue Führungspersonal einen tiefen Widerwillen empfinden, wenn von einer dieser Personen die Rede war, und man bediente sich demütigender Schimpfwörter wie Stiefellecker, Vaterlandsverräter oder Schmarotzer der Diktatur, um nur einige zu nennen.

Ungeachtet der Realität eines totalitären Regimes, der kritischen Bemerkungen und des stillen Leidens der Familie wurde JM dazu erzogen, durch Erfüllung des von ihm Erwarteten zu überleben und eine gute Figur zu machen, wann immer die neue politische Macht ihre Zwingen anzog und den Massen, beschallt mit populistischen Parolen, Aufgabe um Aufgabe zuteilte, all diesen Menschen, die sich Hoffnungen machten auf eine Zukunft in Würde und Wohlgefallen. Und inmitten der allgemeinen Begeisterung, einer Verzücktheit, wie sie die unterprivilegierten Klassen nicht kannten, begann JM seine Schulausbildung, absolvierte später auch die höheren Stufen, und immer setzte er alles daran, nicht aufzufallen und niemandem Anlass zur Erwähnung seiner Abstammung zu geben, dieser asozialen Bürde, an der seine Familie seit Beginn der kommunistischen Ära so schwer trug. Irgendwann hatten sie sich von der katholischen Tradition und Kultur, diesem Überrest der Vergangenheit, so weit entfernt, dass sie auch nicht mehr den Gottesdienst in der Kirche von Miramar besuchten, aber das war der Preis, den zu zahlen sie sich durchrangen, damit ihnen vergeben wurde oder man sie zumindest überleben ließ. Und als der Pfarrer, der sich schon Sorgen machte, weil er sie nicht mehr in der Kirche sah, zu ihnen nach Hause kam, machten sie ihm die Tür nicht auf, sollte er endlich ihre wahre Absicht verstehen und begreifen, dass seine Anwesenheit ihnen schadete.

Sofort wurden auch die Jungfrauenbildchen aus den Schlafzimmern entfernt, und im Wohnzimmer verschwand das Gemälde mit dem Heiligsten Herzen Jesu, das der Großmutter gehört hatte und das JM, als er noch klein war, so in seinen Bann zog, nicht nur wegen der Namensgleichheit, sondern auch wegen des blutenden Herzens über der offenen Brust, was sein Mitleid erregte und ihm zugleich ein Medizinstudium erstrebenswert erscheinen ließ. Nicht selten verspürte er den Wunsch, seinen Namen gegen einen zu tauschen, der nicht so belastet war von Religion, Tradition oder feindseligen Ideologien, zumal in diesen Machozeiten, in denen María zu heißen bedeutete, in ständiger Sorge vor Spötteleien zu leben, da man den Namen mit der Heiligen Jungfrau in Verbindung brachte. Er träumte davon, eines Tages Alexander, David oder Hannibal heißen zu können, weshalb sich die Abkürzung JM, gleichsam das geringere Übel, als das Einzige erwies, wofür er seinem Vater wirklich dankbar war … Aber seine Herkunft war längst Vergangenheit. Er glaubte oder musste einfach glauben, dass er zu diesem »neuen Menschen« geworden war, nach dem die Machthaber in ihren populistischen Reden lautstark verlangten. Warum sollte er, wenn er jeden revolutionären Auftrag bis ins Kleinste erfüllte, auch etwas anderes sein?

Mit diesen aufgewühlten Gedanken ließ JM das Jugendalter hinter sich. Als junger Student an der Fakultät für Wirtschaft war er bei seinen Freunden beliebt und hatte bei Mädchen Erfolg. Irgendwann merkte er, dass manche Menschen ein gewisses Interesse daran hatten, sein Leben unter die Lupe zu nehmen und darin herumzustochern, nicht einmal vor seinen persönlichen Geheimnissen machten sie halt. Mit besonderem Eifer, so sein Eindruck, forschten sie nach dem, was er für seine schändliche Herkunft hielt. Doch sie befragten ihn, als wüssten sie die Antworten längst und wollten sie nur bestätigt sehen, als ginge es darum, sich seiner Gemütslage zu vergewissern, einzuschätzen, inwieweit er sich für den revolutionären Prozess engagierte und aufopferte. Vielleicht war es auch kein Zufall, dass sich die Fragen der Professoren, die um ideologische Tendenzen kreisten, meist an ihn richteten. Manchmal bemerkte er, dass sich Leute von außerhalb der Fakultät mit Mitgliedern des Lehrkörpers unterhielten, und sobald er in ihre Nähe kam, verstummten sie und nahmen, kaum dass er weiterging, ihre Blicke noch im Nacken, das Gespräch wieder auf. Allmählich begriff er, dass man sein Leben einer ständigen gesellschaftlichen und philosophischen Prüfung unterzog.

Damals schloss er sich der herrschenden Mode an, Stiefel zu tragen und Zigarre zu rauchen, nach dem Vorbild der höchsten Guerillaführer, die das Volk so bewunderte in der Hoffnung, sie möchten ihre Versprechen halten und ihrem elenden Leben eine Wende geben. Allerdings verzichtete er auf eine Rolex am Handgelenk, anders als die meisten Bärtigen.

Die Familie zeigte sich zufrieden mit seinem Studium, in gewisser Weise korrigierte es das ihm vorherbestimmte Schicksal, auch wenn er jetzt nicht über das eigene Vermögen, sondern über die Staatskasse Buch führen sollte. Denn so versponnen dieser alte, mühsam unterdrückte Traum von der Wiederherstellung des Kapitalismus und der Rückführung ihres Eigentums in eine standesgemäße Verwaltung auch sein mochte, sie waren nicht bereit, ihn aufzugeben.

Jahrzehntelang verkrochen sich die Großeltern ins hinterste Zimmer, um einen Kurzwellensender zu hören, das Radio so leise wie möglich gedreht, damit die Stimmen mit ihrem typischen Pfeifen nicht hinausdrangen, was nur die denunziatorischen Nachbarn alarmiert hätte, sie hätten sie beschuldigt, der Regierung feindlich gesinnt und Sympathisanten jener zu sein, die von Miami aus behaupteten, bald kämen sie zu ihrer Befreiung und würden die Vergangenheit und die alten sozialen Strukturen wiederherstellen – eine Hoffnung, die aufzugeben sie ebenso wenig bereit waren, denn sie verlängerte ihnen das Leben und war Balsam für den Geist.

Manchmal sah er, wie ein paar unbekannte dunkle Gestalten die Straße auf- und abliefen, an der jeweils nächsten Ecke eine Zigarette rauchten und wieder umkehrten. Nur passierte das nicht jeden Tag, und erst dachte er, das sei bloß Einbildung. Doch dann sammelte er Beweise, und die bestätigten seinen Verdacht. Da die Männer nicht wussten, dass er sie ebenfalls beobachtete, schauten sie, wenn sie am Haus vorbeikamen, unbekümmert herüber, sehr viel länger als auf die anderen Häuser – auf die sie in der Regel nicht achteten –, und dabei versuchten sie, seine Geheimnisse zu ergründen, irgendetwas, was diese ablehnende Haltung verriet, der sich seine Bewohner bestimmt im Verborgenen hingaben.

Einer der Männer allerdings, der auch am häufigsten auftauchte, betrat manchmal, nachdem er stundenlang observiert hatte, das Haus einer Nachbarin, deren Mann bei der Miliz oder, je nach Jahreszeit, bei der Zuckerrohrernte im Einsatz war, und verließ es erst vor Sonnenaufgang wieder. Dank seinem schweifenden Argwohn und der vielen Stunden, die er seine Überwacher belauerte, hatte JM ungewollt Informationen über das Privatleben der Nachbarn gesammelt, etwa ob sie illegal Handel trieben oder etwas verkauften, selbst über ihre Seitensprünge, auch wenn es ihm nur darum ging, rasch auf die Bewegungen dieser »Bewacher« reagieren zu können, die ihrerseits versuchten, die seinen im Blick zu behalten. Die beste Strategie, so seine Überzeugung, war gewiss, sie zu ignorieren und ihnen vorzugaukeln, sie blieben unbemerkt. Als wäre er einer dieser Trottel, die sich täuschen ließen und nicht einmal mitbekämen, dass man sie observierte. Irgendwann, dachte er, würden sie ihn grob unterschätzen. Das war seine Taktik, seine Art, sich ihrer zu erwehren und sein Zuhause zu schützen.

Viele Angehörige älterer Generationen, darunter auch seine Großeltern, schieden mitten in der Sonderperiode aus dem Leben, und in ihren Särgen waren sie nicht mehr als menschliche Überreste, denn weder das Gold noch die Gemälde, verkauft unter Preis trotz der klangvollen Namen ihrer Urheber, reichten aus, um das katastrophale Elend zu überdecken, dem sie zu Lebzeiten ausgesetzt waren. Tausendmal hatte die Großmutter gesagt, sie wünsche sich nur, dass die Castros die Macht abgäben, damit sie endlich ihr Haus streichen könne, auf dessen Wände der Wind seit Jahrzehnten den Staub blies, und jedes Mal schimpfte JM, womit er zwei Ziele verfolgte: dafür zu sorgen, dass sie es nicht noch einmal erwähnte, und zu demonstrieren – falls man ihn über versteckte Mikrofone abhörte –, dass er sich dergleichen negative Äußerungen verbat.

Er hatte seine Großeltern geliebt, empfand jedoch, sowenig er es sich anmerken ließ, neben dem Schmerz über ihr Ableben auch Erleichterung, ein Gefühl von Einvernehmlichkeit, denn ihr Tod half ihm, seine beschämende Vergangenheit mit ihren unauslöschlichen Spuren abzustreifen, diese quälende Angst, die ihm ein emotionales Gleichgewicht niemals vergönnte. Der Tod war objektiv eine Möglichkeit, sich von etwas zu distanzieren, was ihm unwiederbringlichen Schaden zufügte, denn nicht einmal die Zeit vermochte es wiedergutzumachen, nicht seine Haltung und nicht seine Willenskraft im Alltag. Schaffen würde das nur der natürliche Akt des Todes, dachte er, schließlich ging mit den Großeltern auch diese Manie, ständig »konterrevolutionäre« Sendungen zu hören, auf dieser Kurzwelle, die der Regierung so zusetzte.

Nach seinem Hochschulabschluss gab man ihm eine Stelle im Zuckerministerium, der vielleicht wichtigsten Front für die Entwicklung der Volkswirtschaft. Täglich wurden die Statistiken vom Präsidenten begutachtet, der auf ihrer Grundlage die eigenwilligsten, unmöglich umzusetzenden Pläne ersann.

Trotz seiner Erfolge in Liebesdingen beließ JM es bei der ein oder anderen Begegnung, auf mehr als Gelegenheitssex in einem Stundenhotel war er nicht aus. Damenbesuche bei sich zu Hause waren undenkbar, etwas Verboteneres hätte er sich nicht vorstellen können. Niemand sollte sich mit seinen Eltern anfreunden und womöglich feststellen oder riechen, was für eine bürgerliche Vergangenheit sie hatten. Ohnehin reichte ihm die Zeit allenfalls für ein paar Stunden Schlaf, da er seinen Vorgesetzten, sobald etwas Dringliches zu erledigen war, niemals Nein sagte, stets bereit für einen Auftrag außerhalb der Arbeitszeit, denn mehr als ein Opfer bedeutete es für ihn eine persönliche Befriedigung, sich unentbehrlich zu fühlen, wofür er überaus dankbar war.

Er machte es sich zur Angewohnheit, als Erster im Büro zu erscheinen und als einer der Letzten zu gehen. Auf dem Heimweg wusste er, dass der Mann, der ihn begleitete und sich stets ein paar Schritte hinter ihm hielt wie ein ewiger Schatten, jemand von der politischen Polizei war. Nur den Gefallen, ihn direkt anzuschauen, tat er ihm nicht. Seine Art, ihn zu schmähen, bestand darin, nichts auf ihn zu geben, ihn schlichtweg zu ignorieren. So hatte er es in einem Psychologiebuch gelesen, in dem Frauen geraten wurde, hartnäckigen Voyeuren das Gefühl zu geben, ihre Bemühungen seien nutzlos, da sowohl die Demütigung als auch die Lust auf dem Erschrecken der Frauen beruhten. Allerdings gönnte er sich das Vergnügen, den Rauch seiner Zigarre so in die Luft zu pusten, dass er auf das Gesicht seines Verfolgers niederging.

Im Büro brauchte man ihn, das Privatleben kam an vierter oder fünfter Stelle. Nichts war so wertvoll wie seine Arbeit. Und obwohl die Chefs, die ein ums andere Mal in seiner Abteilung vorbeischauten, ihn immer im Auge hatten, warfen sie ihm nie einen Fehler vor, mussten ihm nie zu einer Korrektur raten oder einen verspäteten Bericht einfordern. Doch mit der Zeit merkte er, dass er eifriger kontrolliert wurde als andere Buchhalter. Auch blieb ihm nicht verborgen, dass man allen anderen irgendwann eine Beförderung anbot oder einen wichtigeren Posten und sie ins Ausland schickte, um Rohstoffe oder Maschinen zu kaufen, während er an seinem Platz in der dunkelsten Ecke blieb. Und dennoch war er, hinterm Schreibtisch sitzend wie ein Baseballspieler, der auf seinen Einsatz wartet, stets bereit, eine unliebsame Arbeit zu übernehmen oder das Missgeschick eines anderen zu beheben. Er war der Einwechsel-Pitcher, und sowenig man ihn auf der Karriereleiter berücksichtigte, so froh war er, dass er sich auf diese Weise nützlich machen konnte.

Seine Mutter war bei der familiären Kritik am kommunistischen Prozess weitgehend passiv geblieben, doch ihre fortschreitende Demenz hatte dazu geführt, dass ihre extrovertierte Seite hervorbrach, und dann schrie sie »Nieder mit Fidel!«, für die Sympathisanten des Diktators die schändlichste Schmähung überhaupt, mit der allseits bekannten und nicht auszuschließenden Folge, dass man sie zusammen mit den übrigen Familienmitgliedern lynchte. JM rannte dann panisch von einem Fenster zum nächsten, nicht dass die Nachbarn sie gehört hatten. Zum Glück, dachte er, ging sein »Bewacher« in diesen Momenten nie die Straße entlang. Und während der Vater die Mutter mit der Hand auf dem Mund zum Schweigen brachte, versuchte der Sohn herauszufinden, welches Unheil sie womöglich angerichtet hatte. Sobald er sich Gewissheit verschafft hatte, dass sie ein weiteres Mal dem Schicksal entgangen waren, als Verräter vor ein Gericht geschleift zu werden, kehrte die Ruhe wieder ein, und er ging zurück zu seinen Eltern. Dabei fragte er sich, wie lange er wohl mit diesen Schreckensmomenten würde leben müssen, mit diesem aufgezwungenen Verbleib auf dem Drahtseil, das er seit seiner Geburt unter den Füßen hin- und herschaukeln spürte, begleitet von dem ständigen Gefühl, gleich abzustürzen. Er war so geschwächt, dass er nur noch schlurfen konnte und sich schon vorkam wie ein alter Mann.

»Scheint alles normal zu sein, Papa«, sagte er erleichtert, »bestimmt hat niemand sie gehört«, und sie atmeten auf, nur ihre Blicke flogen verärgert zu der alten Frau.

Wenn sein Vater ihr dann die Hand vom Mund nahm, lachte sie amüsiert und wollte es noch einmal tun, als wüsste sie genau, was sie damit auslöste, nur war ihr das mittlerweile egal, sie war wie ein kleines Mädchen, das eine harmlose Bosheit zum Besten gibt, oder jemand, der sich schon so lange beherrscht hat, dass ihm die Angst vergangen ist. Eine Strafe fürchtete sie nicht mehr, und ihnen blieb nichts anderes übrig, als sie zu knebeln und an einen Stuhl zu binden, nachts an ihr Bett, da Schreie, zumal in der Stille der frühen Morgenstunden, immer gefährlich waren, man hätte ihren Ursprung ausmachen und sie identifizieren können. Dergleichen regloses Dasein jedoch, dazu die hohen Temperaturen, unter denen sie stundenlang in ihrem Urin schwamm – es dauerte, bis JM von der Arbeit kam und ihr den Schlüpfer wechselte, was sein Vater nicht zuwege brachte –, hatten zur Folge, dass sich innerhalb weniger Tage wundgelegene Stellen zeigten und diesen unvergesslichen Gestank verströmten, wie er von toten Hunden ausgeht. Von da an waren es nur noch wenige Monate, bis der Tod sie holte.

Danach kam für JM und seinen Vater die große Ruhe, sie gönnten sich die Stunden Schlaf, die ihnen entgangen waren. Im Laufe der Jahre bemerkten sie, dass ihre Zeiten und ihre Interessen, wenn sie denn jemals welche hatten, kaum übereinstimmten. Sie schafften es fast nie, auch nur ein belangloses Gespräch miteinander zu führen, aber so war es nun mal, das ließ sich nicht ändern. Schuld war das Leben mit seinen Verpflichtungen, die Trägheit, dieses Gefühl, nicht zu wissen, wann man innehalten, »Schluss damit« sagen und sich hinsetzen sollte, um in beängstigender Stille eine Tasse Kaffee zu trinken. Aber für JM war das ohnehin Fiktion, undenkbar, nie und nimmer zu erreichen, und trotzdem spürte er, dass diese

Loslösung seinem Vater gutgetan hatte, dass er seinem Sohn sogar dankbar war für den Freiraum, denn er stürzte sich in eine Lektüre nach der anderen.

Und als wollte er sich hinter seinen dicken Brillengläsern verstecken, las er immer gieriger und blickte kaum auf, wenn JM an ihm vorbeikam. Manchmal war seine Verbitterung zu riechen, sein Groll auf die Familie, die er verantwortlich machte für das elende Leben, das ihm zuteilgeworden war, so fern von diesem anderen Leben, das das Schicksal für ihn bereitgehalten hatte. Immer hatte er sich vorgeworfen, dass er nicht den nötigen Mut gefunden hatte wegzugehen, als die Gelegenheit sich bot, dass er sich nicht getraut hatte, JM und seine Mutter zu verlassen, um mit den Eltern nach Miami zu gehen und ein beglückendes neues Leben zu beginnen.

Merkwürdig fand JM beim Anblick der Bücher seines Vaters, dass er trotz tiefster Abneigung immer eine Lektüre über den Aufbau des Kommunismus wählte, des maoistischen, leninistischen oder was immer die sozialistische Vision pries. Nichts vermochte ihn aus dieser Starre zu reißen, in die er sich verkroch, außer wenn sein Sohn an ihn herantrat, dann hielt er sich erschrocken das Buch vors Gesicht oder klappte es zu, damit er erst gar nicht seine Nase hineinsteckte. JM jedenfalls nahm es mit Erleichterung, ihm war es lieber, dass er sich die Zeit mit Literatur vertrieb, als dass er das Radio reparierte – das JM vorsichtshalber auseinandergenommen hatte – und diesem Fimmel des Großvaters frönte und feindliche Sender hörte.

Was seine eigene Person betraf, so war es sein ganzer Stolz, dass er niemals die Stimme erhob, um sich gegen irgendeine von den obersten Machthabern verfügte Maßnahme auszusprechen, auch wenn er dies, um ehrlich zu sein, auch gegenüber niederrangigen Vorgesetzten nicht tat. Tatsächlich fügte er sich mit der Einfalt und Duldsamkeit eines Kindes. Mehr noch, er bediente sich auch keiner inneren Stimme, um Maßnahmen und Anordnungen infrage zu stellen, nicht einmal in diesem Raum der tiefsten Stille und Abgeschiedenheit: den Gedanken, denn er misstraute sich selbst, misstraute diesen Echos der Seele, wie sie manchmal im Schlaf hervorhallen und den Weg in die Worte finden, ohne dass man sich dessen bewusst ist. Außerdem ging das Gedachte niemanden etwas an, nicht einmal ihn selbst, sagte ihm sein Gefühl. Man musste nur den Anordnungen Folge leisten und Schwierigkeiten vermeiden.

Bei allen Aufgaben und Pflichten war er bestrebt, zu den Besten zu gehören. Ihm oblag es, auf Zahlen zu schauen, zu rechnen, zu beaufsichtigen, zu kontrollieren. Und so vergingen die Jahre, immer allein am Schreibtisch mit seinen Listen und Tabellen, in denen die sensibelsten Geheimnisse aufschienen, heikle Details, Nachlässigkeiten, der betrügerische Umgang mit Geldern zum eigenen Vorteil. Doch sobald die Statistiken der politischen Führung unmittelbar schadeten, wurden sie übergangen, ignoriert, und am besten schaute man ebenfalls weg. Arbeitete weiter, ohne mit einem Aber zu kommen oder auf dumme Antworten zu warten, bis die entsprechende Prüfung abgeschlossen war, das war seine einzige Sorge, vor allem, da seine Chefs sogleich an ihn herantraten und ihn befragten, um sicherzugehen, dass ein Delikt, so es denn ans Licht kam, unter der Decke blieb. Ihm war bewusst, dass die Regeln von ebenjenen aufgestellt wurden, die später auch straften, und wer sie übertrat, musste den Preis für seinen Ungehorsam bezahlen. Seine Aufgabe, sagte er sich, war genau das: zu rechnen und sonst nichts, mit anderen Worten, sein Gehalt zu rechtfertigen, und auf diese Weise erklärte er jeden Widerspruch seinerseits kategorisch für beendet.

Letztlich war er, trotz aller Ärgernisse, immer bemüht, als zuverlässig zu gelten, daran hielt er fest wie an einem unerschütterlichen Traum, darauf richtete sich seine ganze Willenskraft, um zu einem weiteren Teil dieser Masse zu werden, die den revolutionären Prozess mehr als ein halbes Jahrhundert vorantrieb, stützte und speiste, um glücklich zu verschmelzen mit der schafstreuen Menge. Diesem Ziel hatte er Jahrzehnte beständiger Arbeit gewidmet, nur fragte er sich, warum er es nicht schaffte, warum man ihm die Möglichkeit verwehrte, seine verdammte Vergangenheit aufzubessern. Doch ebendeshalb legte er sich weiter ins Zeug, egal wie lange es noch dauerte. Es ging nur darum, sich für den Prozess zu engagieren, egal wie hoch der Preis war.

Was den Sex betraf, so erkaltete dieses Bedürfnis, selbst seine natürlichsten Triebe kamen ihm abhanden, der Koitus wurde für ihn zu etwas Unbedeutendem, zumal er im Moment der größten Erregung nur an die Person dachte, die ihm zum Ort der Verabredung gefolgt war, worauf er jedes Interesse verlor und das Zimmer nach versteckten Kameras und Mikrofonen absuchte, zum Entsetzen seiner Begleiterin, die dies mit einem erschrockenen Blick quittierte und sich rasch wieder anzog. Die Beziehung, die er über Jahre mit zwanglosen Treffen aufrechterhielt, zunächst in Stundenhotels, dann im Haus der Dame, verlor sich mit der Zeit, vor allem nachdem sie ihn gefragt hatte, ob er Kontakt zu seiner Familie im Ausland habe. Seither begnügte er sich damit, den Orgasmus selbst in die Hand zu nehmen und diese Flüssigkeit freizugeben, die ihm manchmal wie eine Last vorkam, wie etwas, was nicht da sein sollte, nur stört, und so war es für ihn, wenn auch ungewollt, der Beginn eines eremitischen Lebens.

Als er eines Morgens in die Küche geht, um sich von dem Kaffee zu holen, den sein Vater gewöhnlich jeden Tag in der Frühe aufsetzt, findet er die Kanne zum ersten Mal leer vor. Vielleicht schläft er ja noch, denkt er, in seinem Alter sein gutes Recht, aber dann will er den Grund gar nicht wissen. Er möchte auch nicht zu ihm ins Schlafzimmer gehen, und wie versteinert steht er da und schaut auf den Kaffeekocher, bis es brodelt und er sich in eine Porzellantasse einschenkt, eine englische mit Goldrand, das einzige Stück, das von dem Service seiner Großeltern heil geblieben ist. Er besteht auf dieser Tasse, für den eigenen Gebrauch, sie ist sein einziger Luxus, ein Relikt aus einer Vergangenheit, die vergehen zu lassen er sich weigert. Vielleicht dient sie ihm auch als Beweis für diesen anderen Menschen, der er vor der Geschichte sein sollte.

Er trinkt in kleinen Schlucken, ganz ruhig, vermeidet jeden Gedanken daran, dass er, sobald er ausgetrunken hat, im Zimmer des Vaters nachsehen muss. Er wünscht sich, es wäre leer, er wäre nach draußen gegangen, um bei einem befreundeten Buchhändler Bücher zu kaufen oder zu tauschen, wie es gelegentlich der Fall ist. Und deprimiert schaut er in das Dunkel in diesem Bereich des Hauses, den er bald wird aufsuchen müssen. Er trinkt den letzten Schluck und bleibt reglos stehen, lauscht, ob aus dem väterlichen Zimmer ein Geräusch dringt, das ihm den Besuch erspart. Er überschlägt, wie viele Jahre er diesen Teil des Hauses nicht mehr betreten hat; ruft sich seine Schritte in Erinnerung und wie er als Kind seinem Vater durch jedes Zimmer des großen Hauses hinterherlief, ein Weg, der kein Ende nahm, denn er war immer auf der Suche nach ihm. Der Vater war seine Obsession, sein Held, aber er erinnert sich nicht, seit wann er das nicht mehr ist, und jetzt, denkt er, lohnt es nicht mehr, das noch wissen zu wollen.

Er geht auf das Schlafzimmer zu, und kaum tritt er an die Tür, sieht er ihn, die Glühbirne vor dem Gesicht, sein Körper schwingend an einem vom Deckenbalken hängenden Strick.

Er schaut eine Weile hin, überlegt, wie er ihn abnehmen kann. Er will keine Hilfe. Außerdem muss er sich der Situation sowieso allein stellen. Und sofort entwirft er einen Plan: Er will die Leiter holen, hinaufsteigen und ihn losmachen, und dann legt er ihn sich über die Schulter und befördert ihn auf den Boden. Nur wird er ihn wahrscheinlich fallen lassen müssen, denkt er, und dann verliert er das Gleichgewicht und landet neben dem Leichnam. Also spielt er weitere Möglichkeiten durch, bis etwas seine optimistischen Gedanken stoppt: Selbst wenn alles nach Plan liefe, würden ihm die Schmerzen im Kreuz einen Strich durch die Rechnung machen. Er muss an die vielfältigen und zehrenden, nach Aufruf durch die politische Führung geleisteten Freiwilligeneinsätze denken, bei denen er sich die Wirbelsäule lädiert hat, gebeugt von den riesigen, unvergesslichen Säcken mit Reis, Zucker oder was immer an Erzeugnissen ins Land kam oder das Land verließ, nicht eingerechnet die mehr als zehn Zuckerrohrernten. Ich werde nicht zur Arbeit gehen können, denkt er, etwas noch nie Dagewesenes, sein ganzes Arbeitsleben hat er sich das nicht erlaubt.

Hilfe anzunehmen würde heißen, dass es im Haus von Neugierigen und fremden Menschen wimmelt, und genau das hat die Familie seit mehr als fünfzig Jahren verhindert, also nie und nimmer. Sollte der Entschluss, sich umzubringen, keinen Aufschub geduldet haben, denkt er, hätte sein Vater es in seinem Badezimmer tun können, wo die Decke niedriger ist und ihn abzuhängen nicht so mühsam wäre. Aber wie schon seit Jahren vermutet, hat er nie an ihn, seinen einzigen Sohn, gedacht, und vielleicht ist das die Antwort auf die Frage, seit wann der Vater nicht länger eine Obsession für ihn ist. Er schaut auf die Uhr. Unter keinen Umständen würde er sich leisten, zu spät zur Arbeit zu kommen, also entscheidet er, die Aktion zu verschieben, bis er wieder zurück ist.

Auf dem Weg zur Arbeit analysiert er die Wirklichkeit, genauer gesagt, seine eigene, warum sollte die eine auch mit der anderen übereinstimmen. Er steht ein wenig abseits der Gesellschaft, ist anders und manchmal schlicht nicht existent. Und mit Blick auf die neuen Generationen, denkt er, möchte man zwar meinen, dass sich nach fünf Jahrzehnten zum Glück niemand mehr an irgendeine Abstammung erinnert, allenfalls als etwas Unerhebliches, betrachtet mehr als ferne Legende denn als Realität, doch systemkritisches Denken gilt nun mal als Ungehorsam und jämmerlicher Verrat. Weshalb jede abweichende Haltung, und sei es im besten revolutionären Sinne, einem Akt des Aufstands gleichkommt, erst recht bei jenen, die das ständige Versagen der Führung hervorheben, zumal in der Wirtschaft, die das Land in eine Dritte-Welt-Ecke manövriert hat, und dann sind die Massen auch noch stolz auf ihre prekäre Lage.

Unter diesen Umständen hatte er immer versucht, einen Weg für sich zu finden, hatte eingesehen, dass es besser war, zu schweigen und sich zu verstellen, um nicht als »Skeptiker« oder »regierungsfeindlich« zu gelten. Eine andere Meinung zu bekunden wäre, auch wenn andere das Gleiche dachten, Selbstmord gewesen, man hätte ihm vorgeworfen, weder die Eignung noch die Geduld mitzubringen, um die neuen Maßnahmen zu verstehen, die die oberste Führung, je nach Situation, unverzüglich zu ergreifen gezwungen sei, nur so lasse sich eine Antwort geben auf die Sanktionen des politischen Gegners mit seinem Kalten Krieg.

Wenn sein Verhalten aber so korrekt und angepasst war, warum dann diese ständige Überwachung? Das ist das Einzige, was er nicht verstehen kann. Woran hat es gefehlt, wobei hat er versagt? Hätte es ihm jemand erklärt, er wäre niemandem böse gewesen und hätte es auf der Stelle korrigiert. Ihm wird bewusst, dass diese Belagerung im Laufe der Jahre nicht nachgelassen, sondern sich wie ein eiserner Ring immer enger um ihn geschlossen hat. Und so präsent, wie diese Jäger in seinem Leben sind, sieht er sich selbst als Beute auf der Lauer. Trotzdem kann er sich an die hartnäckige Verfolgung seiner Person nicht gewöhnen und bleibt lieber weiter auf Abstand, täuscht seinen Verfolger. Wenn er sich nur zerstreut gibt, denkt er, wäre das gewiss ein Zeichen für seine Unschuld – nein, das ist kein potenzieller Verräter.

Als er von der Arbeit kommt, fällt ihm ein, dass sein Vater noch mit dem Gesicht vor der Glühbirne hängt und er ihn herunterholen muss. Er nimmt die Holzleiter und steigt hinauf, das Licht wird heller, blendet ihn. Er fragt sich, wie es wohl für seinen Vater war, so viel Helligkeit auszulöschen, ob sie langsam schwächer wurde oder ob es wie ein Schlag kam, der ihn in tiefste Dunkelheit hüllte. Er ist dem Licht dankbar, dass es ihm eine optimale Sicht verwehrt, so muss er das von Schmerz und Verzweiflung entstellte Gesicht nicht sehen. Unter Mühen, nicht ungefährlich auch, schafft er es, ihn loszubinden und über die Leiter zu legen. Ein Gewicht wie tausend Tote zusammen, denkt er, und er spürt, wie die Schweißtropfen an ihm herabrinnen. Noch einmal fragt er sich, was es seinen Vater gekostet hätte, die niedrigere Decke des Badezimmers zu wählen. Als hätte das dem Akt etwas genommen. Oder war es dieses alte Gefühl von Grandeur, von dem er sich nicht hatte freimachen können?

Er braucht mehr als eine Stunde von der obersten Stufe bis hinunter auf die Fliesen. Kurz vor dem Boden muss er ihn fallen lassen, und das Geräusch von brechenden Knochen, wie eine Scheibe, die zerspringt, hallt durch den Raum. Ich muss vorsichtig sein, sagt er sich, man könnte ihn des Mordes bezichtigen, wie es Mode geworden ist in diesen Zeiten, in denen Angehörige den alten Menschen beim Sterben helfen, um die Verlesung des Testaments zu beschleunigen. Und er wirft einen Blick durch das halbverfallene Haus. Das Einzige, was sein Vater ihm ansonsten hinterlassen hat, sind diese Nachforschungen zu seiner glanzvollen Vergangenheit. Wie sehr hat er seine Kommilitonen um ihre bescheidene Herkunft beneidet! Wie sehr hat er sich gesehnt nach ihren kleinen Wohnungen, in denen sie beengt, aber unbehelligt lebten!

Er geht zum Telefon und ruft den Hausarzt an, der auch gleich herbeieilt, und als er eintrifft, nimmt er das Haus eingehender in Augenschein als den Toten. JM hat den Leichnam bis an die Tür geschleift, um diesen ruhelosen Blicken zuvorzukommen, die alles daransetzen, die Wände zu durchdringen, die Dunkelheit aufzubrechen und die Geheimnisse an sich zu reißen. Dann kommt die Ambulanz. Die Nachbarn, denen er nicht gestattet, weiter als bis zum Eingang zu gelangen, schauen verärgert zu ihm hin. Er unterschreibt ein Papier, erklärt sich mit einer Bestattung ohne Aufbahrung einverstanden. Es hat keinen Sinn, denkt er, tot ist er sowieso, außerdem würde niemand zur Trauerfeier kommen. Beerdigung reicht, sagt er zu der Ärztin, und die nickt, als wäre es nicht von Bedeutung.

Eine Stunde danach kommt er zum Friedhof, in den Händen die Unterlagen des Familiengrabs, das sich mit seinem importierten Marmor und den prachtvollen Skulpturen des Todes von vielen anderen abhebt. Er findet es ungewöhnlich, dass es mit frischen Blumen geschmückt ist. Soweit er weiß, fällt Grabpflege nicht in die Zuständigkeit der Totengräber, und schon gar nicht gehört es zu ihren friedhöflichen Diensten, dergleichen Aufmerksamkeit zu spenden. Jemand muss sie dort abgelegt haben, sagt er sich, wahrscheinlich hat er sich in der Grabstätte geirrt. Die Beerdigung geht rasch vonstatten, so prompt, wie er es sich gewünscht hat. Als der schwere Marmordeckel geschlossen wird, erklingt dieser einzigartige Laut, der besagt, dass die Grube das Licht und die Luft verschluckt hat, zurück bleibt das deutliche Gefühl, dass alles vorbei ist.

Wie man es kennt, wenn man ein Buch zu Ende gelesen hat, es zuklappt und der Umschlagdeckel in die entgegengesetzte Richtung zeigt. So etwas wie ein Glockenschlag, der verkündet, dass wir wieder am Anfang aller Zeiten stehen. Dass sich das erworbene Wissen in Kreisen bewegt, nicht vertikal, nicht horizontal ... Und während er, schon auf dem Rückweg, noch an Bücher denkt, kommt es ihm vor, als sähe er zwischen den Bäumen den Buchhändler. Tatsächlich, er ist es, und ihm wird klar, dass da mehr gewesen sein muss als nur ein Dienst am Kunden, eine Freundschaft vielleicht, eine seltsame Komplizenschaft.

Als er zurück in dem großen Haus ist, allein und eingesperrt mit diesen Erinnerungen, die nur er wach hält, die ihm aber, sobald er sie sich ins Gedächtnis ruft, solche Angst machen, denkt er an die Zukunft, an die Einsamkeit, die ihn erwartet, aber es ist zu spät, um noch etwas daran zu ändern, er hat sich längst an die Abgeschiedenheit gewöhnt. In gewisser Weise freut es ihn, und dass er mit seinem Vater auch die Familiengeheimnisse begraben kann, bringt endlich die nötige Ruhe, nicht dem Toten, aber ihm, dem Weiterlebenden ... Die Tage folgen aufeinander, wiederholen sich mit der stumpfen Monotonie, mit der das Licht jeden Morgen durch die Fensterläden sickert, für ihn ein nicht nur normales, sondern unerlässliches Phänomen. Er hat sich daran gewöhnt, zwanzig Minuten früher aufzustehen und sich Kaffee zu machen, und dann genießt er ihn aus seiner Lieblingstasse. Diese kleine Zeit am Tag ist sein einziges Vergnügen, und schließlich macht er daraus eine Zeremonie.

Manchmal folgt er die ganze Nacht den Bewegungen dieser Gestalten, die ihn rund um die Uhr belauern, wie verblendet und unbeeindruckt von der heißen Sonne, dem Regen oder der Kälte. Es ist kein Zufall, wenn ein Auto mit getönten Scheiben vor dem Haus mit einer Panne liegen bleibt. Er weiß, dass sie darin sitzen und ihn filmen. Ebenso wenig zufällig sind die Anrufe, mit denen sie sich – angeblich hat sich jemand verwählt – nur vergewissern wollen, ob er zu Hause ist oder sich ihnen die Gelegenheit bietet, das Haus zu durchsuchen und Beweise zu finden, um ihn als Verräter zu melden. Der Krieg hat begonnen, sagt er sich und wirft einen Blick in alle Ecken.

Inzwischen weiß er auch, was dahintersteckte, als auf einmal wie zufällig diese verfluchten Bücher im Haus auftauchten. Er hat sie im Nachttisch seines Vaters gefunden, sämtlich getarnt mit dem Cover einer anderen, äußerst regimefreundlichen Schrift. Und so löst sich für ihn das Rätsel auf, wieso sein Vater sie las und weshalb er sie verbarg, wann immer er in die Nähe kam. Sein Vater hatte ganz einfach Angst vor ihm. Vielleicht fürchtete er auch seine entsetzte Reaktion und dass die ihn verraten könnte, falls solche Beweise für eine feindliche Lektüre ans Licht kämen. Deshalb ließ er die Bücher niemals irgendwo liegen. Und wenn er sie abholte oder zurückgab, tat er es heimlich. Nie gestattete er, dass sein Sohn dies übernahm, nicht einmal, wenn er krank war. Das müsse er persönlich erledigen, antwortete er, wenn JM es ihm anbot, da er ohnehin auf dem Weg zur Arbeit dort vorbeikomme.

Ihm war sofort klar, dass der alte Buchhändler ihm die dissidentischen Bücher geliehen oder verkauft hatte. Warum musste er bloß das verdammte Zimmer aufräumen und sie finden? Daher also diese seltsame Verbundenheit zwischen dem Vater und dem Buchhändler, und jetzt versteht er auch, wieso er ihn so oft vor dessen Laden angetroffen hat. Und dass er selbst, gegen seine Absicht, nur um sich zu vergewissern, worum es geht, mit dem Lesen begonnen hat, mit dieser unheilvollen Lektüre, die einen so in ihren Bann schlägt. Seine maßlose Neugier, sagt er sich, rührt vielleicht von seiner unterdrückten Persönlichkeit her, mit einem Mal entfesselt wie ein Tornado über den gierig verschlungenen Buchstaben. Er weiß, dass er die Bücher verbrennen muss, sobald er sich von ihrem Inhalt überzeugt hat, das ist seine Pflicht und Schuldigkeit. Er muss sie in einen Eimer werfen und zu Asche verbrennen. Aber alles geht so schnell, wie magnetisch wird sein Geist angezogen von diesen verbotenen Seiten, sie lassen ihn nicht mehr los. Er kommt sich vor wie ein Adam, verführt von einer Schlange aus endlosen Sätzen, die seine Stunden aufzehren, seine Tage, sein ganzes Leben.

Das alles geschieht gegen seinen Willen. Es ist ein verstörender Akt, er erkennt sich selbst nicht wieder, ausgerechnet er, der bei allem, was man von ihm erwartet oder verlangt, die Täuschung immer abgelehnt hat. Und jetzt sitzt er da und verschlingt jedes Wort, mit dem die deutsche Stasi und der sowjetische KGB beschrieben werden und wie der kubanische Geheimdienst, der sogenannte G-2, sich zu ihrem Musterschüler mausert und seine Lehrer in den Schatten zu stellen droht. Und er erkennt sich in den zahllosen Opfern wieder, in den Aussagen Überlebender oder Dritter, Zeugen der Vollstreckungen. Er selbst ist nur einer von vielen unter ihrer Knute.

Und so durchsucht er das Haus nach weiteren versteckten Büchern. Es ist von Feindliteratur infiltriert, und das Schlimmste ist, dass er nicht aufhören kann zu lesen. Sobald er ein neues Buch findet, hinter einem Vorhang, über einer abgehängten Decke oder auf einem Küchenregal, läuft er zum Fenster, um sich zu vergewissern, dass seine Überwacher keine Regung zeigen. Allein bei dem Gedanken, sich ein weiteres Mal an dieser neuen Art von Lektüre zu erfreuen, macht sein Herz einen Hüpfer. Die von seinem Vater aufbewahrten verbotenen Werke haben, wie er feststellt, immer den Einband eines anderen marxistischen Buchs. Er ahnt, dass es sein einziges Vermächtnis ist, vielleicht war es für ihn auch eine Möglichkeit, seinen Sohn an die Wahrheit heranzuführen, ihn aus seiner ideologischen Zwangsjacke zu befreien. Zugleich brachte er so auch den wahren Vater ans Licht, der nie das kleinste Anzeichen von Auflehnung gezeigt hatte, der seinen Sohn anders erzogen hatte, als er in Wirklichkeit war, und das allein, um ihn zu schützen. Er verstand es sofort, aber da war auch diese Marotte seiner Familie, immer auf dem Drahtseil zu balancieren, wie Äquilibristen, die vor den Augen ihrer Kerkermeister auf einer Messerklinge tanzen.

Also geht er zu der Buchhandlung und legt die Bände auf den Ladentisch, vor den überraschten Augen des Buchhändlers, der langsam nach ihnen greift, sie beiseite schiebt, nein, die kennt er nicht. JM bleibt stehen und wartet, traut sich nicht auszusprechen, was ein Hinweis auf seine Entdeckung sein könnte, er weiß gar nicht, mit welchen Worten er die Situation zu Hause erklären soll, er wusste ja nichts davon, das ist ihm das Wichtigste, der Buchhändler soll wissen, dass er unschuldig ist. Der alte Mann bedeutet ihm, hinter den Ladentisch zu treten, um Auge in Auge ihre Ängste auszuhandeln, durch einen Pakt des Schweigens: sich schwörend, das Geheimnis zu hüten und niemandem zu sagen, dass sein Vater zu dieser exklusiven Kundschaft gehörte, auch nicht, welche Genres oder problematischen Themen er vornehmlich wählte. Und sie hören einander zu, ohne die Version des Gegenübers gelten zu lassen. Es ist ein von Auslassungen und Stille geprägtes Gespräch. Ein Dialog in der Überzeugung, dass der jeweils andere sich irrt. JM weiß nichts von der Umdeklarierung verbotener Bücher, und der alte Mann nicht, dass der Vater diese krankhafte Neigung zu verbotenen Büchern besaß, geschweige denn, dass er sie ihm besorgt hätte. Ein weiteres Mal schiebt der Buchhändler die auf dem Ladentisch abgelegten Bände beiseite, nein, die nimmt er nicht entgegen, dazu ein misstrauischer Blick, was ihren möglichen Wert betrifft. Schließlich nimmt JM sie wieder an sich, der Buchhändler lächelt.

JM geht mit dem beruhigenden Gefühl nach Hause, dass der Mann seine Bücher nicht angenommen hat, jetzt hat er Zeit, Mario Vargas Llosa zu lesen, Orwells *Farm der Tiere*, Reinaldo Arenas' *Bevor es Nacht wird*, die *Sputnik*-Hefte aus der Zeit der Perestroika, Cabrera Infantes *Drei traurige Tiger*, die Gedichte von Gastón Baquero, Heberto Padilla und Raúl Rivero, *Wie es Nacht wurde* des Comandante Huber Matos und all die anderen, die auf Schritt und Tritt zum Vorschein kommen. Doch die Zeit für die Lektüre wäre allzu knapp, das wusste er gleich beim Verlassen der Buchhandlung. Beide würden jetzt das für sie Vorteilhafteste tun, würden – wie im Wilden Westen, wo die Männer, nachdem sie sich in die Augen geblickt haben, ihre alten Colts ziehen – einer den anderen denunzieren, garantiert hatte der Buchhändler das bei seinem Vater auch gemacht. Aber allmählich verspürt JM etwas, was er so noch nicht kennt: eine unglaubliche Ruhe. Er ist erschöpft, will nur lesen, und das wird er auch.

Als er nach Hause kommt, zeigt sich ihm alles in einem anderen Licht. Der Grund, vermutet er, ist der prompte Hinweis des Komplizen seines Vaters. Bestimmt ein Anruf, um die Absicht hinter seinem Besuch verfälscht darzustellen und ihm die Gelegenheit zu nehmen, ihn seinerseits zu verraten, denn natürlich muss der Buchhändler gedacht haben, der Sohn seines Kunden würde dasselbe tun. Die auf dem Friedhof abgelegten Blumen dienten nur der Erleichterung seines Gewissens, und hinter den Bäumen versteckt hatte er sich, weil er sich schämte. JM ist stolz auf seinen Vater, der das tiefste aller Schweigen mit seinem Leben bezahlt hat, und auf einmal steigen Bilder aus der Kindheit wieder auf, er spürt die Kraft seiner Arme, wenn er ihn an die Brust drückte und in den Schlaf wiegte. Schon merkwürdig, er kann sich nicht erinnern, wann seine Augen das letzte Mal feucht geworden sind.

Er betrachtet sich als Hüter dieser Bücher. Der sie zu bewachen hat und versuchen muss, sie vor dem Feuer zu bewahren, in das man sie werfen würde, bekäme die politische Polizei sie in die Hände. Es macht ihn stolz, dass sein Vater letztlich doch dieses scheue, in seinem Inneren noch schlummernde Licht gesehen und ihm seinen Schatz anvertraut hat.

Auf der Straße schauen ihn die Menschen argwöhnisch an. Er begreift, dass er das Spiel verloren hat, dass es einen Plan gibt, um ihn in flagranti zu erwischen. Man behandelt ihn jetzt als gefährlichen Oppositionellen. Ein Nachbar, dem er schon immer misstraut hat, ebenjener, dessen Frau ihn in den frühen Morgenstunden betrügt, weil auch er seinen Arsch hinhalten muss für den politischen Prozess, hat vor seinem Haus einen kleinen Tisch aufgestellt, an dem er Feuerzeuge mit Gas nachfüllt. Ein ständiger Wachposten, sagt er sich.

Auf der Arbeit beginnen sie mit der Verteilung von Ausweiskarten, er selbst ist der Grund, klar, dann wissen sie immer, wo er sich im Gebäude befindet, und können ihm den Zutritt zu anderen Abteilungen verwehren. Als er in der Kantine beim Mittagessen sitzt, läuft der Fernseher, der normalerweise immer kaputt ist oder ausgeschaltet, um Strom zu sparen, und zeigt den Präsidenten mit roter Krawatte beim Empfang einer ausländischen Delegation. Er erschrickt, weil er selbst auch ein rotes Hemd trägt. Das kann kein Zufall sein. Offenbar steckt etwas dahinter. Jetzt schicken sie ihm schon verdeckte Botschaften. Was wollen sie damit erreichen? Sein Bauch revoltiert, und er macht sich auf den Weg zur Toilette, um sich Erleichterung zu verschaffen. Als er an seinem Schreibtisch vorbeikommt, greift er nach der Zeitung, er erinnert sich, dass er sie bei jemandem gekauft hat, der freundlich tat, ihn aber nicht aus seinem starren Blick entließ. Nachdem er sich unter Krämpfen und Schweißausbrüchen entleert hat, schlägt er das Blatt auf und stößt auf einen großen Leitartikel, ebenfalls in roten Lettern: »Nicht glauben, lesen!« Und für ihn besteht kein Zweifel mehr, dass sie über die Bücher informiert sind. Das ist eine Warnung, ein Ultimatum, er soll diese von der offiziellen Lehre abweichenden Texte aushändigen.

Ohne um Erlaubnis zu bitten, verlässt er seine Arbeitsstätte und geht nach Hause. Dort wartet schon der Feuerzeugmann auf ihn, nickt ihm zu, kann ein zynisches Lächeln aber nicht verbergen, eine unverschämte Geste angesichts der absehbaren Situation. Er verschließt die Tür mit allen vorhandenen Schlössern, stellt auch sicher, dass die Fenster fest zu sind, dabei sind sämtliche Riegel längst vorgelegt. In seiner Verzweiflung trägt er die Bücher zusammen und betrachtet sie. Sie anzuzünden, denkt er, würde ihn verraten, dann würde schwarzer Rauch aufsteigen, »no habemus papam«, es erinnert ihn an das Zeichen des Vatikans, wenn noch kein Pontifex gewählt ist ... Die Variante, die Bücher zu Papierbrei zu verarbeiten und in den Abfluss zu schütten, würde die Rohre verstopfen, außerdem kämen sie dann mit dieser Pampe zu ihm, ein klares Indiz, dass er das Corpus Delicti hat vernichten wollen ... Sie zu zerschnippeln hieße, einen Berg von Beweisen zu hinterlassen, was noch schlimmer wäre ... Aber egal welche Variante, er würde sich vorkommen wie der schäbigste Mensch. Überhaupt ist er es müde, sich zu fragen, was sie von ihm denken, er ist seiner Verfolger überdrüssig. Ihm geht es jetzt nur noch darum, die Bücher zu schützen, sie an einem Ort aufzubewahren, wo seine Häscher sie nicht finden ... Solange keine andere Lösung in Sicht ist, sagt er sich, gibt es einfach keinen geschützteren Ort, und er nimmt die Seiten, kaut sie, schluckt sie hinunter, ungeachtet der zu vernichtenden Mengen.

Während er den Papierberg verdaut, nehmen sein Körper und sein Geist die Szenen samt ihren Personen auf. Er macht sie sich zu eigen, verleibt sie sich ein, wiederholt sie aus dem

Gedächtnis und spielt sie. Er bewegt sich durchs Zimmer, gestikuliert, unterhält sich. Trägt jetzt auswendig aus Texten vor, die andere geschrieben haben. Unzusammenhängende Sätze ohne die geringste Chance auf Stimmigkeit. Anschauliche Bilder auch, die er seiner Natur, seiner Existenz anpasst, widergespiegelt in seinem Kopf, und gleichzeitig bringt er sie zum Ausdruck, lebendige Darstellungen, die in seinen Pupillen aufscheinen und in den realen Raum hinüberspringen, ohne dass er diesen Strom von Schatten stoppen könnte, der im Haus von hier nach da schwappt, die Schreie. Jemand weint, ja, dort hinten, irgendwer leidet, er bittet darum, aufzuhören, das tut weh, und in seinen Ohren klingt es wie die Stimme des alten Buchhändlers.

»Ich glaube, für JM reicht es erst mal«, sagt eine der Figuren, die ihn beobachten, »dieser ›jüdische Konvertit‹ bedeutet keine Gefahr mehr.«

»Ein Bourgeois ist und bleibt ein Verräter«, bemerkt jemand anders, er hat sich ein paar aufgestapelte Bücher als Sitzgelegenheit genommen und stößt genüsslich den Rauch seiner Zigarette aus, der wie Nebel wabert und sie verschwinden lässt, als wäre es eine Zaubernummer.

Das Haus ist jetzt ein Boulevard, über den die Figuren ziehen, in dem Gewölk sind ihre Gesichtszüge manchmal kaum zu erkennen, sie nehmen sich aus wie ein Spachtelbild, darauf nur menschliche Umrisse.

Sie spionieren ihm nach, JM weiß das, aber er will sie nicht länger ignorieren und schaut zu ihnen hinüber, zeigt Interesse an dem, was sie sagen, während sie sich unterhalten und nichts auf seine neugierige Anwesenheit geben. Schamlos leben sie ihren Alltag, aber er kann nichts dagegen tun, sein Zuhause ist es nicht mehr.

Etwas schreckt ihn auf. Und die Überraschung ist so groß, dass er sofort hinläuft, hin zu einer Wand. Er starrt hinauf, könnte schwören, dass er für einen kurzen Moment ein Leuchten wahrgenommen hat, ausgestrahlt, ähnlich dem Licht eines kleinen Sterns oder einem in die Wand eingelassenen reflektierenden ovalen Glas, aus einer Ecke der Decke.

Und spöttisch schaut JM in die Kamera und lächelt.

Auf der Suche nach Benny

Gestern haben wir uns dann auf die Suche gemacht, nach zwei Tagen Warten. Merkwürdig, dass Benny sich an keinem der Orte hatte blicken lassen, wo die Gruppe normalerweise zusammenkam. Schon länger hatte er sich wie ein älterer Bruder aufgeführt, so eine Art Mentor, dabei ist er jünger als einige von uns. Aber wir haben es akzeptiert, er ist nun mal anders. Wir suchen immer nach Geschichten für ihn, für seine Erzählungen. Zwar verstehen wir oft nicht, was er mit der Wirklichkeit anstellt, wenn er Literarisches daraus macht, aber wir akzeptieren es. Er ist der Künstler.

Dass jeder von uns mal verschwinden könnte, war normal. Mit der Zeit waren wir auf den Geschmack gekommen und sagten laut, was wir dachten, so wurden wir zu Dissidenten. Oder zu Dissidenten gemacht. Benny kam dann sofort zu uns nach Hause, um der Familie Bescheid zu sagen, begleitete sie zu einer der Polizeistationen und brachte uns das Nötigste. Mit unseren Müttern blieb er auf dem Bürgersteig stehen, vor dem Gebäude, wo sie uns eingesperrt hatten, und ging nicht eher weg, als bis sie uns freigelassen hatten.

Einmal war Orestes' Mutter nach Matanzas gefahren, um ihren kranken Vater zu besuchen, und Benny brachte ihm die Zahnbürste, Zahnpasta und ein Handtuch. Hinterher mussten wir lachen, weil er die Seife und die Unterwäsche vergessen hatte. Orestes meinte, und womit soll ich mir jetzt die Eier waschen, Kumpel? Den Satz sagten wir bei jeder Gelegenheit, und alle lachten.

Bei so viel Loyalität uns gegenüber hat jetzt keiner mehr Lust, an den Satz zu erinnern oder zu lachen, erst muss unser Künstlerfreund wieder auftauchen. Zunächst sind wir zu ihm nach Hause gegangen – alles war dunkel und fest verschlossen, durch die Klappläden an einem Seitenfenster konnten wir sehen, dass der Riegel zurückgeschoben war, normalerweise legt er ihn beim Reinkommen jedes Mal vor. Uns blieb nichts anderes übrig, als uns in der Umgebung herumzutreiben, denn da er allein lebt, gibt es keine Verwandten, die wir hätten fragen können.

Wir haben den ganzen Nachmittag gewartet, vielleicht kam er ja noch, aber nichts. Heute sind wir zu den Krankenhäusern in der Gegend gegangen, sein Name stand auf keiner Liste. Nur um es auszuschließen, haben wir auch bei den Polizeistationen nachgefragt, aber da ist er auch nicht, meinte der Offizier mit mürrischer Miene. Tatsächlich gibt es keinen Grund, Benny zu verhaften, er ist ein braver Bürger, einer dieser vom Aussterben bedrohten seltenen Vögel.

Nicht dass wir dem Militär glauben würden, die sagen immer, in dieser Station würden wir nicht festgehalten, auf Geheiß der politischen Polizei, damit die Familien nicht im Weg rumstehen oder, anders gesagt, von draußen keinen Druck machen. Bei Benny ist das nicht der Fall, denn er hat nie eine politische Meinung gehabt, und wenn doch, behält er sie für sich, er schreibt einfach nur, nimmt uns als Vorbild für seine Figuren. Wir haben es respektiert, und ich glaube, wir sind ihm sogar dankbar. In seiner Gegenwart sprechen wir so wenig wie möglich davon, um es nicht noch komplizierter zu machen. Er ist nur unser Freund, der große Meister der Gruppe.

Wir haben auch die Nachbarn gefragt, und die meinten, das würde sie ebenfalls wundern. Wäre ja auch merkwürdig, wenn Benny für irgendeine Literaturveranstaltung in die Provinz gefahren wäre und uns kein Wort sagt. Da stimmt doch was nicht, meint auch Eladio, das riecht verdächtig. Wir schauen alle schweigend zu ihm, wie eine flehentliche Bitte, er möge unrecht haben, Benny möge im nächsten Moment an der Ecke auftauchen, mit seinem typischen Lächeln, das uns einen solchen Frieden schenkt, wo wir immer Angst haben, dass ein Offizier der Staatssicherheit seinen Ausweis zückt und uns in ein als zivil getarntes Auto setzt, und dann verfrachten sie uns für mehrere Tage in eine Zelle. Diese »Offiziere der Repression«, wie wir sie nennen, haben ihren Spaß daran, uns einzusperren und zu treten, sie hassen uns. Wir selbst hassen sie nicht, so viel steht fest, eher bemitleiden wir sie, das ist doch kein Leben, und vor allem haben sie keine Zukunft, denn irgendwann müssen sie sich vor Gericht verantworten und werden verurteilt für ihre Übergriffe.

Dieser Benny kommt einfach nicht, verdammte Scheiße, sagt Berto und spuckt verärgert aus. Keiner von uns will nach Hause, also beschließen wir, bei Fermín auf Neuigkeiten zu warten. Immer schaut eine unserer Mütter vorbei und tut, als wollte sie nur etwas zu essen bringen oder bräuchte eine Schmerztablette, egal unter welchem Vorwand, aber eigentlich wollen sie nur ebenfalls in der Nähe sein und hören, ob es Neues von Benny gibt. Die Mütter haben bei Alberto ihre

Zelte aufgeschlagen, und die Mutter von Fermín hält sie auf dem Laufenden. Wenn es denn etwas zu berichten gäbe.

Jetzt warten wir darauf, dass Felo aus San Miguel de Padrón zurückkommt, wo eine Tante von Benny wohnt, schon sehr alt, vielleicht ist sie ja krank, er hat sich gleich auf den Weg gemacht, keine Zeit, uns Bescheid zu sagen. Wir sehen ihn vor uns, das ist wie die Durchquerung eines Minenfelds bei einem Bombenangriff. Taxis wollen dort nicht hinfahren, die Löcher in den Straßen sind riesig. Wir haben einmal ein Foto gesehen, da haben sie ein Auto rausgeholt, eins von diesen alten amerikanischen, es war mitten auf der Straße komplett versunken, bis übers Dach unter Wasser, das Loch so groß wie ein Schwimmbecken. Ganz zu schweigen von den Überfällen, die in dem Bezirk an der Tagesordnung sind. Aber Felo kennt sich aus, er hatte mal eine Freundin in der Gegend, und jetzt hat er sich hingewagt, um rauszufinden, ob Benny dort ist oder nicht.

Felo ist frühmorgens zurückgekommen, völlig verschwitzt von dem kilometerlangen Fußmarsch, fast verdurstet und mit einem Mordshunger. Schlechte Nachrichten, sehr schlechte: Benny war nicht bei seiner Tante, schon seit einer Woche war er nicht mehr dort gewesen, wirklich merkwürdig, hatte die alte Frau gesagt. Danach waren alle still. Fermíns Mutter hat sich ein Handtuch um den Kopf geschlungen und ist mit einem dampfenden Becher Kaffee gegangen, wohl um den anderen Müttern Bescheid zu sagen, die ebenfalls warten, bei Alberto zu Hause sind die Lichter nämlich noch an. Wir stellen uns vor, wie sie sich Anekdoten von uns erzählen, als wir noch klein waren.

In diesem Land verschwinden die Leute nur aus zwei Gründen: Entweder du springst auf ein Floß, um die Floridastraße zu überqueren, oder du wirst von einem Auto überfahren. Es sei denn, die Offiziere der Repression entführen dich auf offener Straße und lassen dich verschwinden, ohne die Familie zu benachrichtigen. Die erste Möglichkeit ist ausgeschlossen, die zweite ebenfalls, nachdem wir die Krankenhäuser abgeklappert haben. Und die Soldaten behaupten steif und fest, er sei nicht bei ihnen.

Jetzt wissen wir wirklich nicht mehr weiter. Bennys Verschwinden ist mehr als beunruhigend. Dass wir uns an niemanden wenden können, macht uns hilflos. Auf den Revieren ist die Reaktion immer die gleiche, egal wie oft wir hingehen: Die Polizisten heben die Schultern, mit dieser Gleichgültigkeit, die sie auszeichnet, und drohen uns mit den Augen, soll sich bloß keiner noch mal blicken lassen. Am Ende heißt es dann: Wartet auf eine Nachricht aus Miami, wenn denn eine kommt. Was so viel heißt wie: Falls nicht, hatten die Haie vielleicht ihr Abendessen. Aber Benny würde das Land niemals verlassen, schon gar nicht, ohne uns etwas zu sagen oder uns zu raten, mit ihm abzuhauen. In den Krankenhäusern ist es ähnlich, die Leute heben die Schultern oder schütteln den Kopf, in diesen Zeiten haben die Wörter einen Preis, sie sind so viel wert wie ein Kanten Brot, das brauchen wir schließlich alle, wie sollen sie sonst die Batterien wieder aufladen.

Drei Tage ging das so. Mit unseren tiefen Ringen unter den Augen sahen wir schon aus wie eine Gruppe von Gitanos nach einer langen Überfahrt. Zum Verzweifeln. Dann haben wir noch einmal die Krankenhäuser aufgesucht, die Polizeistationen, überall dieselbe Feindseligkeit. Aus Gewohnheit sind wir bei Benny vorbeigegangen, haben erst gar nicht angeklopft und nur einen Blick durch die Klappläden am Fenster geworfen, aber nichts. Dutzende Male waren wir dort.

Manchmal haben wir eine Mutter weinen gehört. Für Bennys Mutter, die bei der Geburt gestorben war. Eine Großmutter hatte ihn aufgezogen, die musste vor Jahren ebenfalls gestorben sein. Benny war ein Platz zugedacht, der ihn zum einsamsten Menschen im Universum machte, und dann hatte er auch noch einen einsamen Beruf gewählt. Aber er konnte auf uns zählen, mit uns hatte er so etwas wie eine kinderreiche Familie.

X-mal haben wir bei ihm durchs Fenster geschaut und sind irgendwohin weitergezogen, wo wir vielleicht etwas in Erfahrung bringen konnten. Und noch mal ein Blick hinein, aber nichts, der Riegel wie immer zurückgeschoben. Und dann ist der Riegel auf einmal vorgelegt. Felo weiß zuerst nicht, was er sagen soll, wir wollten gerade schon gehen, von wegen sowieso egal, aber Felo sieht uns verwirrt an, mit diesem Blick, der sagt, dass da etwas Merkwürdiges geschieht. Nur Benny hat den Riegel vorlegen können. Und ohne ein Wort deutet Felo hinein, zeigt auf den Riegel, und als wir herantreten und hinsehen, stellen wir fest, dass der Riegel tatsächlich vorgelegt ist, was heißt, dass jemand drinnen ist, und das kann nur er sein, weil er allein lebt. Trotz der guten Nachricht freut sich niemand. Das alles ist zu seltsam. He, Benny, rufen wir, mach die Tür auf, Junge, aber er antwortet nicht. Benny, rufen wir noch einmal, mach auf, verdammt noch mal! Und da hören wir seine Schritte auf die Tür zukommen, er macht auf und dreht sich um, ohne auf uns zu warten, wir sehen nur seinen Rücken, er geht nach hinten durch, wir hinterher. Bis er sich in einen alten großen Sessel fallen lässt, und jetzt sehen wir sein zermanschtes Gesicht und diese Ausstrahlung eines Mannes, den man in eine Zelle gepackt hat. Sehen den typischen Schmutz auf seiner Haut, im Haar, unter den Fingernägeln. Riechen den Dreck, diese Feuchtigkeit, die einem in die Poren dringt und die wir anderen so gut kennen.

Niemand sagt etwas, wir setzen uns nur zu ihm und sehen ihn weiter an. Benny schaut nicht vom Boden auf. Seine Augen sind verweint. Komm schon, Benny, erklär uns, was passiert ist, flehe ich ihn an. Er zuckt nur mit den Schultern, traut sich noch nicht, uns in die Augen zu sehen. Besser, wir belassen es dabei, sagt er. Und wieder Schweigen. Dabei? Was soll das heißen, lasse ich nicht locker. Besser so, sagt er noch einmal. Besser für wen?, will Fermín wissen. Für alle, blafft er. Das entscheiden wir schon selbst, meint Felo. Dann überlasst es mir, für mich zu entscheiden. Und jetzt weiß keiner mehr, was er sagen soll. Wir sind deine Familie, erinnert ihn Alberto. Nein, wenn ich hinter Gitter komme, hat man mir gesagt, darf keiner von euch mich besuchen, weil ihr gar nicht meine Familie seid. Warum sollten sie dich denn einsperren?, fragt Felo. Egal wofür, das war eine klare Ansage, ihr kennt euch da besser aus. Tun wir, ja, sage ich, und nach einer Pause: Das heißt? Nichts, ich bin sicher, ihr versteht mich, ich muss etwas schreiben. Wir haben einander noch einmal angeschaut und sind langsam aufgestanden. Dann haben wir uns alle auf den Weg nach Hause gemacht, in den Knochen die Müdigkeit von mehreren Tagen.

Nach vielen Nächten ist bei Alberto das Licht endlich ausgegangen.

Der Blick in den Dunst

Für Carmen Boullosa,
die diese Erzählung inspiriert hat –
mit ihrer warmen Stimme
und dem Mysterium ihres Schreibens

Bald

Und der graue Kai und die roten Häuser Und noch ist es nicht die Einsamkeit Und die Augen sehen ein schwarzes Quadrat mit einem Kreis aus lila Musik in der Mitte Und der Garten der Lüste existiert nur außerhalb der Gärten Und die Einsamkeit ist das Unvermögen sie auszusprechen Und der graue Kai und die roten Häuser.

Alejandra Pizarnik

Es wäre ungenau, von ungewöhnlich zu sprechen, verfehlt auch, es unerhört zu nennen, wo unwahrscheinlich es am besten träfe. Die Tatsache jedenfalls, dass jemand sich anschickt, in einer kargen Ödnis, weitab vom Meer, eine Anlegestelle zu bauen, an einem Ort, wo nicht mal in der Ferne ein Fluss fließt und nur ein paar Kakteen seltener Herkunft es mit

Mühe schaffen, der Trockenheit und den heißen Temperaturen zu trotzen, sich an den Boden klammernd, als wollten sie ein letztes Zeichen für die Existenz Gottes geben, ein solches Vorhaben zeugt, zumal in der Annahme, es könnten einmal Schiffe festmachen, weniger von einer Laune denn von Idiotie.

Die Ausmaße dieses Landstrichs sind nicht bekannt, es gibt auch keine Namen, die ihn bezeichneten. Es gibt keine Erinnerung an irgendeine Familie, die sich dort niedergelassen hätte. Nie hat eine Familie dort je Fuß gefasst, denn es ist unmöglich, unter dergleichen Bedingungen zu überleben. Kein Vermessungsingenieur und kein Staatsbediensteter hat sich jemals in diese Gegend begeben, so dass kein Grundbesitz dokumentiert ist und auch nicht, dass ein Sterblicher nach einem solchen gefragt oder ihn eingefordert hätte.

Niemand weiß, woher der Verrückte stammt. Bekannt ist nur, dass er angefangen hat, das Land abzustecken, mit der Sachkenntnis eines Baumeisters, der sein Handwerk versteht. Er geht präzise vor, auf den Millimeter genau, nimmt die Stelle in den Blick, wo später ein Pfahl stehen wird, der die Konstruktion stützt, höchst zufrieden, darf man vermuten, als würde das Ganze allein in der Vorstellung Wirklichkeit. Jedes Teil des großen Puzzles hat er im Kopf passend entworfen. Seine Augen wandern über den Ort, wo einmal die Fundamente errichtet werden, und er schreitet ihn ab, als wäre es ein heiliges Ritual. Jede Handlung vollzieht er einsam und allein und in einer solchen Stille, dass es ihm wie unerträglicher Lärm vorkommt, wenn ein Insekt auch nur ein Beinchen bewegt. Angenehm klingt in seinen Ohren dagegen das unaufhörliche Geräusch der Axt, vom ersten

Schlag an hallt es wider wie ein letzter, wie der Schlag, mit dem die Aufgabe beendet wäre.

Zu Beginn des Projekts ist er dreißig Jahre alt und trägt noch die Bürde dieses Nichtmehr und Nochnicht, worunter er, auf der Flucht vor einer für ihn traurigen Vergangenheit, über die Maßen gelitten hat. Er will nicht zurückschauen. Will nicht zurück. Er ist keiner von denen, die einen Plan B in der Tasche haben, sollten die Dinge nicht so laufen wie gedacht. Und so strahlt er die Sicherheit eines Menschen aus, der zumindest weiß, was er erreichen will und auf welche Weise.

Von Anfang an legt er einen solchen Eifer an den Tag, dass man meinen könnte, für ihn wäre es die Mission seines Lebens. Die größte Anstrengung erscheint ihm gering, das Tageslicht zu kurz, die Stunden Schlaf zu lang, und nichts, absolut nichts scheint ihm ausreichend, um zu vergessen und diese unbedeutende wie trügerische Vergangenheit hinter sich zu lassen, die er sogar vor sich selbst verbirgt.

Das Holz für den Bau transportiert er über die weite sandige Ebene, die sich ringsum im Unendlichen verliert, eine Strecke von sieben Tagen und sieben Nächten. Manchmal wird er von Sandstürmen überrascht, sie verwehren es ihm, im gewünschten Rhythmus voranzukommen, und entfernen ihn um Tagesdistanzen von seiner Route, einem abdriftenden Schiff gleich, das verzweifelt darauf hofft, das winzige Licht eines Leuchtturms möge ihm einen Hafen anzeigen.

Bei all den Opfern und Widrigkeiten auf der ungewissen Durchquerung erweckt es manchmal den Eindruck, als verbüße er eine geistige Strafe. Und so gewunden der Weg ist, so groß die Abgeschiedenheit, möchte man, ohne dass es übertrieben schiene, auch keine Sekunde bezweifeln, dass es sich um das andere Ende der Welt handelt. Er schleppt das Holz aus einem uralten Wald herbei, wo er die Bäume fällt und die Stämme mit der Axt so bearbeitet, dass sie dem Landesteg später sein Gefüge geben. Bei der Gelegenheit erwirbt er von interessierten Händlern im Tausch die Gerätschaften, die er fürs Überleben und für die Verarbeitung der geschlagenen Stämme benötigt, worauf er seinen Weg fortsetzt und das Holz zu diesem unbekanntesten Winkel des Planeten transportiert, dem Ort, wo er seinen eigenwilligen Pier erbaut.

Er nimmt nur wenig Nahrung zu sich, ihm reicht, was er an Früchten sammelt oder seine im Wald ausgelegten Fallen hergeben, manchmal auch, sobald er in die Wüste kommt, irgendein Kleintier, das so unvorsichtig ist, den Kopf vorzustrecken: Spinnen, Schlangen, Nager oder was immer kreucht und sich fangen lässt. Ein Festtag ist es, wenn ein Vogel sich verfliegt und nach vielen Versuchen ermattet und mit sonnenverbrannten Federn zu Boden fällt: »Das mir von Gott gesandte Essen«, möchte er glauben.

Viele Jahre vermutet niemand, dass es in einer derart unwirtlichen Gegend ein solches Bauwerk geben könnte, zu abwegig ist allein die Vorstellung. Verwundert zur Kenntnis nehmen es nur ein paar desorientierte Fremde, die, auf außergewöhnliche Weise den Umständen trotzend, ebenfalls auf diesen Ort gestoßen sind, versehentlich, denn es ist nicht bekannt, dass von dort ein Weg irgendwo hinführte. Doch stehen sie erst vor der beeindruckenden, im Laufe der Jahre in mühevoller Arbeit von einem einsamen Menschen errichteten Konstruktion, können sie nur verstummen, denn nach all den Strapazen auf ihrem Fußmarsch, unterm Schweiß und benommen von der Hitze, denken sie, sie hätten es mit einer Halluzination zu tun, sähen ein Gebilde der Fantasie.

Zunächst kommt es ihnen unbegreiflich vor, und sie fragen sich, ob sie etwas verpasst haben von dieser Wirklichkeit ringsum, die sie in ihrem Wunsch, das andere Ende zu erreichen, über Wochen gequält hat, und unbewusst schauen sie zurück, gehen in Gedanken noch einmal ihren Leidensweg durch, im Glauben, dass ihnen auf der Strecke irgendein Teil entgangen ist und dass sie es nur finden müssen, um dergleichen Absurdität mit ihrer Welt in Einklang zu bringen. Denn sich auf die Idee dahinter einzulassen hieße, einem Schwindel aufzusitzen, als würden sie jemandem in die Falle gehen, hineingezogen werden in die Ekstase eines anderen, und das wäre für sie das Ende eines jeden möglichen oder verständigen Gesprächs.

Dann stehen sie eine Weile da, warten darauf, dass der Trug vergeht, doch sosehr sie ihre verrückten Visionen abzuschütteln versuchen, es will ihnen nicht gelingen, und vor ihren Augen verbleibt das unglaublichste Bild, dessen man ansichtig werden kann. Nachdem sie das Holz befühlt und darübergekratzt und schließlich eingesehen haben, dass es echt ist, bleiben ihnen nur misstrauische Blicke, mit der gleichen Ehrfurcht und Scheu, die man einem gefährlichen Geisteskranken ob seines Mysteriums entgegenbringt.

Der Erbauer hat wie immer keine Zeit für ein Gespräch, schon gar nicht für eine Erklärung, die vielleicht nicht einmal ihm selbst zu Gebote steht, und so erwidert er den Gruß nur mit einer schmalen Handbewegung und konzentriert sich wieder auf den einzupassenden Querbalken. Die Verirrten können nicht in Erfahrung bringen, warum er an diesem Ort baut, welche Rechtfertigung es dafür geben könnte, was er beabsichtigt, aus welchen Gefilden dieser Eremit sich herbegeben hat, um dergleichen Verrücktheit ins Werk zu setzen, aus welcher Familie er stammt, all das fragen sie sich, und ob irgendwo auf der Welt noch Geschwister von ihm leben oder sonstige Verwandte.

Ein abersinniges Projekt, so viel ist gewiss, dafür reicht ein Blick auf sein halbfertiges Fantasiewerk und wie er unverdrossen daran arbeitet. Früher oder später, vermuten die Leute, wird er aus seinen Träumen erwachen und die Vergeblichkeit seines Tuns erkennen. Doch alles Rätseln führt zu nichts, es gibt keine Antwort, nur fruchtlose Spekulationen.

Also sagen sie sich, dass sie ihn am besten ignorieren. Sie haben genug zu tun mit ihren eigenen Problemen, der Frage, ob sie die zivilisierte Welt jemals wieder erreichen oder beim Versuch umkommen. Nach einem Minimum an Ruhepause in dem einzigen Schatten, den sie unter diesem abwegigen Bau haben auftreiben können, steht für sie fest, dass sie auch in der körperlichen Nähe dieses Mannes weiterhin jene Einsamkeit verspüren, die ihnen von ihrer Durchquerung noch in den Knochen steckt, ihre Anwesenheit ist ihm offensichtlich nicht von Bedeutung. Dass er von seinesgleichen besucht wird, löst in ihm keinerlei Regung aus, er hat seine Arbeit fortgesetzt, als gäbe es sie nicht, und so angestrengt sie auf ein Wort lauern, jeden seiner Schritte verfolgen, begegnen sie bestenfalls einem mürrischen Blick. Alle Versuche waren vergeblich. Ein gelangweilter junger Mann skizziert auf einem Blatt

Papier die halb errichtete Konstruktion, was den Erbauer, als er es bemerkt, misstrauisch macht. Ohne es sich anmerken zu lassen, behält er ihn im Auge.

Die Verirrten beschließen, ihren Weg fortzusetzen, sie werden hier nicht, so viel ist klar, auf die zu erwartende gespannte Neugier eines Menschen treffen, der fernab der Zivilisation Interesse an einem Gespräch zeigt, um sich über die neuesten politischen Ereignisse oder die jüngsten Fortschritte in der Wissenschaft auszutauschen. Allzu deutlich gibt er sich als jemand, der nicht angesteckt werden will vom wirklichen, in der Ferne stattfindenden Leben und der peinlich darauf achtet, dass niemand seine Kreise stört. Seine mangelnde Motivation empfinden sie als seelische Folter.

Sie ziehen schweigend los, ohne Abschiedsgruß und ohne den Wunsch, sich noch einmal umzuschauen. Sie haben ihm angeboten, einen Brief an seine Familie bei der Post aufzugeben, was abzulehnen oder dankbar anzunehmen er nicht einmal der Mühe wert befand. Nur warum? Kommt niemand auf die Idee, ihn das zu fragen? Welcher Logik folgt der Bau eines Piers an einem so bizarren Ort? Warum nicht ein Bahnhof, ein Flughafen, so fernliegend und absurd auch das erscheinen mag? Es wäre immerhin vertretbar. Aber eine Anlegestelle für Schiffe? Nie und nimmer!

Mit ihrem Aufbruch lassen sie alle Widersprüche hinter sich, das Rätsel ungelöst, keiner Logik zugänglich. Sie wissen nicht, was besser gewesen wäre, sich über ihn lustig zu machen oder ihn zu bewundern, ihn zu hassen oder sich seinem Vorhaben anzuschließen. Soll er dort zurückbleiben, hämmern und Holz sägen. Die Geräusche, die dieser einsame

Träumer in die Welt schickt, so kurios wie ungereimt, begleiten sie noch ein gutes Stück ihres Wegs.

Tatsächlich hatte er den Ort gewählt, um dort den prächtigsten und imposantesten Anlegeplatz zu errichten, den die Menschheit kennt, geeignet für Seeschiffe von großem Umfang und Tiefgang, und es kümmerte ihn nicht, dass es in dem ganzen weiten und wilden Landstrich niemals eine Oase gegeben hatte oder jemand von einer solchen erzählte. Seit der Mensch ein Gedächtnis hat und historischen Verstand, erinnert sich von denen, die versehentlich dort vorbeikamen, niemand auch nur an eine Wolke, die sich vor die Sonne geschoben hätte, geschweige denn an einen Regentropfen.

Unermüdlich setzt der Verwegene sein Projekt fort, energisch und entschieden, ungeachtet aller Herausforderungen durch die Natur und die Logik seiner Mitmenschen. Wer immer ihn sähe, würde denken, der Grund für die Eile sei die baldige Ankunft eines Schiffes. Was stimmt, denn manchmal hält er erschrocken inne und wirft einen Blick auf die Wüste, weil er fürchtet, noch vor Fertigstellung des Piers überrascht zu werden.

Jeden Morgen macht er sich an die Arbeit. Vom ersten hellen Streif bis zum Verlöschen des letzten Lichts. Tag für Tag, sieben Tage die Woche. Mit Geduld, Hartnäckigkeit und einer Präzision wie beim Bau eines Buddelschiffs, nur unter Hochdruck. Auf seinen vielfachen Durchquerungen der unendlichen Weiten dieser Ödnis hat er schließlich einen Trampelpfad gezogen, nachdem der Wind es leid war, seine Spuren ein ums andere Mal zu verwehen.

Aufgrund der landschaftlichen Besonderheiten ist er bald

zu dem Schluss gelangt, dass der Mensch in dieser Gegend eine solche Grausamkeit begangen haben muss, dass Gott ihn verdammte, auf dass niemand sie je wieder bewohnte. So dass er, wann immer er auf seiner Tour ein altes Gewehr oder ein menschliches Skelett findet, seine Theorie vom gerechten Zorn bestätigt sieht – angesichts des strafenden Willens des Allerhöchsten kommt das Betreten dieses Ortes einer Entweihung gleich.

Manchmal versteht er nicht, warum Gott ihm gestattet, sein eifriges Werk weiterhin zu verrichten. Er ahnt, dass sein Ausharren zweierlei Lesarten erlaubt: als Bitte um Vergebung für all die vom Menschen verursachten Schäden, damit er sich gütig zeige und dem Ort wieder Leben einhauche, oder als Herausforderung, um dem Schöpfer zu zeigen, dass er bereit ist, mit dem eigenen Leben zu bezahlen. Nicht ausgeschlossen auch, dass der Herr sich nur amüsiert, dass er für ihn nur ein Insekt ist, das auf seiner glatten Hand unablässig von einer Seite auf die andere krabbelt.

Entlang dem Weg schlägt er Kreuze in den Boden, um all denen ein christliches Begräbnis zu geben, die nicht standgehalten haben und gestorben sind, zuweilen sind es ganze Familien. Dann liest er laut eine Stelle aus der Bibel und ist überrascht, sich selbst zu hören. Ein Schauer läuft ihm über den Rücken, und verwundert blickt er neben sich, er erkennt seine eigene Stimme nicht wieder. Von Beginn an hat er sich daran gewöhnt, sie allenfalls zu hören, wenn er im Halbschlaf Selbstgespräche führt. Auch seine gegerbte dunkle Haut erkennt er nicht wieder, nicht seine rauen Hände, wenn sie seinen Körper streifen.

Aber lieber sieht er das Positive dieser zufälligen Begegnungen mit dem Tod und seiner bestatterischen Tätigkeit, und was wie ein Unglück aussehen könnte, das ihn in die Enttäuschung treibt und ihm den für die Vollendung seines Werks benötigten Optimismus raubt, wird zu einer Belohnung. Es ist ein ermutigendes Gefühl, sich aufgegebener Utensilien zu bedienen, und so greift er zu Stiefeln, Geschirr, Werkzeug, den Planen und Brettern der Fuhrwerke, die er auseinandernimmt, um das Holz zu verwenden, den Nägeln und allem, was einen Nutzen verspricht. Jeder Gegenstand birgt ein Geheimnis: das Rätsel seiner Lebensdauer und wem es wohl gehörte.

Da er seinen ersehnten Anlegeplatz, davon ist er überzeugt, nur errichten kann, wenn er sich mit Haut und Haar in die Arbeit stürzt, hält er sich ununterbrochen wach, wartet schon fieberhaft auf den Morgen. Die Jahre sind nicht mehr voneinander zu unterscheiden, nur das Schlagen des Hammers und das Ratschen der Säge. Lange Zeit später, als, fast ein Wunder, das gesamte Bauwerk fertiggestellt ist, ein Ensemble aus Pier, Lagerhallen, Zollbüros für die Frachtformalitäten, Schaltern für den Ticketverkauf, Direktion und Wartehalle, dazu die Wohnräume für den Ortszuständigen, steht er da und betrachtet alles eingehend. Er kann es nicht genau sagen, aber etwas stimmt nicht. Wenn er nur wüsste, was.

Weshalb sich ein Gefühl der Befriedigung, wie man es erwarten könnte bei einem Menschen, der mit Erfolg einen geplanten Abschnitt zur Vollendung bringt, nicht einstellen mag. Im Gegenteil, und er sinkt nieder und blickt enttäuscht auf das Werk. Er überprüft jede Strebe und jeden Architrav, versucht zu verstehen, was seine Freude dämpft. Auf den Boden zeichnet er die verschiedenen konstruktiven Elemente, wendet sich dem Ganzen in der Wirklichkeit zu, wieder der Skizze ... Und ihm wird klar, dass der Entwurf noch nicht fertig ist, nur weiß er nicht, ob das der wahre Grund ist, er fürchtet, nicht zu wissen, was er tun soll, wenn der Bau erst abgeschlossen ist.

Nach längerem Überlegen kommt er zu dem Schluss, dass der Konstruktion diese kleine Besonderheit fehlt, die sie aus der Ferne erkennbar macht und die Orientierung erlaubt, und er nimmt sich vor, einen Turm zu bauen, ähnlich einem Glockenturm, auf dass er als Wegweiser diene, einem Leuchtfeuer gleich, als Hinweis und Warnung, wie es sich für einen jeden echten Hafen gehört. Und er nickt, lächelt. Das wäre die Prise Salz, die der Speise den rechten Geschmack verleiht, und eiligst, mit dem gleichen Schwung wie zu Beginn, geht er an die Arbeit.

Diesem Unternehmen widmet er mit unvermindertem Einsatz weitere Jahre, denn sobald er einen Meter hinaufgebaut hat, scheint es ihm nicht auszureichen, und so wächst der Turm auf erstaunliche Weise in eine für ihn ungeahnte Höhe. Zugleich bringt ihn die Hitze an die Grenze des Erträglichen, denn er sieht sich zunehmend der Sonne ausgesetzt in diesem schweißtreibenden Kasten, der ihn wie der Schlund eines Vulkans immer weiter an den Glutkern heranführt.

Das Errichten der Abschnitte und ihre Anpassung an die Neigung der Turmseiten kosten ihn eine solche Anstrengung, dass er fast zusammenbricht. Zum ersten Mal muss er sich eingestehen, dass seine Kräfte nachgelassen haben und er nicht mit demselben Tempo vorankommt wie bisher. Sein

Körper nimmt die Überbeanspruchung nicht mehr klaglos hin, aber dann ruht er sich kurz aus, und sobald er wieder bei Kräften ist, macht er weiter, mit derselben Sturheit wie zu Beginn, viele Jahre ist es her.

Eines Tages beschließt er, den Wänden des Turms nicht länger Bretter hinzuzufügen, denn beim Blick in die Tiefe hat er festgestellt, dass ihm schwindlig wird. Weshalb er nur noch das Dach aufsetzt und die Artilleriekartusche anbringt – gefunden am Wegesrand bei einem seiner Transporte und mutmaßlich eingesetzt in einem vergessenen Krieg –, so kann sie als Glocke und Begrüßungssignal dienen und zugleich verkünden, dass hier beobachtet und willkommen geheißen wird. Als Letztes pflanzt er eine Stange hin, daran ein Stück zurechtgeschnittene Plane, die als weiße Fahne flattern soll, doch trotz der Höhe ist da kein Lüftchen, das ihr eine Regung entlockt.

Auf seinem Turm wird ihm bewusst, dass er nie Zeit gefunden hat, um nachzudenken oder sich Fragen zu stellen, selbst wenn es klare Antworten nicht gegeben hätte. Immer hat er sich hinter seiner Arbeit verschanzt, hatte nie auch nur eine Minute, um sich zu erinnern oder in seinem Kopf eine philosophische Debatte zu führen. Für sein einziges Ziel – und er blickt auf seine Vergangenheit zurück – hat er viele Jahre investiert, ins Bäumefällen, ins Zurichten der Stützen, Träger und Bögen in passender Größe, in den Transport durch die Wüste, bis er alles vor Ort zusammenhatte, dann die Jahre, in denen er die verschiedenen Teile der Konstruktion ineinanderfügte, bis er ihre Anordnung als Ganzes vor Augen sah, dazu die Zeit für den Bau des Leuchtturms ...

Und beinahe überrascht begreift er, dass ihm in dieser Zeit, der man einen Hauch von Ewigkeit nicht absprechen kann, die besten Jahre zerronnen sind, Jahre, in denen er eine Familie hätte gründen können, auch wenn ihm die Trauer nicht wirklich zu Herzen geht, denn in gewisser Weise hat er sich, das spürt er, in all diesen Balken fortgepflanzt.

Durch die Falten und die Schwielen sind ihm die eigenen Hände fremd geworden, seine Gesichtshaut ähnelt dem rissigen Boden, auf den er tritt. Und ihm wird klar, dass er sich in einen Unbekannten verwandelt hat, vielleicht ist er auch seit langer Zeit nur noch ein bloßer Bestandteil dieses unbedeutenden Ortes.

Er ahnt, dass es mit seinen Märschen durch die Wüste vorbei ist, und er fragt sich, wer in Zukunft wohl die Toten auf dem Weg begräbt. Wird jemand für ihn ein einsames Kreuz aufstellen, als Mahnung, seine Überreste nicht zu schänden? Nie hat er die kleinste Schwäche gezeigt, und doch ist da eine Mattigkeit, er zittert. Und mit einem Mal packt ihn die Einsamkeit, ein stechendes Gefühl durchfährt ihn. Er ist noch nicht bereit, seiner Sehnsucht ein Ende zu setzen. Die Zeit für die Frage, was er tun würde, wenn sein Werk beendet wäre, die er sich nie gestellt hat, ist gekommen.

Er überprüft die Konstruktion, sucht nach Kleinigkeiten, die es rechtfertigen würden, den Zeitpunkt hinauszuzögern und sie weiter zu vervollkommnen, aber er findet nichts. Also steigt er den Turm hinunter, und dabei ist ihm, als hätte sich sein Körpergewicht vervielfacht. Die Stufen, hat er den Eindruck, ziehen sich. Als er unten ankommt, entfernt er sich fünfzig Meter von dem Bau, um sich einen Überblick zu verschaffen. Es ist das erste Mal, dass er die Zeit dafür findet, Zeit zum Staunen, und er erkennt es kaum wieder, unglaublich, dass er dieses Werk vollbracht hat, er könnte nicht mit Sicherheit sagen, dass er sich all die Jahre diesem Unternehmen gewidmet hat. Dann läuft er von hier nach da, fährt mit den Fingern über die Friese, die Strebebögen, spürt die Harmonie in ihrer Verarbeitung.

Nein, das alles kommt ihm fremd vor. Unmöglich kann er glauben, dass er das geschaffen hat. Und eine Träne läuft ihm aus dem linken Auge, während er die Arme um sich schlingt, als hätte ihn trotz der Hitze, die dieses unerschütterliche Klima zu jeder Jahreszeit auszeichnet, die Kälte befallen. Und er weint wie ein kleines Kind, das sich nicht erklären kann, wieso niemand es versteht. Doch ob er sich als Erbauer sieht oder nicht, der verflixte Anlegeplatz erstreckt sich, keine Frage, hundert Meter über den Sand, und der ähnelt, welche Ironie, einem diffusen senfgelben Meer, das Jahrhunderte geschlafen hat und ebendeshalb zuweilen den Anschein erweckt, als würde es sich bewegen, als würde es zum Leben erwachen und mit seinen Wellen aus purem Staub gegen die Stützpfeiler schlagen. Der Pier ist, so scheint ihm, das schönste Rätsel, das der Mensch je ersonnen, und er sieht schon, wie von einem Moment auf den anderen eine Welle den Ort überschwemmt. Er läuft an der Konstruktion entlang, gepackt von einem tiefen Unbehagen, und als er das Ende erreicht hat, schreit er aus Leibeskräften in den Wind, eine verzweifelte Warnung ins Nichts hinein.

Zu seinem Kummer ist das Letzte, was er sich baut, auch das einzige Geschenk in seinem ganzen Leben: ein Schaukelstuhl, den er nach Fertigstellung an der Spitze des langen Stegs platziert, so wäre er der Erste, der das Schiff, das die Anlage einweiht, willkommen heißt. Nachdem er das Möbelstück ausprobiert und seinen Körper darin zurechtgerückt hat, entspannt er sich und lässt den Blick über die weite Fläche schweifen. Er setzt eine Seemannsmütze auf, eine Premiere, und steckt sich eine Pfeife in den Mund. Von nun an nimmt er Tag für Tag, sobald es dämmert, diese Haltung ein und wartet. Sorgen macht er sich nicht. Ein Friede legt sich über jeden bangen Gedanken, als wäre alles eingegangen in einen wohligen Traum. Er wiegt sich nur, fest davon überzeugt, dass sein Blick dort, irgendwo im Dunst, auf das zu Besuch kommende Schiff treffen wird.

Viele Tage, Monate, Jahre gibt er die Hoffnung nicht auf, das Schiff herbeifahren zu sehen. »Jeden Augenblick ist es so weit«, sagt er sich immer wieder. Er verfolgt aufmerksam, was die Ferne ihm bietet, mit der gleichen Anteilnahme wie in der ersten Minute seines gespannten Wartens.

An einem der vielen Abende scheint ihm, dass am Horizont etwas aufwirbelt. Es sieht aus wie Rauch oder ein nebulöses Gewölk, vielleicht auch der Wellengang des tiefen Meeres, der das ersehnte Schiff schlingern lässt und voranschiebt. Oder eine Sandhose? Dann sieht er einen winzigen Punkt, der sich nähert, weiter vorankommt, ein Bild, das mal verschwimmt, mal Kontur gewinnt, und er denkt, wie gut es wäre, wenn er, als alter Seebär, ein Fernrohr zur Hand hätte. Fast ohne ein Wimpernzucken fixiert er die Umrisse.

Bis er sich sagt, dass es das erste Schiff sein muss, das den Pier ansteuert. Er kann nur weiter hinschauen, erinnert sich nicht, welches Protokoll in diesem Fall vorgesehen ist. Im Dunst wachsen die Umrisse an, nicht minder seine Hoffnung. Und mit einem Satz springt er auf und läuft den Steg hinunter. Seine Schritte hallen auf den Brettern wider, so unvermittelt wie fröhlich. Ihm fallen die Worte nicht ein, mit denen er die Passagiere, wenn sie von Bord gehen, zu begrüßen hat.

Er klettert verzweifelt den Turm hinauf, und dabei erinnert er sich, wie wichtig es gewesen wäre, eine Flasche Wein zu haben, um einen feierlichen Trinkspruch auszubringen. Aber immerhin, sagt er sich, ist er, dieser arme Mensch, für ein paar Sekunden glücklich gewesen, Sekunden, die der Lohn sind für all die langen Jahre des Bauens und Wartens. Und während er Ebene auf Ebene unter sich lässt, kann er den Gedanken nicht verdrängen, dass es vielleicht doch nur eine Luftspiegelung ist und wie traurig und enttäuscht er wäre, würde am Horizont, sobald er die höchste Höhe seines Leuchtturms erreicht hat, kein Bild mehr treiben.

Als er schließlich oben steht und hinausschaut, sieht er, dass das keine Sinnestäuschung ist, und alles sagt ihm, dass die jahrelange Mühe nichts gewesen ist im Vergleich zu dem gewaltigen Glücksgefühl, das ihn nun überkommt. Er steht da, beobachtet, und immer deutlicher nimmt die so herbeigesehnte Silhouette Gestalt an, ein Mast mit einem Segel wächst hervor, wird klar erkennbar. Für ihn gibt es keinen Zweifel mehr, dass es sich um ein Schiff handelt, und er schlägt kräftig gegen das Messing der Kartusche, die Schwingung überträgt sich auf seinen Körper, durchströmt ihn, den anderen Arm schwenkt er zur Begrüßung rasch hin und her.

Die Klänge der Glocke fliegen durch die Wüste, als wären

es noch Schüsse aus diesem Krieg, den er nicht kennt. Das Donnern eines sich ankündigenden Regens. Er schlägt so fest, dass man meinen könnte, er wollte jeden Leichnam, den er auf seinen Märschen begraben hat, auferwecken. Bis er plötzlich im Läuten innehält. Und er versinkt in der Stille, einer unheimlichen Stille, wie ihn die Geschichte dieses Landstrichs noch nicht vernommen hat. Seine Arme kapitulieren, sinken an ihm herab. Er muss sich eingestehen, dass das eine Familie ist, die einen Karren schiebt, daran befestigt eine Plane, damit der dürftige Wind mit anpackt. Die Familie hat ebenfalls die Arme gehoben, erfreut über den glücklichen Empfang, denn wie sie ihm erklären, als sie schließlich vor ihm stehen, sind die Tiere, denen diese Aufgabe zukam, schon vor Tagen an Erschöpfung, Hunger und Durst gestorben.

Ohne seine Enttäuschung zu verbergen, hört er sich schweigend die traurigen und aufgewühlten Schilderungen der Familienmitglieder an, ihre Rechtfertigungen, weshalb sie ihrem Leben diese Richtung gegeben haben, hin zu einem Ort, der zu seinem Kummer ausgerechnet der seine ist. Ein Fremder hatte von dem prachtvollen Bauwerk erzählt und von dem Traum, an dieser wüsten Stätte der Ankunft des unvergleichlichen Schiffes beizuwohnen. Ein Boulevardblatt hatte es sich nicht nehmen lassen, die Skizze eines jungen Künstlers zu veröffentlichen, der das Werk, als der Weg ihn durch diese abgelegene Gegend führte, in groben Zügen festhielt. Die Familie war schon mehr als einen Monat auf dem Marsch. Einige hatten sich zur Umkehr entschlossen, da die Strecke kein Ende zu nehmen schien. Ein älteres Ehepaar war bei dem Versuch ums Leben gekommen.

Sie bitten ihn, in der Nähe kampieren und ihn fortan beim Warten begleiten zu dürfen, denn auch sie sind sich sicher, dass jeden Moment ein Schiff anlegen wird, in ihrem Leben kann es nichts Heiligeres und Bedeutenderes geben als ein solches Ereignis.

Am liebsten möchte er ihnen den Aufenthalt verweigern, aber dann erinnert er sich, dass er an diesem Ort kein Eigentumsrecht hat, nichts garantiert ihm den alleinigen und uneingeschränkten Gebrauch, und als Zeichen seines Unmuts bleibt ihm nur ein Schulterzucken. Ihm fällt auf, dass die Familie ein Boot samt Zubehör und mehrere Angelruten mitführt. Er schweigt, aber das Bild missfällt ihm nicht, und er geht wieder zurück auf seinen Posten im Schaukelstuhl und wartet weiter, letztlich ist es das Einzige, was ihn interessiert.

In den folgenden Tagen lässt sich die Familie in der Umgebung nieder, und sie beginnen mit dem Bau ihres Hauses, wozu sie sein restliches Holz nehmen, das Holz der Karren und solches, das sie zu diesem Zweck mitgebracht haben, herbeigeschafft zusammen mit den Käfigen, in denen das Geflügel sich fortpflanzen wird, um sie mit Eiern und Fleisch zu versorgen. An den Abenden können sie sich nun neben ihn setzen und genau wie er auf den reglosen Dunst starren, den nicht einmal der Flug eines Vogels durchbricht.

Niemand wagt es, diesen Mann, der stets in sich versunken in die Ferne blickt, in seinem Wachehalten zu stören. Die Kinder setzen sich an den Rand des Stegs und lassen ihre Beine ins Leere baumeln. An einem Pfeiler haben sie das Boot festgemacht, was der Atmosphäre erst recht einen maritimen Anstrich verleiht. Er hat nichts dazu gesagt, kam aber nicht umhin, der Aktion mit einer kleinen Befriedigung aus den Augenwinkeln zu folgen.

Einige Zeit später erscheint wieder ein Schemen, der schließlich zu einem Bild wird und eine Staubwolke aufwirbelt. Diesmal lässt er sich nicht täuschen, auch wenn er gleich aufgeregt den Turm hinaufsteigt, aber er stemmt sich gegen dieses Gefühl, will es nicht zeigen, will nur aufmerksam zusehen, wie in der Ferne die Umrisse größer werden. Kaum hat die Nachricht die Runde gemacht, laufen alle Bewohner des Ortes zum Pier und klammern sich, so wie er, an den Horizont.

Freudig gestimmt stehen sie da und warten. Und auch er wartet ab, ehe er gegen die Kartusche schlägt, er will sicher sein, dass es diesmal ein Schiff ist, auch wenn er das Eisen schon in der Hand hält, bereit, sofort zu läuten, sollte es sich als richtig erweisen, was aber nicht der Fall ist, denn schon bald begreift er, dass es das Gleiche ist wie beim ersten Mal.

Es ist eine weitere Familie, und auch sie bittet darum, auf unbestimmte Zeit ihr Lager aufschlagen und sich dem Warten anschließen zu dürfen. Als die Leute sich ein wenig erholt haben, erklären sie, ihr Wunsch sei es, die erwartete Galeone zu empfangen, von der in den fernen Regionen so viel gesprochen werde. Bisher sei ihnen in ihrem Leben nichts zuteilgeworden, kein Zeichen und kein Versprechen, das von größerer Bedeutung gewesen wäre als die Ankunft des Schiffes. Durch dieses Ereignis finde die Langeweile, aus der ihr bisheriges Dasein bestanden habe, ein Ende. Natürlich könne es sein, dass ihnen das Warten wie eine Ewigkeit vorkomme, aber wäre der stolze Segler erst eingetroffen, sähen sie sich für die lange Zeit des Wachens entschädigt. Die Mitglieder der ersten Familie interessieren sich nicht für ihre bewegenden Worte, so wenig wie er, und enttäuscht darüber, dass sie nicht das sind, womit sie gerechnet haben, ziehen sie sich zurück.

Weitere Menschen strömen herbei, es nimmt kein Ende, weshalb er lieber gleich morgens auf seinem Leuchtturm Posten bezieht, um bereit zu sein und sich nicht täuschen zu lassen, sobald das langersehnte Schiff erscheint. Dort oben nimmt er jede Regung in den Blick, bis es dämmert und er hinuntersteigt, hin zu seinem Schaukelstuhl am Ende des Stegs. Die meisten der Ankommenden haben ebenfalls Boote mitgebracht, bald liegen Dutzende von ihnen am Pier.

So kurios es zunächst anmutete, ist es inzwischen gang und gäbe, dass ganze Familien sich sonntags in ihre beste Kleidung werfen und ihre Boote besteigen, um so, unterm Sonnenschirm an der Küste entlangschippernd, miteinander zu plaudern und sich das Essen und die Getränke zu teilen. Ein erfrischender Anblick, wohl wahr, wie sie sich umschauen und ihre Arme hinunterstrecken, als ließen sie ihre Hände, wenn sie in den Sand fassen, von den Wellen benetzen, das alles mit der freudigen Ergriffenheit von Menschen, die das Meer riechen und sein Wogen spüren.

Bald treffen Händler ein, bringen Holz, ein Gasthaus wird eröffnet, ein Spielkasino, eine Bar mit angeschlossenem Bordell, selbst eine Kirche, die zur Beichte bittet, bevor der Prophet auf seinem Schiff gefahren kommt. Viele haben ihre Offenbarungen im Gepäck. Auch Ketzer finden sich ein, die jedem Argument ihre Skepsis entgegenhalten. Und Politiker aller Couleur, die zu ihren Kundgebungen rufen. Anbeter anderer Götter und Anarchisten mit ihren gefügigen Anhängern. Spielleute sind zu hören, die Sagen von Schiffen auf hoher See zum Besten geben. Eine Stierkampfarena wird eingeweiht. Schriftsteller schließen sich an mit ihren fantastischen Geschichten, Journalisten, die eine Zeitung gründen, Kartenlegerinnen, Theatergruppen, und zusammen veranstalten sie in den frühen Morgenstunden ein Höllenspektakel.

Inzwischen erzählt man sich verschiedene Versionen einer Legende, wonach dereinst ein Schiff mit einer unbekannten Ladung komme, die das Leben der Bewohner verändere. Eine Art Licht, transportiert in großen Flaschen wie ein Elixier, und wer immer es tränke, dessen Leben würde sich wandeln, so dass ihnen, durch diese ersehnte Wiedergeburt, vergeben werde, nichts erinnere mehr an erlittenes Leid und begangene Verfehlungen.

Ein Wanderzirkus trifft ein, Maler auch, die Bilder von Segelschiffen in ihrem Kampf gegen Stürme auf hoher See anfertigen und sie gegen Lebensmittel oder anderweitig Nützliches tauschen. An beschwerlichen Tagen, mit hohen Temperaturen, ist die Farbe des Meeres von dem immerselben Senfton, der sie rings umgibt. An den Abenden jedoch, an jedem Abend, ist die Stadt menschenleer, denn alle versammeln sich schweigend an dem von Booten gesäumten Pier und warten bis Mitternacht auf das vermeintliche Schiff.

Und dann blicken sie voller Unruhe in den Dunst, neben dem leeren Schaukelstuhl des schweigsamen Mannes, den sie schon vor einiger Zeit in die Wüste haben davonziehen sehen, auf dem Rücken seine Werkzeuge.

Der bedeutendste Popel der Geschichte

Mehr als ein Jahrzehnt hatte Adolfo versucht, zu dieser Gruppe von Auserwählten zu gehören, die den Ersten Sekretär der Partei zu politischen Veranstaltungen begleiteten, angefangen auf der untersten Ebene bis hinauf zu den internationalen Treffen, wofür es eine strenge Hierarchie zu beachten galt, Stufe für Stufe, was einen nur langsamen Aufstieg erlaubte. In seinen Augen zu langsam, wenn er die Jahre des Wartens bedachte, die ihn so viel Mühe und persönliche Opfer gekostet hatten, zunächst in seiner Zeit auf der Sekundarschule, als er zum Mitglied der kommunistischen Jugend gewählt wurde, an allen »Wochen auf dem Land« teilnahm und sich als »Avantgarde« hervortat, dann auf der Universität, wo er dem Sekretariat der Föderation der Universitätsstudenten angehörte, bis er der Partei beitreten durfte und man ihn nicht länger Adolfito nannte.

In seinem Ehe- und Berufsleben setzte sich dies fort, und es machte ihm nichts aus, seine Familie allein zu lassen, um als Erster im Büro zu erscheinen und als Letzter zu gehen, dazu die Sonntage mit Freiwilligenarbeit, das Sammeln von Rohstoffen, die Blutspenden, die Gewerkschaftsversammlungen, die Verteidigungsübungen, die pünktliche Entrichtung der Beiträge, die politischen Aufrufe, denen er sich umstandslos anschloss, und so fragte er sich manchmal, worauf dieses Erklimmen der Höhen wohl beruhte, ob auf seiner Loyalität, seinem Willen und seinen Kenntnissen oder doch eher auf Glück, auf etwas, was man Schicksal nennt, mit anderen Worten: darauf, dass er zur richtigen Zeit am richtigen Ort war, was er unter keinen Umständen akzeptiert hätte.

Seine Strategie: wahrgenommen werden. Um die Aufmerksamkeit auf dich zu lenken und Teil der Entourage des Ersten Sekretärs zu werden, sagte er sich, musst du bei den Besuchen, die sie der Arbeitsstelle abstatten, deine Bereitschaft und maßlose Begeisterung für die Tätigkeit zu erkennen geben, deine völlige Hingabe, damit alles auf die bestmögliche Weise gelingt und sich widergespiegelt sieht in der Bilanz der besten Einrichtungen, so dass die deinige auf die vordersten Plätze kommt, auf den ersten, wenn möglich, und genau das war in seinem Fall geschehen, mehrmals sogar. Dann bemerkt dich jemand und gratuliert dir zu deiner Arbeit. Wenn sie dann gehen, strengst du dich noch mehr an, um alles noch besser zu machen.

Ab einem bestimmten Moment kommt die eine oder andere Einladung zu einer Tour auf kommunaler Ebene, so können sie die Bereitschaft eines möglichen Kaders und seine Tauglichkeit einschätzen, ziehen ihn womöglich als repräsentativen und vertrauenswürdigen Kandidaten in Betracht. Das Schlimmste war, dass es neben ihm eine Million Parteimitglieder gab, die von der gleichen Chance träumten.

Zusätzlich zu seinem Abschluss in Agronomie hatte er einen Masterstudiengang absolviert und dann promoviert. Er besuchte sämtliche von der Partei empfohlenen und ihren Anhängern zur Verfügung gestellten Kurse, ebenso die Parteihochschule Ñico López, die Kaderschmiede der KP, und schloss all diese Studien mit Bestnoten ab. Doch an seinem Leben änderte sich nichts. Seine Familie unterstützte ihn bei seinem Aufstieg, auf den sie, auch wenn er nicht eintrat, weiterhin setzte, denn ihr eigenes Vorankommen hing davon ab.

Über materielle Dinge hatte Adolfo nicht zu entscheiden, auch wenn immer etwas hängen blieb, aber das war nicht sein Ziel, zumindest nicht das eigentliche: Ihm ging es um Anerkennung, um Chancen. Man würde ihn mit dem Auto zu Hause abholen, einem Wagen mit dem Emblem der »einzigen und unsterblichen« Partei an den Türen, für die Leute in seinem Viertel ein Sprung auf der Karriereleiter, sie würden ihn nun siezen, würden ihm den Vortritt lassen, würden ihm schweigend zuhören, sobald er bei den Versammlungen des Nachbarschaftskomitees auch nur die Hand hochstreckte. Das größte Ansehen aber würde er genießen, wenn er als Mitglied einer Delegation eine Reise in ein verbündetes Land unternähme.

Bekanntermaßen ist dies der Traum eines jeden Insulaners, der etwas auf sich hält, das heißt der Traum eines jeden Kubaners, der auf dem Archipel lebt. Und wenn es sich obendrein um ein belagertes Land handelt, wo die Menschen Hunger leiden, muss man zugestehen, dass eine Reise ins Ausland die Krönung aller in diesen drei Jahrfünften unternommenen Anstrengungen ist, Jahren, in denen der Verstand sich an einer fixen, durch nichts zu erschütternden Idee festgehalten hat: ausgewählt zu werden, Teil zu sein von so etwas wie dem Nationalteam für Olympia.

Tatsächlich war er schon seit Jahren über die Delegationen auf kommunaler und Provinzebene hinausgewachsen, als

»Experte«, wie es auf seinem Namensschildchen stand. Er erinnerte sich noch, und es kam ihm unendlich fern vor, wie er einmal, als er zu lokalen Maifeierlichkeiten eingeladen werden wollte, dachte, wenn das geschähe, hätten sich all seine Anstrengungen gelohnt, allein es geschafft zu haben wäre die größte Auszeichnung, nur kam es nicht dazu. Auch hatte er längst den »professionellen Kader« hinter sich gelassen, zuerst in seinem Betrieb bis hinauf auf Ministeriumsebene, dann schickte man ihn ins kommunale Büro der Partei, später in das der Provinz, und nun arbeitet er schon seit Jahren im nationalen und kämpft darum, dem Stab des Ersten Sekretärs anzugehören.

Auf seinem Weg hatte er lernen müssen, dass man sein Ziel niemals erreicht, auch wenn es einem, solange man danach strebt, als das Begehrenswerteste erscheint, denn hat man es geschafft, öffnet sich der Horizont, die Ansprüche wachsen auf die mannigfaltigste Weise, und die Ziele rücken wieder in die Ferne, vervielfachen sich gar, ein in der Natur des Menschen liegendes Phänomen. Kurz: Die Sache mit der internationalen Delegation stand weiterhin aus.

Der Druck kam von allen Seiten, von den Nachbarn etwa, die angesichts seines unveränderten Status nur noch müde abwinkten, die es anödete, wie er auf der Stelle trat, statt in die politische Oberliga aufzusteigen, schließlich hatten sie darauf gesetzt, dass er die Bedeutung erlangte, die ihnen selbst versagt blieb. Die gleiche Reaktion bemerkte er bei seinen Freunden, den Arbeitskollegen, der eigenen Sekretärin, die es leid war, Memoranden für die immerselben Gremien zu tippen, sie alle wollten einen Fortschritt sehen, hatten ihre Zukunft an den unmittelbaren Vorgesetzten geknüpft und sich für seine Vorhaben ins Zeug gelegt, im Glauben, er würde sie von einem höheren Posten aus schon mitziehen.

Er kann sich keinen Reim darauf machen, warum man ihn nicht für die entscheidende Beförderung in Betracht zieht. Und er macht sich daran, ein psychologisches Profil all jener zu erstellen, von denen er annimmt, dass sie zu gegebener Zeit aufgerufen werden, eine Einschätzung seiner Person zu liefern. Er schaut sich alles an, von ihrem Sternzeichen bis zu ihrem Geburtshoroskop. Lernt ihre Vorlieben auswendig, ihre Geburtsdaten, ihre Charaktereigenschaften, die Namen ihrer Frauen und Kinder, möglichst auch den der Mutter, einschließlich deren Geburtstagen und überhaupt sämtlicher Lebensläufe. Bei jeder Begegnung, und sei sie noch so zufällig, ist er gewappnet, um ihnen mit einem Lächeln und einer Verbeugung zu gratulieren; sich jeder Ausführung, egal zu welchem Thema, zustimmend anzuschließen; ein Lob auszusprechen für ihre Baseball- oder Fußballballmannschaft, sofern das Gegenüber eine hat, selbst wenn es nicht die eigene ist, Hauptsache, er kann mit seinen Worten wertschätzen, was eine bestimmte Provinz geleistet hat, ein Manager oder das Land, aus dem der Club stammt. Quasi als Vollzeitverbündeter, immer jedoch, da Schleimer extrem unbeliebt sind, von einem objektiven Standpunkt aus. Was er ein ums andere Mal denen erklärt, in deren Händen, wie er vermutet, die Entscheidung liegt, ihn ein Flugzeug besteigen zu lassen.

Die Familie erwartet zumindest eine Matrjoschka, ein Tischtuch oder böhmische Gläser, im Verkauf zu einem geringen Preis und somit für einen Komsomolzen erschwinglich. Das Letzte, was er sich wünschte, wäre, seine Familie zu enttäuschen, weshalb er bei der kleinsten Gelegenheit, dem Ersten Parteisekretär zuzulächeln, ein Reißen in den Mundwinkeln verspürt, so weit zieht er sie auseinander.

Dann der Abend, auf den alles ankommt. Nicht nur, weil man ihn eingeladen hat, in einem Theater an der Gala anlässlich des Nationalfeiertags eines befreundeten Landes teilzunehmen, auch nicht, weil es der Logik entspräche, die Eingeladenen später für einen Gegenbesuch als Delegationsmitglieder auszuwählen, sondern weil der Erste Sekretär anwesend sein wird.

Für ihn ist es eine besondere Situation, denn so vertraut ihm einige Strategien sind, entwickelt, wenngleich auf unterer politischer Ebene, bei zahlreichen früheren Malen, ist er nun genötigt, die für die Sicherheit Zuständigen zu überlisten – Männer, die es gewohnt sind, dass sein Gesicht sie immer anlächelt, auch wenn sie es nie erwidern –, um sich auf einem der Sitze hinter dem Ersten Sekretär zu platzieren; so kann er, wenn die Fernsehkameras und Fotografen den obersten Chef ins Bild nehmen, als einer seiner Begleiter erscheinen, als einer gar, der ihm am nächsten steht und am wichtigsten ist. Und er stellt sich schon vor, wie seine Familie, seine Freunde und Nachbarn auf den Bildschirm zeigen, um zu bedeuten, dass sie ihn kennen, dass dort ihr Mann ist, ihr Siegerpferd. Was soll's, dass er dem Glück auf die Sprünge hilft, sagt er sich, das ist etwas so Gewöhnliches und von den meisten der Abermillionen Menschen auf der Welt Akzeptiertes, wie sich im Torraum fallen zu lassen, damit der Schiedsrichter auf Elfmeter entscheidet, oder dieser miese Trick von Maradona mit dem schönen Namen »die Hand Gottes«, denn wenn selbst der Erste Sekretär herzlich lacht über den lieben Freund vom Río de la Plata, wird niemand seine kleinen Fouls als Vergehen betrachten.

Die ersehnte Gelegenheit ist also gekommen, seine Familie wird ihn auf der Mattscheibe nahe dem höchsten Amtsträger des Landes sehen, worum sie ihn seit Jahren inständig bitten, und auch die Nachbarn werden zu dem Schluss kommen, dass er nicht nur ein weiterer getreuer Anhänger ist, sondern ihrem »Leitstern« direkt zur Seite steht.

Er nimmt hinter dem Führer der Nation Platz, setzt ein wichtiges Gesicht auf, in den Händen ein Notizblock, in der Brusttasche seines Hemds zwei Kugelschreiber. Das ganze Arsenal für den Kampf, auf den es hinauslaufen mag. Tatsächlich hat ihm das Papier bisher lediglich dazu gedient, ein paar der süßen Sachen einzuwickeln, die vom ausgeteilten Snack übrig geblieben waren, um sie mit nach Hause zu nehmen.

Unauffällig besieht er sich das saubere, glänzende Haar des Ersten Sekretärs, offenbar benutzt er ein Farbshampoo, die graue Pracht schimmert ein wenig bläulich. Wenn er die Beine übereinanderschlägt oder das Bein herunternimmt, achtet er peinlich darauf, dass er den Sitz vor ihm nicht berührt, aber auch so schauen die Leibwächter bei jeder Bewegung misstrauisch zu ihm hin, wie wilde Tiere, bereit, sich auf ihn zu stürzen und, wenn nötig, zu zerfleischen.

Adolfo richtet sich stets nach der Perspektive der Kameras und der Objektive. Sobald der oberste Führer mit seinem nächsten Begleiter spricht, tut er prompt, als würde er sich etwas notieren. Er weiß, dass sich sein Bild an diesem Tag einprägt, wenn nicht in die Geschichte der Nation, dann zumindest den Menschen, die ihn wiedererkennen. Es ist der ersehnte große Moment, womit der größte Traum eines Parteimitglieds in Erfüllung geht. Fehlt nur noch diese blöde Entscheidung, ihm eine Auslandsreise zu gestatten, für ihn so etwas wie ein Ritterschlag.

Nach der Gala wartet er darauf, dass sich sein Blick und der des Ersten Sekretärs kreuzen, dann kann er ihm das entspannteste Lächeln des Abends schenken. Am Ende macht er es vier Mal, aber er könnte nicht beschwören, dass der Chef es wahrgenommen hat.

Kaum erscheint er wieder in seinem Viertel, lehnen sich die Nachbarn aus den Fenstern und über die Brüstungen der Balkone, um ihn in demütiger Stille wie einen Helden zu begrüßen. Ja, für sie ist das ein befriedigendes Gefühl, einen Menschen zu würdigen, der dem obersten Führer der Nation so nahe war. Er tut, als würde er es nicht merken, und zeigt nur ein höfliches Nicken, misst der Sache keine Bedeutung bei, Ausdruck aufrichtigster Bescheidenheit, wie sie jeden kommunistischen Funktionär an der Basis auszeichnen sollte.

Als er zur Tür hereinkommt, sieht er die Unruhe im Gesicht seiner Frau. Er schaut sie an, versteht ihr Verhalten nicht, er hätte einen anderen Empfang erwartet. Die Töchter haben nicht auf ihn gewartet und sind schon im Bett, als hätten sie von dem großen Tag nichts mitbekommen.

»Unglaublich«, sagt sie, aus ihrer Miene spricht die Niederlage, »ausgerechnet in dem Moment, wo der Erste Sekretär hinschaut und jemand das Blitzlicht einer Kamera auslöst, musst du dir in der Nase bohren.«

Adolfo steht unbeeindruckt da, ein solches Missgeschick kann ihm unmöglich unterlaufen sein, oder? Aber seine Frau versichert, dass es so war, schaut ihn an, sieht, wie er sich durchs Haar fährt, und weiß genau, dass man ihn, sobald die Fotos überprüft sind und man ihn mit einem Popel zwischen den Fingern entdeckt, »aus dem Verkehr ziehen« wird, weil er nicht die notwendigen Voraussetzungen für ein respektvolles Bild erfüllt, das darf schließlich von einem kommunistischen Funktionär erwartet werden, noch dazu von einem, der den Ersten Sekretär begleitet, der könnte sonst zum Ziel des weltweiten Spotts werden, ganz zu schweigen von den Kubanern mit ihrer Neigung, alles durch den Kakao zu ziehen.

Schon für weniger hatte es andere getroffen, selbstlose Genossen, die sich jahrzehntelang für die Partei aufopferten und dann, weil sie einmal nicht einen weißen Bauhelm bereithielten, damit der Erste Sekretär ihn auf seinem Rundgang aufsetzen und sich der Öffentlichkeit als einfacher Arbeiter präsentieren konnte, nie wieder gesehen wurden, schon gar nicht auf den Fluren irgendeiner politischen Abteilung. Offenbar hatte man sie in die härteste Verbannung geschickt, nach Moa, so etwas wie das kubanische Sibirien im Osten des Landes. Allererste Pflicht war es, vorauszusehen, was immer der Erste Sekretär sich auszudenken imstande war oder benötigte. Darum ging es bei dem Spiel.

Er geht niedergeschlagen in sein Zimmer, jammert, wie konnte er sich nur den wichtigsten Tag seines Lebens binnen Sekunden ruinieren? Es beschämt ihn, dass seine Frau ihn weinen sieht, aber er hat seine Familie nun mal enttäuscht.

»Es gibt nur eine Lösung«, sagt sie, »du musst herausfinden, wer der offizielle Fotograf war, der über diesen Gala-Abend berichtet hat. Geh auf ihn zu, rede mit ihm, das kannst du doch. Du bist ein Naturtalent, wenn es darum geht, etwas umzubiegen.«

Adolfo sieht einen kleinen Hoffnungsschimmer, dank dem Vorschlag seiner Frau, und er umarmt sie. Bei der Vielzahl seiner politischen Aktivitäten ist er nicht wenigen Fotografen begegnet, und er glaubt, sich an den zu erinnern, der in den verhängnisvollen letzten Stunden dabei war. Er würde also zur Propagandaabteilung gehen, ihn ausfindig machen und nachdrücklich bitten, ihm zu helfen. In der Nacht steckt ihm der Schreck noch in den Gliedern, und erst nach Stunden, es wird schon fast hell, findet er in den Schlaf.

Am nächsten Tag geht er als Erstes ins Büro und bespricht ein paar Dinge mit seiner Sekretärin, die ihn bei der Gelegenheit wissen lässt, wie stolz es sie macht, dass sie seine unmittelbare Mitarbeiterin ist, und mit flatternden Händen gesteht sie, dass sie kaum einschlafen konnte, dass allein der Gedanke, wie nah er dem Ersten Sekretär war, in ihren Augen eine Belohnung für seine Beharrlichkeit ist und in gewisser Weise auch für sie selbst, für ihre bedingungslose Unterstützung. Doch Adolfo reagiert kaum, er kann es immer noch nicht fassen, dass er sich in der Nase gebohrt und eine Kamera dies für alle Zeiten festgehalten hat.

Als er das Büro endlich verlassen kann, geht er geradewegs zur Propagandaabteilung, um den verflixten Fotografen ausfindig zu machen. Er fragt sich, wie er das Gespräch am besten darauf lenken soll, die Negative von der Veranstaltung sehen zu dürfen. Nachdem er den Namen in Erfahrung gebracht hat, sagt ihm jemand, die Fotos gingen direkt an den Staatsrat, dort würden sie genehmigt oder nicht genehmigt, und man entscheide, welche für die Berichterstattung über die Veranstaltung in die Auswahl kämen, worauf man sie an die Zeitungen und die internationalen Agenturen schicke.

Er spürt schon, wie die Welt über ihm zusammenbricht. Aber klar, erst müssen sie in der Dunkelkammer entwickelt werden, sagt der Mann, normalerweise kommt der Fotograf vormittags und entwickelt das Material vom Vorabend, ehe er es zum Staatsrat bringt, und dann deutet er durch die offene Tür auf einen Raum am Ende des Flurs. Adolfos Blick schwenkt hinüber, er hört nicht mehr, was der Mann noch sagt, und geht, ohne sich zu verabschieden.

Nachdem er sich umgeschaut hat, will er die Tür öffnen, sie ist abgeschlossen. Das Schild, wonach unbefugte Personen keinen Zutritt haben, hat er ignoriert.

Er geht zurück ins Büro, kann sich kaum konzentrieren. Auf seine Nachfragen hat man ihm den Fotografen beschrieben, ja, der war es, er erinnert sich an sein Gesicht, auch dass er sich auf dem Motorrad fortbewegt, weshalb seine Aufmerksamkeit jetzt dem Parkplatz gilt, er hofft, ihn auftauchen zu sehen und abfangen zu können.

Es ist schon fast Mittag, als der Fotograf herbeigefahren kommt, und kaum ist das Motorrad abgestellt, verlässt Adolfo sein Büro und läuft ihm auf der Treppe entgegen. Was seine Wirkung nicht verfehlt. Denn der Mann grüßt ihn, ein paar Stufen noch von ihm getrennt, mit einem raschen »Guten Tag«, und Adolfo bleibt stehen, will ein Gespräch beginnen. Doch der andere setzt seinen Weg fort und beachtet ihn nicht weiter. Adolfo macht kehrt und geht dem Fotografen hinterher, der es offenbar eilig hat. Er folgt ihm durch mehrere Flure bis zur Dunkelkammer, und erst da nimmt der Mann beunruhigt wahr, dass er verfolgt wird, er hebt die Schultern, versteht nicht, was das soll.

»Die Sache ist«, Adolfo zögert, »meine Familie möchte ein Foto, um es in meinem Büro aufzuhängen, ich würde mir gern die ansehen, auf denen ich drauf bin, wenn es keine Umstände macht.«

Der Mann schenkt ihm einen nichtssagenden Blick.

»Das wird erst möglich sein, wenn auch die ideologische Überwachung bestimmt hat, welche Bilder verwendet werden dürfen«, sagt er, ohne Luft zu holen, »die anderen werden vernichtet, einschließlich der Negative.«

Adolfo insistiert, er will sie nur anschauen und sehen, welche infrage kämen, vielleicht sind es am Ende ja die ausgewählten, sagt er. Doch der Mann scheint wenig Geduld zu haben, er schüttelt nur den Kopf, und mit einem Achselzucken will er die Dunkelkammer betreten. In seiner Verzweiflung begeht Adolfo die Unvorsichtigkeit, ihn am Arm zu packen, was der andere ihm, nach einer kurzen Überraschung, übelnimmt, er entwindet sich seinem Griff und stößt ihn fort. Auch ihm ist offenbar unbegreiflich, dass Adolfo derart reagiert hat, er wartet nicht einmal auf eine Entschuldigung, geht hinein und wirft die Tür zu.

Adolfo sieht, wie das Holz auf ihn zuschwingt, daran das Schild mit dem Hinweis, dass der Bereich für Unbefugte verboten ist, und er weiß nicht, was er tun soll, sein Kopf lässt ihn im Stich. Er weiß nur, dass er nicht ohne dieses Foto gehen kann, dass er sich nicht geschlagen geben darf. Ich kann hier nicht weg, sagt er sich immer wieder, fest davon überzeugt, dass dieses Foto von ihm, wie er an seiner Nase fingert, auf keinen Fall dem Ersten Sekretär in die Hände kommen darf, es würde seinen Absturz bedeuten, eine Katastrophe, niemand könnte ihm mehr helfen. Also öffnet er die Tür. Der Fotograf ist so überrascht, dass er schon den Alarmknopf drücken will, aber ein Schlag in den Nacken hindert ihn daran. Adolfo begreift nicht, was da passiert ist, kann nicht glauben, dass er das war, der den persönlichen Fotografen des Parteiführers niedergeschlagen hat.

Die Fotos sind dem Mann aus der Hand geglitten und haben sich am Boden verstreut, einige mit dem Genehmigungsvermerk des Staatsrats auf der Rückseite, auf diesen Bildern ist er zu sehen, aufmerksam zuhörend, diszipliniert, sich Notizen machend, am besten gefällt ihm ein Foto, auf dem er lächelt, der Erste Sekretär erwidert es mit einem komplizenhaften, man möchte fast sagen liebevollen Lächeln.

Aber das ist längst Geschichte. Heute schaut er hinaus in die schöne grüne Landschaft hinter dem Fenster seines Traktes für psychisch Kranke. Denn ganz sicher wird der Erste Sekretär irgendwann kommen, wird ihn um Verzeihung bitten und aufnehmen in sein Team.

selbstmordwalzer

Der Tross des Comandante ist schon von weitem zu erkennen. Mehrere schwarze Mercedes-Benz mit getöntem Panzerglas nähern sich diskret.

Minuten zuvor ist eine Reihe mysteriöser Autos langsam vorbeigefahren. Ihre Insassen haben mit Schnüffelmiene jeden einzelnen Passanten unter die Lupe genommen und auf die verstiegene Idee abgeklopft, ein Attentat auf den Präsidenten zu verüben. An den Seiten sichtbar die Mündungen ihrer Maschinenpistolen mit kurzem Lauf, bereit zum Einsatz bei der kleinsten verdächtigen Bewegung. Ein Streifenwagen hat den in Gegenrichtung kommenden motorisierten Verkehr angehalten und aufgefordert, am Straßenrand zu warten, bis die Präsidentenkolonne sie überholt hat.

In seinem Wagen verzieht der Comandante vor Schmerz das Gesicht, fasst sich an den Bauch. Er schnaubt und beugt seinen Oberkörper bis über die Knie. Der Sicherheitschef, der neben dem Fahrer sitzt, bemerkt das seltsame Verhalten und sendet ein Alarmsignal an die Reihe der übrigen Fahrzeuge, sie halten sofort an.

Die Soldaten laufen herbei, um den Wagen des Präsidenten zu schützen. Sie holen den Arzt, der immer in der Nähe mitfährt, und ohne Zeit zu verlieren, untersucht er den Präsidenten und stellt fest, dass er schwitzt, trotz Klimaanlage auf niedriger Temperatur.

»Magenkolik«, diagnostiziert er.

Es wird Befehl erteilt, das strauchige Gelände neben der Straße zu durchkämmen und zu umstellen. Die Soldaten dringen rasch vor und sichern es ab. Nach ein paar Minuten tritt ein Offizier hinzu und deutet auf einen geeigneten Bereich, wo der Comandante seinen Darm entleeren kann.

Der Sicherheitschef hält ein Handtuch in Händen, eine Flasche Wasser und Seife, dazu ein Salz gegen Dehydrierung sowie Alkohol, sollte der Erschöpfungszustand eintreten. Der Arzt hält dem Geplagten den Arm hin, damit er sich aufstützen und den Wagen verlassen kann. Der nimmt das Angebot an, auch wenn es seinen Stolz eines echten Mannes verletzt, und geht mit kleinen Schritten voran, seinen Unmut verbirgt er nicht.

Sie kommen auf ein Stück offenes Gelände, das die Leibwächter mit den Händen freigefegt haben. Der Comandante schaut kaum hin, und nachdem er sein Koppel aufgeschnallt und die Hose heruntergelassen hat, geht er in die Knie wie ein Pferd nach dem Gnadenschuss. Das Geräusch der Ausscheidung lässt nicht auf sich warten, die Umstehenden ertragen den Gestank mit stoischer Miene.

»Wasser«, bittet der Leidende, als die Krämpfe nachlassen.

Er trinkt mehrere Schlucke, es rinnt ihm über das Kinn und die Brust. Der Arzt holt ein Fläschchen Novatropin hervor, der Präsident lehnt ab. Der Doktor hätte am liebsten darauf bestanden, hält es aber für ratsam, ihn nicht zu drängen, schließlich kennt er seine Wutanfälle, wenn jemand ihm widerspricht.

»Die verdammten Garnelen!«, sagt er mit zusammengebissenen Zähnen.

Über Funk kommt die Meldung, dass man einen Spion aufgespürt hat, in der Nähe der Stelle, wo der oberste Führer sich befindet.

»Verhaften!«, befiehlt der Sicherheitschef. »Und dann ab in die Einrichtung.«

Der Mann liegt unter einem Marabustrauch, vom Schlaf noch benommen, und döst im Schatten. Ein Tritt gegen den Stiefel, und noch bevor er die Lider aufschlägt, hat er das Gefühl, dass ihm etwas Unangenehmes droht. Was er bestätigt sieht, als er in die Läufe der Gewehre blickt.

Kaum ist die Präsidentenkolonne wieder aufgebrochen, schleifen die Soldaten ihn mit gefesselten Händen zur Straße. Dort setzen sie ihn in einen Kleinbus, der gleich wendet, zurück nach Havanna.

Im Wagen brüllen sie den Bauern an, er soll den Kopf senken, bis auf die Beine, und die Augen schließen. Er will noch einmal fragen, worum es geht, wo bringen sie ihn hin? Aber sie schnauzen ihn nur an, Klappe halten. Also gehorcht er, irgendwann werden sie es ihm schon erklären.

Sie fahren mit überhöhter Geschwindigkeit, er merkt es an der Neigung in den Kurven, den plötzlichen Bremsmanövern und den quietschenden Reifen beim Beschleunigen.

Schließlich halten sie bei der »Einrichtung«. Zwei kräftige Soldaten holen ihn heraus, heben ihn an den Armen an, seine Füße berühren kaum den Boden. Als sie in ein Büro kommen, setzen sie ihn auf einen Stuhl und bleiben neben ihm stehen, warten auf weitere Befehle.

Aus den Augenwinkeln versucht er, zu ihnen hinzusehen, aber die Angst ist größer. Er muss an seine Frau denken, die sich jetzt, nach der durchwachten Nacht, bestimmt schon auf die Suche nach ihm macht. Der Hauptmann kommt herein, betont locker, und lässt seine Unterlagen auf den Schreibtisch fallen, dann drückt er seine Zigarette aus und zeigt ein Lächeln. Woraus der Festgenommene schließt, dass sie den Irrtum bemerkt haben. Nur ist er zur Begrüßung des Offiziers nicht aufgestanden, also brüllen die beiden Soldaten ihn wieder an und heben ihn erneut an den Armen hoch. Nachdem der Hauptmann sich auf seinen Platz gesetzt hat, drücken sie ihn zurück auf seinen Stuhl.

»Versuch nicht, uns zu täuschen«, sagt der Hauptmann, »wir wissen, dass du etwas ausgekocht hast.«

»Nur das Garen«, antwortet er ruhig.

»Sehr schön! Er gibt es auf Anhieb zu.«

Der Bauer nickt.

»Das gefällt mir, auf Ehrlichkeit kommt es an bei einem Häftling, das ist eine würdige Haltung«, worauf er zufrieden lächelt. »So sparen wir uns Zeit.«

»Die Zeit ist das Wichtigste, wenn es gelingen soll«, sagt der Mann.

Der Hauptmann schaut ihn überrascht an, ihn wundert die Gelassenheit angesichts der Schwere der Tat.

»Wie wir Ihrer schmutzigen Kleidung entnehmen«, spricht der Offizier weiter, »haben Sie die Nacht über gewartet.«

»Viel länger, schon seit dem Abend davor«, versichert er.

Der Hauptmann sinkt in seinen Stuhl, lässt die Arme hängen, in seiner ganzen Laufbahn ist er noch keinem derart unbeirrten, durchschaubaren und zynischen Feind begegnet.

»Darf ich daraus schließen, dass Sie präzise Kenntnis von

der Uhrzeit hatten? Wann genau es stattfinden würde?«, fragt
der Offizier.

»Selbstverständlich! Bei meiner Arbeit bin ich immer ge-
wissenhaft, pünktlich und präzise, ich versage nie!«

»Diesmal schon«, erinnert ihn der Hauptmann.

»Nur weil Sie diesmal, nach all den vielen Stunden, das Ablöschen unterbrochen haben.«

Der Offizier kann seinen Ärger nicht verbergen, er gerät
außer sich.

»Was du vorhattest, das bezeichnest du als ›Garen‹, und die
Ausführung nennst du ›Ablöschen‹!«

»Selbstverständlich.«

Der Vorgesetzte schaut gereizt zu seinen Soldaten, er fragt
sich, ob das sein kann. Er muss sich eingestehen, dass weder
der Theorieunterricht während der Ausbildung noch seine be-
rufliche Praxis ihn auf eine solche Situation vorbereitet haben.

»Als wir Sie erwischt haben, worauf haben Sie da gewartet?«

»Nur darauf, das Ablöschen, und dann nach Hause.«

»Sie dachten, Sie könnten einfach so nach Hause?«

»Das war immer so, reine Gewohnheit.«

Der Offizier wird zunehmend wütend über die offensichtliche Dreistigkeit, mit der er seinen Plan, den Präsidenten zu
ermorden, verteidigt.

»Was bezwecken Sie damit, die Wahrheit widerstandslos
anzuerkennen?«

»Dass ich so schnell wie möglich zu meiner Familie zurückkehren darf«, auf seinem Gesicht zeigt sich ein argloses
Lächeln.

»Sie treiben ein Spiel mit mir!«, der Offizier kann es nicht fassen.

»Nicht im Geringsten«, versichert der Mann freundlich.

»Dann beweisen Sie es und verraten mir Ihre Quellen.«

»Ich verstehe nicht.«

Der Offizier streicht sich mit der Hand übers Kinn, versucht sich zu beherrschen.

»Ich will die Namen der Personen, für die Sie dieses ›Ablöschen‹ auszuführen gedachten, die direkten Nutznießer.«

»Ich weiß nicht, wie die heißen oder wo sie wohnen.«

»Sie lügen!«

»Ich schwöre, das ist die Wahrheit, warum sollte ich Ihnen etwas vormachen.«

»Das würde ich Ihnen gern glauben ... Aber es sollte einen Weg geben, sie ausfindig zu machen.«

»Ich versichere Ihnen, das ist unmöglich, sie kommen nicht immer, oder nicht immer dieselben. Nach dem Ablöschen weise ich am Straßenrand darauf hin, und dann kommen sie.«

»Und wie weisen Sie darauf hin?«

»Ich stelle ein Schild auf.«

»Klar, um keinen Verdacht zu erregen, nichts unverfänglicher.«

»Gewohnheit.«

»Auf diese Weise geben Sie Bescheid?«

Der Mann nickt.

»Und werden dafür bezahlt?«

»Selbstverständlich, das ist meine Arbeit, mein Einsatz, mein Geschäft, damit ernähre ich meine Familie.«

»Mir ist immer noch unbegreiflich, dass Sie das vor unseren Augen tun und es auch noch zugeben.«

»Jahrelange Übung, heute ist es für mich kein so großes Opfer mehr, heute ist es mehr Geschick als Geduld.«

»Jetzt hört sich's aber auf!«

»Manchmal sage ich mir, dass ich dafür geboren bin, trotz der Risiken, das ist nämlich nicht ungefährlich!«

Der Hauptmann schaut ihn an, möchte am liebsten zuschlagen.

»Die Arbeit ist langweilig, stundenlang muss man warten, ganz allein und egal unter welchen Bedingungen, aber hinterher ist man froh über das Ergebnis.«

Der Offizier wirft ihm einen vernichtenden Blick zu.

»Woher wussten Sie, dass das die richtige Stelle war? Wer hat es Ihnen gesagt?«

»Sorgfalt, Erfahrung, die erwirbt man sich im Laufe der Jahre, kommt auf den Tag an und auf den Bericht im Funk.«

»Sie haben Zugang zu dem, worüber bei uns im Funk gesprochen wird?«

»Logisch, woher sollte ich sonst wissen, welche Wege das Wasser und der Wind nehmen?«

»So nennen Sie also, worauf Sie gewartet haben: ›Wasser und Wind!‹«

»Ohne stünde ich mit leeren Händen da.«

Der Offizier beschließt, nicht weiter zu fragen und die Vernehmung zu beenden. Er atmet tief ein, stößt die Luft mit einem Mal aus.

»Hauptmann«, sagt der Festgenommene, »wieso waren Sie auf einmal dort?«

»Sie dürfen uns nicht unterschätzen«, antwortet der Offizier und nimmt all seine Kräfte zusammen. »Wenn ein solch unvorhergesehenes Ereignis eintritt, sichern wir die Umgebung ab. Das ist so üblich.«

»Könnten Sie bei mir zu Hause Bescheid sagen?«, fragt der Mann mit sanfter Stimme.

»Selbstverständlich, aber erst, nachdem Sie mir die Aussage unterschrieben haben, in der Sie die Verantwortung für das ›Garen‹ übernehmen sowie für das versuchte ›Ablöschen‹, das wir zum Glück haben vereiteln können.«

»Sie sollten sich nicht darüber freuen. Am Ende hat die Bevölkerung den Schaden.«

»Nicht die ganze, die meisten von uns brauchen Ihr Ablöschen nicht. Außerdem ist es meine Aufgabe, das zu verhindern.«

»Meine Arbeit ist es auch, deshalb sollten Sie mich verstehen.«

»Niemals!« Der Hauptmann schnaubt.

»Irgendwann hätten auch Sie profitiert, genau wie Ihre Familie. Manchmal ist das Klima angespannt, und wenn wir überleben wollen, müssen wir zu ungewöhnlichen Methoden greifen.«

»Sparen wir uns die Worte«, sagt der Hauptmann, »ich bin Profi und werde mich nicht von Gefühlen hinreißen lassen.«

»Wenn Sie das sagen, besser so, ja«, antwortet er in aller Ruhe. »Es war nicht meine Absicht, Sie zu verärgern.«

Der Offizier konzentriert sich auf die Abfassung des Protokolls und tippt auf seiner alten Schreibmaschine. Manchmal schaut er auf, er kann nicht glauben, was er da schreibt.

»Noch eine Kleinigkeit, die ich aufnehmen muss«, sagt der Hauptmann: »Hat der Norden seine Hände im Spiel? Greifen Sie auf seine Dienste zurück?«

»Nicht nur im Spiel, seine Dienste sind unverzichtbar!«, bestätigt er. »Verstehen Sie doch, ohne Unterstützung geht es nicht. Manche Leute denken, das wäre einfach, aber von wegen.«

»Könnten Sie sich verständlich ausdrücken?«, fragt der Hauptmann.

»Ganz einfach, um diese Jahreszeit muss man immer wissen, was von Norden kommt, es verdirbt dir sonst das Garen.«

»Nein, ich verstehe nicht.«

»Aber ja doch, beim Garen kommt es auf die Lage an, auf die Stelle, die man wählt und die einem bei Sturm Schutz bietet.«

»Sie mit Ihrer bildlichen Sprache, mir reicht's«, der Hauptmann ist mit seiner Geduld am Ende.

»Sie können gerne einmal zuschauen beim Garen, in ein paar Tagen, wenn Sie möchten.«

»Ich werde nicht zulassen, dass Sie sich über mich und meine Ideale lustig machen, vergessen Sie Ihr ›Garen‹.«

»Heute ist es natürlich schon vorbei.«

»Sie machen sich nicht nur lustig, Sie beleidigen mich auch.«

»Ich weiß, wenn man jungen Leuten mit harter Arbeit kommt, kriegen sie einen Schreck, für sie ist das wie eine Beleidigung.«

»In meinem Fall nicht, aber ich weiß, was ich für mich und mein Land will.«

»Köhler ist ein Beruf wie jeder andere, ich bitte Sie.«

»Aha, jetzt nennen Sie es also Köhler!«

»Wer das Holz verbrennt, wurde schon immer so genannt.«

»Sie mit Ihrer blumigen Sprache.«

Der Offizier tippt weiter. Nach zwanzig Minuten Stille, unterbrochen nur vom Schlagen der Typen auf das Papier, ist das Protokoll fertig. Er zieht das Blatt heraus und legt es zusammen mit einem Kugelschreiber auf den Tisch.

»Sie werden sehen, da steht nur geschrieben, was Sie gesagt haben.«

»Ich glaube Ihnen. Sie sind ein gebildeter Mensch, wie man sieht.«

Er tritt heran und unterschreibt, ohne es zu lesen.

»Bringt ihn in die Zelle neun«, befiehlt der Offizier den Soldaten.

Während sie ihn hinausführen, ruft er, dass er seiner Familie Bescheid sagen möchte. Er erhält keine Antwort.

»Sie haben versprochen, dass ich das dürfte, wenn ich meine Aussage gemacht hätte«, versucht er es noch einmal.

Sie bringen ihn in die Zelle. Als sich die Tür hinter ihm schließt, bricht die Dunkelheit der Welt über ihn herein. Immerzu überlegt er, welches Verbrechen er wohl begangen hat. Da ist der Marabustrauch, den er für die Holzkohle nimmt, aber ihn zu schlagen ist wie eine gute Tat, eher sollte man ihn dafür bezahlen, dass er dieser Plage zu Leibe rückt, und er muss daran denken, wie zerschrammt seine Arme von den Dornen sind. Dem Stück Land ist, auch wenn es dem Staat gehört, kein Schaden entstanden. Bestimmt sehen sie ihren Irrtum ein und holen mich hier raus, beruhigt er sich.

Eine Stimme reißt ihn aus seinem Dämmerzustand. Er drückt sich an die Tür, spürt die Kälte des Metalls.

»Hallo! Hören Sie mich?«

Er hat Angst zu antworten und bleibt still, wartet ab, er will keine Zurechtweisung riskieren.

»He, der Neue, bist du das?«, hakt die Frauenstimme nach.

»Ja«, sagt er schließlich, fast nur geflüstert.

»Bist du auch deshalb hier?«

»Deshalb?«

»Attentat auf den Präsidenten!«

»Nein, so etwas würde ich nie tun. Warum fragen Sie mich das?«

»Welchen anderen gewichtigen Grund könnte es geben, dass man dich in die ›Einrichtung‹ bringt?«

»Ich bin nur ein einfacher Köhler. Ich habe die Nacht auf den Meiler aufgepasst, und am Morgen, kurz bevor sie mich verhaftet haben, habe ich auf das Ablöschen gewartet, damit ich ein Schild an die Straße stellen und auf den Verkauf von Holzkohle hinweisen kann«, er hält inne, ehe er weiterspricht, »und das habe ich dem Hauptmann auch erklärt.«

»Sehr seltsam«, sagt die Frau, und es vergehen ein paar Sekunden. »So seltsam wie die Verbrechen aller hier.«

»Ich verstehe nicht, was Sie damit sagen wollen, Compañera.«

»Der in Zelle drei zum Beispiel«, sagt sie, »der ist hier, weil er mit einem Motorrad gefahren ist, das Fehlzündungen hatte, die Zündkerze war defekt.«

»Und der Unterbrecherkontakt«, präzisiert der Mann in Zelle drei.

»Warum auch immer«, fährt die Compañera fort, »Tatsache ist, während er an der Ampel stand, kam der Comandante vorbei, und in diesem unseligen Moment hat es aus dem Auspuff des Motorrads geknallt, fast unisono mit der Salve aus der Maschinenpistole des Leibwächters.«

Sie schweigt, als wären damit alle Geheimnisse der Welt ausgesprochen.

»Und was war danach?«, fragt der Köhler.

»Nichts, was ihm geholfen hätte. Er hat mehrere Schusswunden an den Armen und an den Beinen, weil er auf dem Sozius gesessen hat, hinter seinem Cousin, der ist gestorben.«

»Der Mann in der drei ist also verletzt?«, fragt er.

»Nein«, antwortet die Frau, »das war vor sieben Monaten, sie haben ihn aus dem Krankenhaus hergebracht.«

Der Köhler möchte jetzt auch alles andere erfahren.

»Und dann?«, fragt er mit Nachdruck. »Hat er den Knall erklärt? Weil die Zündkerze defekt war?«

»Und der Unterbrecherkontakt«, erläutert der Mann in Zelle drei noch einmal.

»Er hat alles erklärt«, bestätigt die Compañera. »Außerdem wissen sie das, aber sie trauen sich nicht, es zuzugeben.«

»Und was passiert jetzt mit ihm?«, fragt der Köhler besorgt.

»Das Gleiche wie mit allen«, sagt sie mit müder Stimme. »Sie werden auf unbestimmte Zeit weiter ermitteln.«

»Dabei ist alles bloß Zufall!«, betont der Köhler.

»Die sollten diese ›Einrichtung‹ umbenennen in ›Zufall‹«, schaltet der Mann in Zelle zwölf sich ein. »Bei mir ... Wir waren auf einer Party und wollten mit dem Auto zurück, alle fünf ziemlich breit, und der Fahrer hat die Straße verwechselt, und weil er betrunken war und die Nacht so dunkel, ist er an der Plaza de la Revolución an der falschen Seite langgefahren, und die Straße dort, hinter dem Denkmal für Martí, das haben sie mir später erklärt, führt zum Palast der Revolution, na ja, den Rest kannst du dir denken.«

»Nein, kann ich mir nicht«, erwidert der Köhler.

»Sie haben den Wagen mit Kugeln durchsiebt«, sagt die Frauenstimme.

»Das fällt mir schwer zu glauben.«

»So schwer wie die Sache mit dir und den übrigen hier«, sagt ein anderer.

»Und die vier, die mit dir im Auto gesessen haben, wo sind die?«, will der Köhler wissen.

Niemand mag antworten.

»Sagt schon, was ist mit denen?«

»Ist dir nicht klar, dass unser Schweigen ein posthumes Gedenken an seine Mitfahrer ist?«, sagt der Mann in Zelle fünf.

»Posthumes?« Er kennt das Wort nicht.

»Er ist der einzige Überlebende«, erklärt der Mann in Zelle fünf, »und für den Rest seines Lebens wird er behindert sein und unter Schmerzen leiden.«

»Haben sie dich schon um Entschuldigung gebeten?«

»Von wegen, sie wollen ein Geständnis, dass es ein versuchtes Attentat war.«

»Irgendwie müssen sie ihre eigenen Untaten ja rechtfertigen«, sagt die Compañera.

»Wir sind alle schuldig«, fasst der Mann aus Zelle drei zusammen.

»Zumindest werden wir so behandelt«, sagt der Mann aus der fünf.

»Compañera, warum bist du hier?«, fragt der Köhler.

Die Frau lacht.

»Ich schäme mich, das zu erzählen.«

Aus den anderen Zellen sind Ermunterungen zu hören.

»Schon gut, um der Bitte nachzukommen ... Ich bin hier, weil ich die Straße überquert habe.«

»Das ist ein Scherz, oder?«, meint der Neuankömmling.

»Nein, bloß überquert«, sagt sie. »Es heißt, ich hätte die ›freie Fahrt des Comandante‹ behindert und versucht, die Kolonne des Monarchen in einen Unfall zu verwickeln«, und der Spott in ihrer Stimme ist nicht zu überhören.

Für eine Weile verstummen alle.

»Wann erlauben sie denn, die Familie zu benachrichtigen?«, fragt der Köhler.

»Das weiß ich noch nicht«, jetzt spricht der Mann aus Zelle fünfzehn, »ich bin der Dienstälteste hier, sechzehn Monate, und bisher durfte ich nicht mal anrufen.«

»Aber keine Sorge«, sagt die Frau, »willkommen beim Tanz der Selbstmörder. Wir existieren nicht, sind Gespenster, die diese dunklen Löcher bewohnen, Fledermäuse, die sich vom blutigen Unrecht ernähren«, ihre Stimme ist brüchig. »Je schneller du dich an den Gedanken gewöhnst, desto besser für dich.«

Der Köhler spürt, wie ihn die Müdigkeit überkommt, der Wunsch, zu weinen und dann zu schreien, dass er endlich abgelöscht werden soll, der verdammte Kohlenmeiler.

Die Hand Gottes

Für Ulises, denn als wir hörten,
was sie von seinem schwierigen und
konfliktreichen Leben erzählte,
konnten wir es nicht fassen.

Ich bin eine Schwarze. Eine Köhlerblume, pechschwarz, kohlrabenschwarz. Eine Cocotimba, die ihre Trümpfe wie ihre Nöte besser kennt als andere Frauen. Ich mache mir nichts vor, ich weiß, wer ich bin und was ich bedeute, für mich und für die Gesellschaft, in der ich heute lebe. Und genauso weiß ich, bis wohin ich im Rahmen ihrer starren Regeln und rassistischen Vorurteile gehen kann. Das ist meine Stärke. Diese Wertschätzung meiner selbst war immer die wichtigste Waffe, um mich weiterzuentwickeln. Ehrlicherweise muss ich zugeben, dass ich zwei Dinge nicht mag: Rassismus und Schwarze. Manche mögen das für einen Witz halten, andere für einen Widerspruch, viele für Verrat an dem, was ich bin, aber ich will versuchen, mich zu erklären, damit ihr mich versteht.

Da ich mit meinem geerdeten, objektiven, hyperrealistischen Denken nicht ausschließen kann, dass viele mich als rassistisch bezeichnen, wenn ich meine Herkunft vermeintlich geringschätze, mit anderen Worten: mich selbst, befeuert das meinen Eifer nur, denn letztlich sind diese selbsternannten Kritiker, fürchte ich, genau die, die uns wirklich verachten, verkappte Befürworter der Rassentrennung. Was mich betrifft, versuche ich nur zu sagen, wer wir sind, mit allen Tugenden und Fehlern, womit ich zu einer Herausforderung für all jene werde, die die gleichen Erfahrungen gemacht haben, aber nicht so denken wie ich. Sollte ich allzu dunkel geblieben sein – und in dem Moment, wo ich das sage, begreife ich, wie schwer und missverständlich das ist, ich korrigiere mich: allzu unklar –, möchte ich betonen, dass es mir nach meiner festen Überzeugung lieber ist, wenn ein Weißer auf mich scheißt, als wenn ein Schwarzer mich küsst.

Komme mir niemand mit »Selbstdiskriminierung« und diesem Getue von wegen, die hat es doch am eigenen Leib erfahren, aufgrund ihrer eigenen Wurzeln, schließlich ähneln wir nicht im Mindesten den Weißen, den Indios, den Gelben und auch keiner anderen Farbe in irgendwelchen Breiten außerhalb des afrikanischen Kontinents, wissenschaftlich belegte Unterschiede, jawohl, und hier käme jetzt vielleicht ein grobes Schimpfwort, das ich mir verkneife, auch wenn es meinen Standpunkt noch so anschaulich unterstreicht. Aber selbst wenn ich es für mich behalte, bezweifle niemand, dass ich jedes Wort mit Zähnen und Klauen zu verteidigen bereit bin, und dafür habe ich gute Gründe. Um aber auf das Spezifische und damit zur Sache zu kommen, sollte ich hinzufügen, dass es beim Körperlichen noch andere Unterschiede gibt: Wir sind gut im Kampfsport, sonnenfest, und im Handumdrehen schwellen uns die Muskeln, was uns bei der Arbeit leistungsfähig macht, leider nur, wenn wir gezwungen und bedroht werden, denn sonst bevorzugen wir die Rumba und den Tanz, den Schnaps und den Tabak.

Auch chemisch unterscheiden wir uns: Irgendein Defekt führt dazu, dass wir an der Sichelzellenanämie leiden und somit eine Reihe von Krankheitsbildern aufweisen, die uns wie von Zauberhand in zarte Wesen verwandeln. Dieses Blut rettet keine Leben, es ist schlicht für nichts zu gebrauchen, also landet es im Abfluss. Und morphologisch: Vom Schädel bis zu den Füßen unterscheiden wir uns in Form und Gestalt. So haben die meisten von uns praktisch kein Fußgewölbe, was uns beim Tragen eines Gewichts zu größerer Stabilität verhilft, außerdem dient es einer höheren Anlaufgeschwindigkeit, bei der Jagd zum Beispiel oder auf der Flucht vor einer Gefahr oder einer Gewalttat in der Nähe unserer Gemeinschaft. Im Allgemeinen haben wir auch gute Zähne. Daher diese ein ums andere Mal gezeigten und immer schmerzhaften Bilder, wie die Kolonisatoren uns auf dem Markt, bevor sie eine Kaufentscheidung treffen, in die Münder schauen, als wären wir Pferde.

Was unsere Gefühle und unser Denken betrifft, gibt es ebenfalls erhebliche Differenzen. Gott hat uns nie und nimmer gleich erschaffen, nicht einmal ähnlich, woran man sieht, dass auch er sich mit der Vollkommenheit schwergetan hat, sofern es nicht Absicht war, oder er hat versehentlich etwas nicht bedacht und in letzter Minute beschlossen, uns aus der Gruppe der Affen, die den Menschen so ähnelten, herauszunehmen und ihrerseits zu Menschen zu machen, uns umzuschöpfen, als wir schon längst etwas anderes waren. Aber er hat es ohne den Schwung und die Ergriffenheit des Anfangs getan, nicht mehr ganz so »nach seinem Bild«. Die Moral von der Geschicht: Etwas von null an zu erschaffen ist nicht dasselbe, wie es im Nachhinein zu ändern, er hat ein paar Kleinigkeiten ausgeblendet, und die machen den Unterschied aus. Um die Sache abzukürzen: Wir sind inkompatibel, sind wie Wasser und Öl, sind an sich schon zwei soziale Klassen. Weder kommen wir in den Genuss der anderen Lebensweise, noch teilen wir sie, und umgekehrt genauso, was dazu führt, dass sich uns Räume der Ruhe und Gelassenheit auftun, auch wenn das in meinem speziellen Fall nicht ganz stimmt, vielleicht weil ich es mir selbst so auferlegt habe. Denn als es mir bewusst wurde, habe ich mich, muss ich gestehen, gleich mit weißen Frauen befreundet und sie nachgeahmt, sie kamen mir, egal was für einen schlechten Geschmack sie hatten, sehr viel eleganter vor als jede mir bekannte Schwarze. Und indem ich mich derart aufspaltete, lernte ich, nicht länger ich selbst zu sein und eine andere zu werden, auf immer weiß natürlich. Man braucht also keine Angst zu haben, kann alle Vorurteile über Bord werfen, wenn man nur akzeptiert, dass wir unvereinbar sind, so sieht die Wirklichkeit aus, und manchmal ist es nicht einmal die Hautfarbe, es geht weit darüber hinaus, vom Geistigen über die Bildung bis hin zum Gesellschaftlichen.

Ich erinnere mich noch an einen schwarzen Mitbewohner in unserem Haus, der allerdings Philologie studierte, wodurch er zu einem Schwarzen weniger wurde, zu so etwas wie einem »Fastweißen«, oder umgekehrt. Er unterrichtete an der Universität und schleppte ständig Literatur mit sich. Er erzählte uns, dass die Studenten ihn, wenn er am ersten Tag eines neuen Semesters hereinkam, für den Hausmeister hielten, und wenn er dann Bücher auf den Tisch des Professors legte und etwas an die Tafel schrieb, war er für sie allenfalls »der Assistent«, auch blieb immer jemand an der Tür und spähte hinaus, damit alle aufstanden, sobald sich »der Richtige« zeigte.

Nachdem sie sich, wenn auch eher widerwillig, im Laufe des Semesters und dank seiner überragenden Fachkenntnisse von seiner Person überzeugt hatten, brachten sie ihm Respekt entgegen und schätzten ihn für seine unendliche Güte und sein Engagement in der Lehre. Doch sobald er in die Umgebung der Universität kam, hielten die Polizisten ihn an und durchsuchten seine Aktentasche, und er konnte ihnen noch so oft erklären, dass er Doktor der Geisteswissenschaften sei, sie misstrauten ihm und bedachten ihn mit einem zynischen Lächeln. Das Schlimmste war, dass diese Polizisten, die den Bereich zum Schutz der Touristen in den nahe gelegenen Hotels bewachten, ebenfalls Schwarze waren und sich nicht vorstellen konnten, dass einer der Ihren womöglich anders war und es geschafft hatte, sich so weit von seinem Ureigensten zu entfernen. Sie bestanden darauf, seine Bücher durchzusehen, blätterten vor und zurück, wollten nicht hinnehmen, dass er ungleich war, und hofften, zwischen den Seiten einen Joint zu finden, Ecstasy-Pillen oder was immer als Vorwand diente, ihm das Leben schwerzumachen. Es lag auf der Hand, dass sie ihn nicht als Akademiker akzeptierten, denn in gewisser Weise demütigte es sie, sich eingestehen zu müssen, dass sie sich in der Schule nicht entsprechend ins Zeug gelegt hatten oder dass ihre geistigen Fähigkeiten an der Entfaltung gehindert waren, schließlich ist es ein verbreiteter Abwehrreflex, zu behaupten, dass wir nicht die gleichen Chancen hätten wie die Weißen, dass die Gesellschaft uns auseinanderdividiere und nicht einmal die eigenen Familien auf einen Akademiker vorbereitet seien; ein lächerliches Bild würde er abgeben, weshalb sie ihn unter Druck setzen, allenfalls den Posten eine Schreibers anzustreben, womit sie nicht ganz unrecht haben ... Am Ende ließen die Polizisten ihn gehen und kauten weiter auf ihrem Groll.

Abends sahen die Bewohner des Hauses den trüben Lichtschein in seinem Zimmer und stellten sich vor, wie er lernte oder seinen Unterricht vorbereitete, und sie bedachten ihn mit homosexuellen Schimpfwörtern und steigerten sich in ihrer Empörung beim Dominospiel, nur um ihn zu stören und am konzentrierten Arbeiten zu hindern. »Ein schwarzer Literat, das passt nicht«, sagten sie zwischen billigem Rum und schallendem Gelächter, »eine Schwuchtel ist der.« Immer die gleichen Scherze. Ich hatte Mitleid mit ihm, denn ich musste mir ähnliche Beleidigungen gefallen lassen: »Da kommt das Blondchen«, »die schwarze Etepetete« und so weiter, alles purer Neid, und erhobenen Hauptes ließ ich ihre spitzen Pfeile an mir abprallen und widmete mich weiter meinem fantastischen Studium, das mir das Gefühl gab, ihnen überlegen zu sein und dass sie mich nicht verdient hatten. Denn leider, und das ist am schwersten zu akzeptieren, lernte ich – oder sie brachten es mir bei –, die Weißen zu verstehen, eben weil die Schwarzen ihre eigene Ignoranz unterschätzen, was die Weißen nur umso größer erscheinen lässt. Noch immer schauen sie zu ihnen auf, als wären sie ihre Herren, nie haben sie es geschafft, auf Distanz zu gehen, sich zu lösen von ihren Ketten und ihrem alten Groll. Ich habe gelernt, keine Extremistin zu sein, die Weißen als gleich anzusehen, nicht weil sie ebenfalls schwarz wären, sondern weil ich mich als genauso weiß betrachte wie sie. Ich bin nie Extremistin gewesen, ganz bestimmt nicht, denn es gibt Weiße, die genauso oder schlimmer sind als die, für die ich stehe, aber das weiter zu erläutern ist nicht meine Sache, ich kann nicht alle Ethnostudien durchführen, die es bräuchte, vor allem aber braucht es Aufklärung, ehrlich und transparent, Menschen, die den Mut haben, die Gesellschaft mit der Realität zu konfrontieren, statt um den heißen Brei herumzureden, bloß weil sie nicht als Rassisten und Konterrevolutionäre dastehen wollen in einem System, das dies jahrzehntelang verschwiegen hat, wozu auch das Thema Homosexualität gehört, die Dissidenten und was alles wichtig wäre für die Kultur, mit der wir geschlagen sind.

In unserem Haus, etwas weiter hinten durch, gab es noch einen Chirurgen, von gemischter Herkunft, ein sehr anständiger Mensch, manchmal benutzte er Wörter, die für die übrigen Bewohner unverständlich waren und nur dem Philologen und mir etwas sagten, was mich, um ehrlich zu sein, mit Stolz erfüllte, mit meinem Wissen unterschied ich mich von dem Haufen Dummköpfe um uns herum. Tatsächlich war er sich gar nicht bewusst, dass sie ihn nicht verstanden, weil es seine normale Sprache war, eine Sprache, die er von klein auf kannte und bei der täglichen Arbeit benutzte, seine Mutter war nämlich Lehrerin und sein Vater von Beruf Mechaniker, und sie hatten ihren Sohn ermutigt, sich nach dem Diplom auf verschiedenen Gebieten weiter zu spezialisieren, als Nichtweißer, sagten sie, müsse er sich eben dreimal mehr anstrengen, und so kam es, dass die Regierung ihn nicht für die Auslandseinsätze freistellte, in ihren Augen war er unverzichtbar für die Entwicklung der Medizin im Land, außerdem war er der Hausarzt eines hohen Funktionärs, der später auch dafür sorgte, dass er eine Wohnung bekam und aus diesem entsetzlichen Wimmelhaus rauskonnte.

Ich werde nie vergessen, wie traurig ich war, als er seine Sachen packte und ging, ich glaube, man leidet weniger, wenn man in Gesellschaft von Menschen ist, die die Dinge genauso sehen wie man selbst, auch wenn ich mir sicher war, dass er die ihm zugemuteten Qualen nie vergessen würde, all die Wochenenden bei diesem Radau, wenn die Nachbarn im Innenhof Feste zu Ehren der Santos feierten, Bembé-Rituale mit Getrommel oder Gefiedel und dem ganzen Katalog an kulturellen und religiösen Zeremonien, die uns davon erlösen, geborene Asoziale zu sein.

Manchmal ließen die Nachbarn die Tiere, die bei einem Ritual geopfert wurden, tagelang liegen, so dass ein unerträglicher Gestank in sämtliche Wohnungen zog, und unter dergleichen unhygienischen Bedingungen, inmitten der Geruchsschwaden musste der Arzt sich überwinden, wenn er seine dankbaren Patienten oder Krankenhauskollegen empfing, weshalb der Funktionär, als er einmal überraschend erschien, ihn aus dieser Hölle herauszuholen beschloss.

Die übrigen Bewohner waren auch nicht glücklich darüber, dass sie mit diesen beiden von ihrem Beruf so erfüllten Menschen zusammenleben mussten: weder mit dem Arzt noch mit dem Literaten, so wenig wie mit mir, denn für sie waren wir Fremde, seltsam und distanziert, mit anderen Worten: misslungen, von anderer Art, nicht zu verstehen und mit

Träumen, die für sie unerreichbar waren, auf immer unvereinbar mit den eigenen, sie erinnerten sie an all das, was sie nicht waren, sosehr sie sich danach sehnten. Im Haus waren die beiden Akademiker und ich Anachronismen, so etwas wie ein Rembrandt-Gemälde in einer dunklen Höhle, betrachtet von wilden Tieren.

Ich selbst stamme, um auf meine persönliche Geschichte zu kommen, wie fast alle anderen aus einer Familie mit Wurzeln in einer Kultur, in der die tribalen Instinkte noch funktionieren, und bis heute schleppen diese Familien so viel hinterhältigen Groll mit sich, dass ich nur staunen kann. Wenn also im Fernsehen Telenovelas laufen und wir Misshandlungen sehen, wie sie uns von weißen Kolonisatoren über Generationen hinweg angetan wurden, verstehe ich sehr gut, dass es den Hass, der uns im Blut steckt und sich auf die Nachkommenschaft überträgt, noch schürt und verstärkt, denn als Erstes sollten wir anerkennen, dass der uns zugefügte Schmerz maßlos war, so groß, dass er uns für immer, bis in alle Ewigkeit prägt. Nichts wird uns dazu bringen, zu ändern, was wir sind.

Aber seien wir ehrlich, wir sind auch nicht diese Opfer, als die wir uns manchmal geben, wollen es auch nicht sein, denn irgendwie brauchen wir es, ihnen den historischen Fehler unter die Nase zu reiben, dass sie uns den afrikanischen Kontinent gestohlen haben. Dabei bin zumindest ich mir sicher, dass ich nie auf ein Zuckerrohrfeld gekommen wäre, mit meinem Körper und meiner Intelligenz, vorzugsweise in umgekehrter Reihenfolge, wäre mein Platz im Haus der Herren gewesen, bitte um Entschuldigung, wenn das arrogant klingt. Tatsächlich ist es unsere Verpflichtung, sie Tag für Tag, Minute für

Minute daran zu erinnern. Das ist unsere Rache: ihnen das Leben zu verbittern, durch unsere Anwesenheit und unsere Taten. Eine Konstante, die wir mit unserer spontanen Natur lebendig halten, und auch wenn wir zuweilen ein freundliches Lächeln zeigen, ist tief in uns immer der Groll und wartet auf die Gelegenheit zur Vergeltung. Wobei ich manchmal, mit kühlem Kopf, nicht umhinkann, dankbar zu sein, dass sie uns aus unserem rückständigen und wilden Leben herausgeholt haben, selbst wenn der Preis für die, die mir vorangegangen sind, hoch war, denn wir wurden umfunktioniert zu reinem Arbeitsgerät.

Damit man mich besser versteht, will ich an Don Cirilo Villaverde erinnern und ihn vor allem zitieren, denn bereits im neunzehnten Jahrhundert hat er uns perfekt beschrieben, auch wenn oft gesagt wird, er zeichne ein rassistisches Bild: Die andalusischen Schwarzen sind von ihrem Wesen her geborene Diebe, kennen nichts als Plündern und Raufen, sind Taugenichtse, Habenichtse, aufgewachsen auf der Straße, was sie zu einem gewaltsamen Tod verurteilt. In dem Roman *Cecilia Valdés* seien das, bringen seine Kritiker vor, um den wahren Grund zu verschleiern, eindeutige Belege dafür, dass der Schriftsteller nicht nur die Kolonialzeit habe einfangen und widerspiegeln wollen, er bringe damit auch seine niederen Gefühle und seine Abneigung gegen die Schwarzen zum Ausdruck. Aber das war seine Rache, sein Licht, sein Beitrag oder sein Bedürfnis, und das muss man ihm lassen.

Nach der Revolution von 1959, die die Schwarzen würdigen und aus den Elendsvierteln herausholen wollte, gelangte man bekanntlich schon bald zu der traurigen Erkenntnis, dass man nicht viel erreicht hatte, denn sie verwandelten ihre neuen Wohnungen und Häuser in wahre Bruchbuden und Hinterhofkolonien. Kommt man ihnen mit Entwicklung und Reinlichkeit, sind sie wie Fische auf dem Trockenen. Wir Schwarzen wissen uns mit Zähnen und Klauen zu verteidigen, überleben noch unter den schlimmsten Bedingungen. Nur wirklich zu leben haben wir nie gelernt, erst recht nicht in Frieden. Sofort melden sich die Sehnsüchte, und die Leute machen sich daran, ihre Umgebung umzugestalten und den Lebensraum aus Afrika, der ihnen noch im Blut steckt, wiederherzustellen.

Schon in meiner Jugend kam ich zu dem Schluss, dass Don Cirilo recht hatte, sosehr es mich schmerzt. Denn was er hatte sagen wollen, offenbarte sich mir bei der Feier meines fünfzehnten Geburtstags. Aus Eifersucht – mein Bruder war mit einem weißen Mädchen aufgetaucht, und aller Augen flogen zu ihr, was sie zum Zankapfel machte – tötete ein Cousin meinen Bruder, und dann tötete mein Vater den Cousin, während der Bruder des Cousins meinen Vater von hinten überfiel und schwer verletzte, worauf er viele Tage auf der Intensivstation lag, in einem Zustand, hieß es gegenüber der Familie, dass die Ärzte für sein Leben nicht garantieren konnten.

Die Feier meines Fünfzehnten jedenfalls endete in einem wahren Blutbad, an einer meiner Pobacken trage ich noch die Folgen dieses menschlichen Schlachtfests. Am Ende erfuhren wir, dass alle Anwesenden bewaffnet waren, die Messer schnitten ohne Rücksicht auf Verluste durch den Raum, es ging nur darum, zu verletzen, Schaden anzurichten, Panik zu schüren und die eigenen Triebe zu befriedigen, sie lauerten nur auf die Gelegenheit, über jemanden herzufallen. Seit damals geht mir ein schrecklicher Spruch durch den Kopf, den ich einmal gehört habe: Lieber zur Totenwache für eine Weiße als zum Fünfzehnten einer Schwarzen.

Eine Totenwache ist unterhaltsamer, möchte ich behaupten, und weniger schmerzhaft sowieso. Seit diesem Tag führten die wichtigsten Wege, die meine Mutter und ich gingen, zum Grab meines Bruders und zu meinem Vater ins Gefängnis, auch zu den Onkeln und vielen Cousins, die noch heute aufeinander sauer sind und sich von Gemeinschaftszelle zu Gemeinschaftszelle belauern, es mangelt ihnen schlicht an der Einsicht, dass sie sich letztlich selbst verletzt haben, das einzige vergossene Blut war ihr eigenes. Damals wurde meine Mutter zu einer wortkargen Frau, abseits der Realität, weil sie es nicht ertrug, im Fernsehen auch nur eine dieser schönen und makellosen weißen Frauen zu sehen, die sie an das Mädchen erinnerten, das den Familienstreit verursacht hatte.

Tatsache ist, dass ich jedes Mal, wenn ich in den Spiegel schaue und die Narbe sehe, den Hass auf meine Pigmentierung verspüre, dieses Erstickende, das jede Sekunde meines Lebens zu einer Strafe macht und dem ich nicht entkommen kann. Es wächst immerzu nach, sammelt neue Kraft. Sobald meine Partner, natürlich Weiße, die Stelle an meinem Gesäß entdecken, sage ich ihnen, das sei von einer Zystenoperation, und sie schweigen, so hässlich ist diese Wucherung. Was soll ich ihnen auch sagen, das ist einfach unvorstellbar, dass eine Familie sich selbst zerstört wie eine Bande von Wilden! Völlig inakzeptabel, dass wir uns weiter von diesem Temperament hinreißen lassen, mit dem wir bei den Stammeskriegen aufeinander losgegangen sind, dort, wo man uns vor Jahrhunderten geraubt hat.

Die ersten Männer, mit denen ich zusammen war, hatten die gleiche Hautfarbe wie ich, ein bedauerlicher Fehler meinerseits, den ich jedoch korrigieren konnte, nachdem ich sie näher kennengelernt hatte. Ich begriff, dass sie alle ähnlich waren, als hätte es für sie nur ein einziges Förmchen gegeben. Zu meinem Kummer muss ich sagen, dass das durch die Bank frustrierte Typen sind, die sich in ihren erotischen Träumen danach sehnen, mit einer Weißen zu schlafen, Hauptsache weiß, und wenn blond, umso besser, und sobald sie es geschafft haben, sagen sie ihnen als Erstes, sie sollen sich das Haar mit dem kräftigsten Gelb färben. Deshalb sind wir schwarzen Frauen, die »Krusselköpfe«, wie sie uns wegen unserer Haare nennen, auch nur das Gerät, das ihnen Erleichterung verschafft und das Masturbieren erspart.

Wir sind die Maschine, die ihnen die Einsamkeit vertreibt, und nach dem Orgasmus das Sinnbild ihrer Enttäuschung. Sobald ihnen das bewusst wird, hassen sie uns. Wir stehen für das Weniger, für all die Niederlagen, die Desillusion. Die meisten von ihnen sehen sich lieber Pornos mit weißen Frauen an, als dass sie mit uns »Liebe machen«, und während sie in uns eindringen, finden sie nichts dabei, sich Bilder aus Zeitschriften oder auf dem Handy vorzustellen, das heißt, körperlich paaren sie sich mit uns, in Gedanken aber mit diesen Frauen, auch wenn sie in ihrem billigen Machismo leugnen, dass schwarze Männer überhaupt »Liebe machen«, für sie ein Zeichen von Schwäche und unbefriedigend für Frauen ganz allgemein. Sie »bumsen« wie echte Männer, für die Geilheit und triebhafte Lust alles ist, ohne Beteiligung einer einzigen Gehirnzelle. Das Schlimmste ist, dass sie nicht mal fähig sind, das zu kapieren.

An der Universität haben wir mehrere landesweite Studien über die mangelnde Sicherheit von Frauen durchgeführt. Es war sehr schmerzhaft, uns über diese Statistiken zu beugen. Die Kinder, die ausgesetzt und in Waisenhäuser gegeben wurden, hatten meist schwarze Mütter, und bei einem großen Prozentsatz der weißen Mütter war der Grund eine geistige Behinderung oder eine soziale Notlage. Am beeindruckendsten waren die Zahlen zu Vergewaltigungen: neunzig Prozent weiße Frauen, die zu neunzig Prozent Opfer von schwarzen Männern wurden, eben weil die mit ihrem Geschlecht denken und sich von ihren Trieben leiten lassen. In den restlichen Fällen waren die Vergewaltiger nahe Verwandte. Ich atmete auf, als ich sah, dass die Anzahl vergewaltigter schwarzer Frauen nur gering war, und bei den wenigen Opfern, meist gemischter Herkunft, waren die Vergewaltiger in der Regel Brüder und Onkel. Natürlich fehlte es nicht an Stimmen, die meinten, wir seien nun mal leicht rumzukriegen, wozu dann Gewalt. Die Geburtenrate jedenfalls ist bei Müttern mit schwarzer Haut höher. Auch im Gefängnis stellen wir die Mehrheit, wogegen wir an der Universität in der Minderheit sind, auch wenn man denken sollte, die Türen stünden uns hier wie da gleichermaßen offen, so zynisch das aus meinem Mund vielleicht klingt. Im Laufe von fünf Jahren hat sich diese Minderheit, ob mangels finanzieller Möglichkeiten oder Intelligenz, immer weiter verflüchtigt, so dass es schon ein großer Erfolg wäre, wenn ein paar den Abschluss schaffen. Das alles mögen nur Statistiken sein, bloße Oberfläche, aber täusche sich niemand, das ist die harte Realität. Wir haben nur zwei Optionen: Entweder wir machen uns etwas vor, oder wir nehmen es, wie es ist. Was letztlich auch heißt, dass wir nur in drei gesellschaftlichen Bereichen gut und in der Mehrheit sind: im Sport, in der Musik, im Gefängnis.

Von meinem ersten Freund habe ich mich getrennt, als er mit folgendem Spruch kam: »Eine tote Weiße ist eine schlafende Taube, eine schlafende Schwarze ein toter Geier«, und er hatte seinen Spaß und verstand nicht, dass es mich verletzte. Ich war so gekränkt, dass ich ihm nicht mal den Grund für die Trennung erklärte. Ich sagte nur, er soll mich nicht mehr besuchen, und falls wir uns auf der Straße begegnen, tu bitte so, als würden wir uns nicht kennen. Sofort fing er wieder an mit seinen Beleidigungen, er nannte mich eine falsche Schwarze, ich würde mich aufspielen wie eine Weiße. Ich habe ihm die Tür vor der Nase zugeknallt, und noch einen halben Block weiter konnte ich ihn lauthals schimpfen hören: schwarzer Krauskopf, und ich hätte eine stinkende Vagina, wobei er Wörter benutzte, die ich hier nicht wiederholen will.

Bald probierte ich es mit anderen meiner Hautfarbe, jedes Mal ein Fiasko und so frustrierend, dass es mich für immer geprägt hat. Mir wurde klar, was typisch für uns ist, am liebsten tragen wir nämlich unsere Reichtümer am Körper, auch wenn wir zu Hause keine Möbel, kein Bad und nichts zu essen haben. Geborene Spekulanten sind wir, zum Überleben reichen uns Zuckerwasser und Brot, und meist machen wir einen robusten Eindruck, sind es sogar tatsächlich. Wisst ihr, warum der Hund Knochen frisst?, fragte mich ein schwarzer Student meines Jahrgangs, und als ich den Kopf schüttelte, erklärte er: Weil er in der Evolutionskette schwach ist. Jahrtausendelang musste er sich daran gewöhnen, dass die Stärksten zuerst fraßen, und als sie sich sattgefressen hatten an den Stücken mit dem meisten Fleisch, überließen sie das Aas den Tieren, die an Stärke und Intelligenz auf der Stufe unter ihnen standen. Unserem Volk erging es ähnlich. Seit wir erschaffen wurden, müssen wir uns mit den Resten begnügen.

Die meisten Schwarzen haben im Übrigen kein Problem damit, am Tag nach dem Verlust eines Angehörigen auf ein Fest zu gehen, für sie ist das normal, da unterscheiden sich unsere Gefühle von den verwestlichten Empfindungen. Außerdem stören mich die Farben, die wir wählen, im Allgemeinen sind sie zu grell, zu auffällig, zu exaltiert. Die eigene finanzielle Situation ist den Leuten egal, Hauptsache, sie haben Rum und Musik, sie können sogar glücklich sein. Sie hassen die Weißen wegen ihrer anderen Ästhetik, und genau deshalb sind sie die wahren Rassisten, das beste Beispiel bin ich. Gleichzeitig respektieren sie sie und beneiden sie um ihre Intelligenz. Ganz davon abgesehen, dass sie nur an Sex denken, das Beischlafbedürfnis entwickelt sich bei ihnen schneller als der Intellekt. Wie auch immer, nachdem ich die typischen Merkmale beider Seiten eingehend studiert und mir die der Weißen angeeignet hatte, meinten sowohl schwarze als auch weiße Frauen zu mir, sie sähen mich »wie eine Weiße, besonders mit geschlossenen Augen«. Ich wusste nicht, ob ich stolz oder gekränkt sein sollte, denn ob ich will oder nicht, meine Gefühle geraten durcheinander, ich bin verwirrt.

Dabei weiß ich genau, was mir, um es klipp und klar zu sagen, von Natur aus zusteht, denn ich persönlich denke, dass diese Hautfarbe nur eine göttliche Strafe sein kann, ein Karma, wir müssen in diesem Leben für etwas büßen, was wir in einem früheren Leben verbrochen haben. Die Schwarzen machen mir Angst, und es vergeht kein Tag, an dem ich unser altes Mietshaus nicht mit einem mulmigen Gefühl betrete. Meist weckt mich der Lärm der Polizisten und der über die Dächer flüchtenden Nachbarn, beschuldigt des Betrugs oder eines Diebstahls in der Umgebung. In fast jeder weißen Familie gibt es ein »schwarzes Schaf«. In unserem Fall sind wir, wenn ich das so sagen darf, eine Familie von schwarzen Schafen, denn »tun sie es nicht beim Reinkommen, tun sie es beim Rausgehen«, und das stimmt, man kann uns einfach nicht über den Weg trauen, auch wenn ich es nicht wirklich erklären kann, und egal wie sehr wir es darauf anlegen, uns hinter all dem Unrecht und den rassistischen Vorurteilen zu verstecken, damit wir als Opfer dastehen, wir machen es uns eben lieber bequem und sagen, »irgendwer muss ja der Sündenbock sein«, nur ist das eine große Lüge – natürlich sind wir selber schuld. Was meine schwarze Familie betrifft, könnte man sagen, sie lebt mit einem »weißen Schaf« zusammen.

Ein Schwarzer allein ist durchtrieben. Zwei Schwarze zusammen sind beängstigend. Ab drei ist es schon eine gefährliche Menge, und wer wollte leugnen, dass dieses »mit Schwarzen gehandelt, schwarzgeärgert« einfach stimmt. Schon mein Vater hatte mich gewarnt: Wenn ich dir eines Tages ein Geschäft vorschlage, geh nicht drauf ein, das ist ein untrügliches Zeichen dafür, dass ich bescheiße. Das aus dem Mund meines Vaters zu hören tat mir zwar weh, aber es beflügelte auch die schöne Vorstellung, mich von meinesgleichen zu entfernen, auch wenn das bedeutete, entsetzt vor der Kultur zu fliehen, in die ich geboren wurde und gegen die ich eine solche Abneigung empfinde. Ich ertrage ihre Feste nicht, vielleicht wegen meines Traumas als Fünfzehnjährige, denn egal wie wenige es sind, sie kommen mir immer vor wie viele. Eine Flucht ist verdammt schwer.

Du kannst es noch so oft versuchen, etwas zerrt dich zurück zu deinem Ursprung. Du kannst deine Fingernägel in den Boden graben und dich an jeden Stein auf deinem Weg klammern, kannst heulen oder strampeln, nichts kommt dagegen an, trotz Hochschulstudium und bestandenem Master. Nicht mal eine Promotion mit einem Koffer voll Wissen kann sie beeindrucken, nichts wird dich trennen von deiner Natur, sosehr du die weißen Frauen auch nachahmst. Zu dieser Feststellung zu gelangen hat mir den größten Schmerz bereitet. Nichts befreit dich davon, du zu sein. Es gibt keine Möglichkeit, nicht länger zu »ihnen« zu gehören. Als hätte ein göttliches Virus deinen Körper und deinen Geist gelähmt, und kaum gibst du dich zu erkennen, bist du schon versunken in diesen folkloristischen Praktiken, die dir mit ihrer Gewalt gegen Tiere und ihrem Blutzoll immer zuwider waren. Als hättest du dich selbst nicht in der Gewalt. Als würde deine Seele von Gottheiten aus dem afrikanischen religiösen Kosmos gelenkt, die über dein Ökosystem bestimmen, einen Raum, der dir gehört und den du auf keinen Fall aufgeben darfst, nicht aufgeben kannst. Als würdest du eine Rinne hinuntersausen, und du kannst noch so sehr versuchen, dich an den Rändern festzuhalten, der Sturz ist unvermeidlich.

Und schon geht es los mit den Ratschlägen der Älteren, dem ganzen Druck, denn sie sagen, vor dem Leben bist du wehrlos, als wären sie eine dieser Trickfiguren, die einem die Rüstung geben, die man zum Überleben braucht. Und eines Tages steht ein unbekannter Herr in der Wohnung, und als sie ihn dir vorstellen, sagen sie, er wird dein Pate sein, dein »odum« schickt ihn, um dich zu beschützen, die Harmonie des Hauses wird erst wieder Einzug halten, wenn du von der Linie zurückkehrst, die du überschritten hast mit deinem Versuch, an einem Ort zu bleiben, der nicht der deine ist. Und du kannst es noch so vehement abstreiten, sie hören nicht zu, denn jetzt spricht er von meinem verstorbenen Bruder und dass sein Geist nach mir verlangt, er möchte Gesellschaft haben, worauf du ein wenig erschrocken den Kopf schüttelst, aber nicht mehr so bestimmt wie am Anfang. Und dann spricht dieser Pate weiter und sagt, ohne mein Opfer würde mein Vater die Straße nicht wiedersehen, könnte sogar einen tödlichen Unfall haben, und meine Mutter würde von einer Krankheit geschlagen und müsste viel leiden. Mein Leben und das meiner Familie, betont er, würde zu einem einzigen Chaos, als wäre es das bisher nicht auch gewesen, und dann folgt die kleine Besonderheit, dass es von jetzt an, da er mich gewarnt habe, meine Schuld sei.

Und du gibst auf, als hätten deine Kräfte dich verlassen, eine Müdigkeit wie nach einem plötzlichen Blutverlust, du spürst, dass dir jemand dein Wesen gestohlen hat, dir fehlt selbst die Kraft, um zu antworten oder noch einmal den Kopf zu schütteln, du kannst nur die Schultern heben, und im Nu ist der Pate über dir, und du verschwindest unter einer Wolke von Eierschalenpulver, Tabakrauch und Zuckerrohrschnaps. Dann schlagen sie dich mit Kräuterbüscheln, ums Handgelenk kommt ein Bändchen mit grünen und weißen Perlen, nicht zu vergessen das Amulett für die Tasche. Sie sagen dir, dass die Kollegen an deinem Arbeitsplatz dich hassen, und du hörst zu, aber dir ist alles egal, du begreifst, dass du das Leben einfach nur lebst, wie ein Zug, der seine Strecke fährt, ohne hinauszukönnen aus diesen Parallelen, die ihm den Weg vorzeichnen.

Es macht mich nicht glücklich, aber manchmal bleibt uns nichts anderes übrig, als das Leben zu nehmen, wie es ist. Wir haben keine Wahl. Einmal sagte ein Weißer zu mir, wir schwarzen Frauen würden nicht auf unser Herz hören. Das hat mich geärgert, und genau wie meinem schwarzen Ex-Freund habe ich ihm gesagt, er soll in Zukunft so tun, als würde er mich nicht kennen, selbst wenn wir uns direkt über den Weg laufen. Bei einem Besuch im Gefängnis habe ich meinen Vater gefragt: Stimmt es, dass unsere Frauen ihr Herz nicht fühlen und deshalb nicht lieben können? Er hat tief geseufzt, und wie ein trauriges Urteil, akzeptiert vor langer Zeit, sagte er: Ihr hört nur die Trommel. Am meisten zu schaffen gemacht hat mir das Schweigen meiner Mutter, sie hat sich nicht einmal gekränkt gezeigt über seine Worte, für mich eine stillschweigende Zustimmung. Wir sind, was wir sind, sagte mein Vater schließlich, und nichts und niemand kann etwas daran ändern.

Seine Worte klangen für mich allzu unmenschlich. Mein Vater war immer ein Verfechter der Rückbesinnung auf die afrikanischen Wurzeln gewesen, so etwas wie ein eingefleischter

Aktivist, der zuerst das eigene Volk verstehen wollte und erst dann die anderen. Von klein auf stellte ich ihn mir als Anführer entlaufener Sklaven vor, der seine Leute in den Aufstand und in die Freiheit führt, der ihnen nach all den Demütigungen durch die Weißen zu Respekt verhilft. Solche Fantasien hatte ich immer. Später ist mir bewusst geworden, dass wir selbst die Feinde sind. Niemand schadet uns mehr als unsere eigene »Rasse«. Und mir ist egal, wenn es heißt, uns so zu bezeichnen sei Rassismus, da man nicht unterscheiden dürfe, wo es doch eine einzige sei, die sogenannte »menschliche Rasse«. Was ich nicht glaube, egal wie oft Politiker und Soziologen es wiederholen, bloß weil es in ihre Propaganda passt. Sollen sie mal bei uns im Haus vorbeikommen und sagen, die Unterschiede, die ich seit meiner Geburt Tag für Tag mit Händen greifen kann, wären nicht real.

Mein Vater war dann zu der Überzeugung gelangt, dass der Schwarze seinesgleichen gegenüber so böse ist, weil sie einander hassen, und er wurde zu einem ihrer beißendsten Kritiker, der eigenen Hautfarbe also. Seither versucht er, sich mit den Weißen zu verbünden, angeblich neigen sie weniger zum Verrat, und im Gefängnis ist das so viel wert wie das Leben selbst. Deshalb kann ich nicht sagen, dass der Rassismus mich glücklich macht, er betrifft mich persönlich, und natürlich demütigt er mich. Gleichzeitig kann ich aber auch die Schwarzen nicht ausstehen, wegen ihrer Art zu denken. Ihre Verachtung ertrage ich so wenig wie ihre Nähe, ich misstraue ihnen, kein Wunder also, dass ich sie nicht als Nachbarn mag, nicht als Partner und nicht als Freunde. Was nicht heißt, dass die Weißen liebenswürdige Menschen wären, ständig kommen sie dir mit der Hautfarbe, sie meinen, sie müssten dich daran erinnern, wenn du etwas sagst, was ihnen nicht passt, »musste ja so kommen«, oder wenn sie auf dich zeigen, ohne deinen Namen auszusprechen, »Wer hat die Kreide geworfen?«, wie in dem Lied. Eine Reihe von ethnischen Codes, die uns zwingen, den Platz einzunehmen, der uns zusteht.

Ich hatte mehrere Beziehungen mit Weißen, alles Akademiker, ich dachte, so würden sie mich vielleicht von Gleich zu Gleich behandeln. Da bin ich tatsächlich anspruchsvoll: Ich akzeptiere niemanden, der mir von der Ausbildung her nicht das Wasser reichen kann, aber auch keinen, der mich beim Schwarz meiner Haut übertrifft, was ohnehin schwer ist, da ich mich, was die Tönung angeht, am äußersten Ende der Skala befinde. Noch dazu darf es, wirklich ein Ding, keiner von gemischter Herkunft sein. Angezogen habe ich mich immer professionell, so wie die weißen Frauen, und ich lese, bis mir die Augen aus dem Kopf fallen, nicht anders als meine weißen Freundinnen. Ich habe in meinem Fach den Master gemacht und bereite mich auf die Promotion vor, ähnlich wie die übrigen Immatrikulierten, die dieses akademische Niveau anstreben, das heißt neunundneunzig Prozent. Wenn ich mich umschaue, sehe ich tatsächlich aus wie eine Fliege, die in ein Glas Milch gefallen ist. Dabei muss ich an diesen Anachronismus mit dem Rembrandt-Gemälde in der dunklen Höhle denken.

Die Körperpflege ist bei mir fast schon krankhaft, ich bin verrückt nach Seifen und Parfüms. Immer versuche ich, die typischen Gerüche der dunklen Haut zu vertreiben, weil man die einfach nicht wegkriegt. Deshalb dusche ich mich mindestens dreimal am Tag und rechtfertige es mit der karibischen Hitze. Mehrere meiner Partner haben mich kritisiert für diese Manie, unbedingt eine frische und duftende Haut haben zu müssen. Die Schwarzen finden das seltsam, klar, aus demselben Grund wie die Stinktiere, die sich auch nicht die Nase zuhalten, sie ertragen einfach den Gestank ihrer Artgenossen. Und die Weißen machen sich Sorgen, eine solche Reinlichkeit sei nicht normal, behaupten sie, sogar gesundheitsschädlich. Natürlich sagen sie das nur, weil die meisten von ihnen blitzblank geboren wurden, frei von diesen Gerüchen aus der siebten Hölle, die uns Schwarzen schon eine Stunde nach dem Duschen wieder anhaften.

Als meine Mutter mich mit diesem blauäugigen Blonden auftauchen sah, war das Geschrei groß, sie wollte ihn schon schlagen und griff nach den Töpfen, sogar nach der Axt. Sie konnte sich nicht vorstellen, dass ein solcher Mann mich liebte. Es reichte ihr nicht, mit eigenen Augen zu sehen, wie hingebungsvoll und feinfühlig er mir gegenüber war, immer liebevoll, hilfsbereit, er übertrieb es regelrecht mit seinen Aufmerksamkeiten, schrieb Gedichte auf den Spiegel im Bad. Meine Mutter dagegen erwiderte nicht mal seinen Gruß. Sie ertrug ihn einfach nicht. Vielleicht fürchtete sie, ich würde ausziehen und sie allein zurücklassen. Also bat ich ihn, bei mir im Zimmer zu wohnen, dann konnte ich länger mit ihm zusammen sein, wir kamen nämlich, Arbeit hier, Studium da, oft erst spät nach Hause, und manchmal blieben wir bei ihm. Aber mit meiner Mutter wurde es nur schlimmer, sie war ihm gegenüber richtig eklig, demütigte ihn mit ihrem Verhalten, es tat mir in der Seele weh. Bis ich beschloss, mit ihr zu reden, damit sie es mir erklärte.

Sie schwieg, schaute aus dem Fenster. Ich merkte, dass sie sich schämte, mir den Grund zu nennen. Und nachdem ich sie angefleht hatte, mir doch bitte zu sagen, was mit ihr los war, fing sie an zu weinen, da erschrak ich noch mehr. Und unter Tränen und Schluchzern gestand sie, dass sie sich jedes Mal, wenn sie ihn sehe, minderwertig und hässlich fühle. Sie ertrage die Schönheit des Besuchers nicht, sein Anderssein, seine guten Manieren und dass er das Glück habe, in die Klasse der »reichen weißen Jüngelchen« hineingeboren zu sein. Sie könne nicht akzeptieren, dass die Natur es mit ihnen so gut meine, Gott sei ungerecht und tue nichts dagegen. Wenn sie an Olofi glaube, dann in der festen Überzeugung, dass er nicht dieser Gott der Weißen sei. Meinen weißen Partner vor sich zu sehen sei wie ein Zurück in die Vergangenheit, zurück zur Überfahrt auf dem Schiff, zu den Baracken auf den Plantagen, zum Schneiden des Zuckerrohrs, zu den Peitschenhieben, zum Prangerstock und all den anderen körperlichen Strafen, die die Herren auf bestialische Weise praktizierten. Dabei sehe ich immer ihn, sagte sie, ein für mich so schreckliches Bild, dass mir übel wird, es erinnert mich daran, wie die Herren ihre Sklavinnen begrapschten. Jeden Morgen, wenn sie uns hinausgehen sehe, fühle sie sich getrennt wie die Familien, wenn sie beim Verkauf auseinandergerissen wurden, am eigenen Körper spüre sie all die Misshandlungen aus ihrer tiefsten Vergangenheit. Bei seinem Anblick, mit seinem Aussehen eines Kolonisten, stiegen noch einmal die Ängste von damals auf, sie ertrage es nicht, am eigenen Leib diese Qualen zu erleiden, die ihre Vorfahren unter den Peitschenhieben mit ihren Schmerzensschreien an sie weitergäben. Auf ihrer eigenen Haut, schwor sie, spüre sie die Schläge, vor Schmerzen gehe sie in die Luft, jeder Schlag schneide ihr eine Furche ins Fleisch, das kannst du mir glauben, mein Kind, und dabei schluckte sie ihre Tränen.

Ich weiß nicht, wie lange wir so dasaßen, nachdem sie verstummt war und ich ihren Schmerz auf mich wirken ließ. Wer immer ihre Worte gehört hätte, würde sie verstehen. Sie hatte tausend Gründe und noch mehr. Mitleid stieg in mir auf, bis es mein ganzes Wesen ausfüllte. Und ich stellte fest, dass ein ähnliches Gefühl auch in mir war, sosehr ich es vor mir selbst verborgen hatte. Das Leben schuldete ihr etwas, schuldete uns etwas, ja, wir alle waren uns eine Genugtuung schuldig, und wir sollten nicht eher sterben, als bis wir sie uns verschafft hatten. Vor allem aber war es an mir, meiner Mutter diese Freude zu schenken.

Ich kann nicht verhehlen, dass es für mich ein vielleicht weniger bitterer, aber zusätzlicher Schmerz war, als mir bewusst wurde, dass ich ebenfalls unter der Schmach dieser Vergangenheit litt, daran änderte auch nichts, dass ich mit meinen sozialen Kontakten und meinem Studium den alten Groll hatte überwinden können. Denn er war da, hatte in mir geschlummert, in einem stillen Eckchen meines Unterbewusstseins, immer bereit zu entwischen, sobald ich ihm das Tor einen winzigen Spalt öffnete, und schon sprang er mir in die Augen, auch wenn diese Augen alles daransetzten, ihn zu übersehen. Ich war verpflichtet, meine Mutter glücklich zu machen, sie zu entschädigen, demütig all das Leid wiedergutzumachen, das sie verfolgte. Und ich trocknete ihre Tränen mit meinem Gesicht, es war wie ein stiller Racheschwur.

Etwas später kam mein Freund herein, seine Aufregung war ihm anzumerken. Doch kaum sah ich ihn, begann ich, ihn mit den Augen meiner Mutter zu betrachten. Mit dieser drängenden Unruhe, die nicht vergehen will, sich auch nicht kaschieren lässt. Den Grund für seinen unerwarteten Besuch konnte ich nicht ahnen, aber ich nahm es als Zeichen, dass meine Mutter in der Nähe war, so wäre sie Zeugin. Er blieb vor mir stehen, seine Augen waren feucht, die Hände zitterten. Dann holte er eine Schachtel mit einem goldenen Ring hervor und bat mich, ihn zu heiraten. Ich muss gestehen, dass ich mich fühlte wie eine Europäerin, ich war gerührt – vielleicht war das ja der innigste Traum einer jeden Frau, noch dazu, wo dieser Mann mir mein Leben verzauberte. Aber da war dieses Versprechen gegenüber meiner Mutter, geboren aus der Verpflichtung gegenüber der Heimat, gegenüber einem Volk, das nach Rache schrie für sein Blut, ein Schrei von Generationen nach Anerkennung, und mein Gefühl sagte mir, dass ich in der Schuld stand für all das, was falsch gelaufen war, tief in der Schuld, und dafür musste ich zahlen. Also schob ich seine Hand fort, lehnte ab, konnte aber nicht verhindern, dass mein Blick an dem wundervollen Schmuckstück hängen blieb, an seiner Symbolik dahinter.

Er reagierte verwirrt, verstand den Grund nicht, war enttäuscht, fühlte sich auf einmal fehl am Platz, das Einzige, was in unserer Beziehung noch fehlte, war genau das, meist schliefen wir ja längst zusammen. Die Demütigung stand ihm ins Gesicht geschrieben, es wechselte die Farbe, wurde knallrot.

»Das ist nicht der rechte Moment«, sagte ich, und in den Augen meiner Mutter sah ich ihren Stolz.

Mehr als gekränkt fühlte er sich beschämt, auch wenn das nicht meine Absicht gewesen war. Er steckte die Schachtel wieder in die Hosentasche, schaute auf die Uhr und bat um Verständnis, dass er jetzt gehen müsse, er habe noch etwas zu erledigen. Meine Mutter sagte nichts, ich erinnere mich nur, dass sie diesmal aufstand und sich, anders als sonst, auf dem Weg in die Küche gerade hielt, offenbar wollte sie ihr freudiges Lächeln vor mir verbergen.

Zwei Tage vergingen, ohne dass ich ihn wiedersah. Ich vermisste seine blauen Augen, für mich eine Erinnerung an die Nachmittage am Strand. Achtundvierzig Stunden, in denen ich wahrscheinlich mehr gelitten habe als er, auch wenn ich das meiner Mutter nicht zeigen konnte, es hätte diese stolze Aura zerstört, die sie zum ersten Mal ausstrahlte und die es ihr gestattete, ihre Schuld gegenüber der Vergangenheit zu begleichen. Für sie trugen die Weißen die Verantwortung für alles, angefangen beim Tod meines Bruders und anderer Verwandter bis hin zur Inhaftierung meines Vaters. An dem Tag, an dem wir wegen des handgreiflichen Familienstreits zum Gericht gingen, fiel ihr als Erstes auf, dass die Richter und der Staatsanwalt weiß waren. Und als das Urteil verkündet wurde, sagte sie nur, dass es sie nicht überrasche, denn »wer der Herr ist, zeigt niemals Mitleid«. Bis heute begleitet die Traurigkeit sie wie ein Schatten.

Ein paar Tage später sah ich sie wieder mit kummervoller Miene. Es war diese Angewohnheit, ständig an meinen verstorbenen Bruder und ihren eingesperrten Mann zu denken. Deshalb kam es mir gerade recht, dass mein Freund zum ersten Mal nach meiner Zurückweisung wieder auftauchte. Er wollte sich entschuldigen und sagte, er vermisse mich sehr. Wir setzten uns ins Wohnzimmer, sprachen miteinander, es wurde spät. Ich verstand seinen Wunsch zu bleiben, ich selbst wünschte es vielleicht noch mehr, aber ich musste an das Leid meiner Mutter denken und wie weh mir das tat, und ich spielte ihm etwas vor, sagte, es habe mich tief getroffen, dass er sich in den letzten Tagen nicht habe blicken lassen, ich hätte also gut daran getan, seinen Heiratsantrag abzulehnen, schließlich beweise es, dass er imstande sei, mir nichts, dir nichts zu gehen und seine Freundin im Stich zu lassen, was könne ich also erwarten, wenn erst mal Kinder da wären, mein Verstand verlange, die Beziehung zu überdenken. Von mir aus könne er bleiben und mit mir unter einem Dach schlafen, außerdem sei es schon spät, nicht dass er auf dem Rückweg überfallen werde, aber auf keinen Fall in meinem Bett, er müsse auf dem Boden schlafen, bis er sich das notwendige Vertrauen erneut erworben habe, es dürfe kein Zweifel daran bestehen, dass er es mit einem anständigen Mädchen zu tun habe. Er hob nur die Schultern, um zu sagen, dass er auf die Bedingungen einging, denn er liebte mich wirklich, wollte mich nicht verlieren, wie er sagte, auch wenn klar war, dass er immer weniger verstand. Für mich aber ging es erst einmal um meine Mutter.

Ich zeigte ihm das Fleckchen, das ihm zukam und wo er sich hinlegen konnte, gab ihm ein Kissen und ein Laken und ließ die Tür offen. Meine Mutter mochte es kaum glauben, obwohl sie ihn die ganze Nacht aus dem dunklen Wohnzimmer beobachtete. Ich konnte sie zwar nicht sehen, stellte mir aber ihr dankbares Gesicht vor. Tatsächlich hatte sie ihn dort vor sich, auf dem Boden, wo er sich von einer Seite auf die andere drehte, so schwer fiel es ihm, seine Knochen auf den Steinplatten zu betten. Unmöglich konnte er nicht spüren, dass wir ihn auf die ein oder andere und sei es noch so winzige Weise büßen ließen für all die Nächte in den Baracken.

Am Morgen ließ es sich meine Mutter nicht nehmen, ihre Freude mit einem Schluck dünnem Pulverkaffee und einem Kanten Brot vom Vortag zu unterstreichen, serviert im Blechgeschirr. Danach kam mein Wikinger mit den marineblauen Augen nicht wieder, etwas hatte ihm wohl die Brust zugeschnürt, vielleicht der gleiche Groll, den wir seit Generationen in uns tragen, wir verstanden ihn also gut. Von da an verlegte ich mich wie Penelope aufs Weben. Ich webte Spinnennetze für meine Liebhaber, auf dass sie litten und für unsere tragische Vergangenheit büßten.

Das Beste, was mir das Leben geboten hat, ist der Anblick des zufriedenen Gesichts meiner Mutter. Es zeigt mehr Gefühle als beim Besuch meines Vaters im Gefängnis. Seit damals halte ich immer nach einer Möglichkeit Ausschau, ihnen zu vergelten, was sie meinen Vorfahren angetan haben, dieses Zusammengepferchtsein, die Peitschenhiebe. Zu viel Blut haben wir ihnen gegeben, als dass wir so tun könnten, als hätten wir keine Erinnerung.

Vergessen wird nicht. Ich warte auf mein nächstes Opfer.

Der Tod im Spiegel

Der leblose Körper der Señora Adelaida, erster Stock, Wohnung A, liegt auf dem alten Flügel. Noch hat ihre Haut nicht die Farbe verloren, ihr Organismus nicht die Temperatur, und schon ist die Tragödie vergessen. Seit man sie dort aufgebahrt hat, schaut niemand von uns Nachbarn mehr hin. Es ist eine Art, das Unglück zu vertreiben, auch wenn wir das nicht sagen, wir möchten nicht unhöflich erscheinen. Nur sind wir in diesem schmerzvollen Moment mit unserer eigenen Rettung beschäftigt.

Die Gefahr rückt näher, und allen ist bewusst, dass wir genauso einen Platz auf dem Klavier hätten einnehmen können, auf diesem letzten Familienrelikt aus unfreiwillig vergessenen Zeiten, als seine Besitzerin, die Mutter der Verstorbenen, noch der gehobenen Mittelschicht angehörte, einer wohlhabenden Familie, die rasch zu dem wurde, was die Revolution der Sechzigerjahre von ihr verlangte, denn für Bürgerliche war fortan kein Platz. Doch die Mutter der Verstorbenen hatte sich geweigert, das Klavier zu opfern, nachdem sie schon das Bild des Heiligsten Herzens Jesu – ein weiteres Relikt – vom Wohnzimmer in eines der Schlafzimmer und wenig später in den Kleiderschrank geräumt hatte; nur nicht das Klavier, hatte sie gesagt, die »Matrone« des Clans aus der 1 A, wie Hipólito, dritter Stock, Wohnung B, sie dem Vernehmen nach aus ideologischen Gründen nannte, vielleicht auch wegen der im Streit endenden Begegnungen, wann immer er zu ihr ging und von ihr verlangte, sich an der Reparatur des Aufzugs zu beteiligen, den sie, sagte sie, nicht benutze, da sie nahe dem Erdgeschoss wohne, doch Hipólito bezichtigte sie der Lüge, schließlich habe er sie schon oft im Aufzug ertappt. Nur nicht das Klavier, auch wenn die Dame nie wieder darauf spielen wollte oder ihre Kinder es ihr nicht erlaubten, weil dies ein Überbleibsel aus ihrer Vergangenheit sei und es sie an die gesellschaftliche Übung ihrer Vorfahren erinnere. Außerdem laufe sie so Gefahr, von Nachbarn, die sich dem neuen System verschrieben hätten, kritisiert oder gar denunziert zu werden.

Voll Kummer hatte sie es hingenommen, die Sonntagnachmittage nicht mehr mit ihrem Spiel zu beleben, wie sie es seit Kindertagen gewohnt war; alles, nur nicht forträumen, sie musste das Klavier dort sehen, das war das Mindeste, als letztes Zeugnis ihres Status, es markierte den entscheidenden Unterschied zwischen ihr und den Nachbarn, die aufgrund ihrer Unterstützung der sozialistischen Ideologie Gegenstände erhalten hatten, die die wahren Eigentümer bei ihrer hastigen Flucht aus dem Land zurückließen.

Draußen schlägt der Hurrikan gegen die Fenster, die Tropfen klingen wie prasselnde Steine. Seine Winde reißen mit, was immer ihnen in den Weg kommt, und verwandeln es in tödliche Geschosse. Adelaida war gestorben, als wir sie gerade hinaufbringen wollten in den zweiten Stock, Wohnung A, nachdem sie über Unwohlsein geklagt hatte und mehrere Nachbarn, alarmiert von Hipólitos Rufen, zu Hilfe geeilt waren. Man versuchte, ihr einen Schluck Wasser zu geben. In Kuba denken die Leute, mit Wasser lasse sich jedes Problem lösen. Ein echter Fimmel ist das, vielleicht weil wir von Wasser umgeben sind oder weil wir in der Regel nichts anderes anzubieten haben. Dabei darf man nicht vergessen, dass auf dem kubanischen Archipel die großen Lösungen immer übers Wasser führen, auf Wegen, auf denen man sich illegal aufmachen kann in jedes benachbarte Land.

Plötzlich öffnete Adelaida den Mund, was auf einen massiven Infarkt zu deuten schien. Sie hielt ihn lange Sekunden offen, und alle, die sie schweigend beobachteten, sahen die veränderte Farbe ihrer Zunge. Dann ließ sie die Luft entweichen, als stieße sie durch diese Öffnung ihr Leben aus, und erlosch, wie wenn jemand den Strom abstellt, was schon zur Gewohnheit geworden war wegen der verdammten Energiesparmaßnahmen. Hipólito zeigte sich am tiefsten betroffen und hörte nicht auf, ihren Tod zu beklagen, dabei streichelte er sie und nahm den Platz ein, an dem ihr verstorbener Mann hätte sein sollen.

Wir hielten es für das Beste, ein Stockwerk höher zu ziehen, weil das Meer, vom Haus aus weniger als hundert Meter entfernt, mit seinen hohen Wellen schon eindrang und die Gefahr bestand, dass es sich auch über die oberen Etagen hermachte und sie überflutete, genau wie die Garage und die im Erdgeschoss untergebrachten Büros der Regierung, die sich bereits geschlagen geben mussten. Es war, als würde ein großer Schlund das Haus von seinen Fundamenten bis hinauf verschlingen, nur diesmal sehr viel schneller als bei früheren Malen, die wir aufgrund ähnlicher Wetterereignisse erlebt hatten.

Dann machten wir uns an die Vorbereitungen für den Umzug, ohne die gebieterische Wirklichkeit aus den Augen zu lassen. Tatsächlich vermittelt der Blick hinunter und zu den Seiten des Hauses den Eindruck von einem Venedig in der Hölle. Es ist die Nervosität, die auf das kleinste Zeichen wartet, und schon rennen alle um ihr Leben. Wir misstrauen diesem weiten, dunkel glitzernden Grau, das dort draußen lauert und seine Unglücksbotschaft vorwegschickt.

Die große Frage ist jetzt, was wir mit dem Leichnam tun sollen, solange das Unwetter noch tobt und er nicht bestattet werden kann. Die anderen Nachbarn hatten bedrückt reagiert, als sie die Nachricht hörten, als wäre es für sie unvorstellbar, dass sie noch vor wenigen Minuten, beim Verlassen der Wohnung, nicht daran gedacht hatten, dass die Frau bei ihrer Rückkehr bereits unwiederbringlich zu Vergangenheit geworden sein könnte. Allzu rasch, als dass es einem keine Angst machte. Seit Jahren hatten alle in dem Haus zusammengelebt und ein fast familiäres Verhältnis zu der Verstorbenen gehabt.

Teresa, die aus der 2 A, der Wohnung darüber, bietet an, die Tote bei sich aufzunehmen, und unter Tränen stammelt sie, dass sie Adelaida auf keinen Fall zurücklässt, während die Lebenden sich in Sicherheit bringen. Die Söhne und Schwiegertöchter der Verstorbenen sind beim Zivilschutz im Einsatz, und da die Telefone schon seit dem ersten heftigen Wind nicht mehr funktionieren, gibt es keine Möglichkeit, sie zu erreichen und ihnen die traurige Nachricht mitzuteilen.

»Meine Wohnung kann ich auch zur Verfügung stellen«, meint Flora, die aus der 2 B, »als Kommandozentrale«, womit sie sich der Sprache bedient, die Hipólito benutzt hätte, und sie schaut zu ihm hin in der Hoffnung, er möge ihr beispringen, ein weiterer Versuch, ihn für sich einzunehmen, auch wenn er jahrelang, obwohl verwitwet, immer so getan hat, als bekäme er es nicht mit.

»Nein«, sagt Hipólito energisch, »die Wohnungen im hinteren Teil bieten nicht die erforderlichen Sichtverhältnisse, sie könnten zu einer tödlichen Falle werden«, und mit seinem dramatischen Ton gelingt es ihm, die anderen zu beeindrucken. »Der Wasserpegel ist immer im Auge zu behalten«, worauf er mit großer Geste nach draußen zeigt.

Ob seiner Geringschätzung der B-Wohnungen schaut Flora ihn verärgert an, als würde er nicht selbst in einer wohnen. Schließlich wird der Leichnam der Verstorbenen in ein makellos weißes Laken gehüllt, und wir Männer machen uns daran, sie auf die nächsthöhere Ebene zu tragen. Außer mir packen die beiden Söhne von Flora mit an, dazu Mariano, Hipólitos Sohn, der uns mit einer Taschenlampe leuchtet, sowie der Mann von Viviana aus dem Penthouse. Als wir zur Tür hinaustreten, gehen wir aus purer Gewohnheit zuerst in Richtung Aufzug, ein naives Ansinnen mangels Strom, wie uns schnell klar wird, und trotz des schwachen Lichts ist das spöttische Lächeln auf den Gesichtern zu erkennen. Also wird die Richtung korrigiert, hin zur Treppe.

Während des Transports legt Adelaida, will mir scheinen, von Minute zu Minute an Gewicht zu, als wäre ihr Geist, statt dass der Auszug der Seele den Körper erleichterte, vervielfacht in ihr aufgestiegen und klammerte sich ans Irdische. Tatsächlich meinten zunächst einige, wir sollten darauf achten, dass ihre sterblichen Überreste nicht gegen die Stufen oder die Wände auf den Treppenabsätzen stoßen, aber bald wird klar, dass sich das nicht vermeiden lässt, und wir ignorieren die Geräusche, wenn ihr Leichnam irgendwo aneckt.

Jetzt kommt es darauf an, bald oben zu sein, das denken wir Männer, die wir uns diesem Kraftakt unterziehen, das wird für uns zum Wichtigsten: der Señora unseren Dienst zu erweisen, indem wir sie mitnehmen, eine schöne und altruistische Geste, vor allem aber wollen wir uns verdammt noch mal endlich ausruhen.

Als wir sie schließlich in einem von Teresa zugewiesenen Zimmer ablegen, merken wir erst recht, wie erschöpft wir sind. Tomás, Teresas Mann, hat vom Wohnzimmer aus gesehen, wie wir mit der sperrigen Last hereinkamen, und aus seinem Verdruss über die Anwesenheit des Leichnams in seinen vier Wänden keinen Hehl gemacht. Auf dem Weg zum Wohnzimmer höre ich ungewollt, wie er sich mit seiner Frau streitet, sie habe sich eine Entscheidung angemaßt, ohne ihn zu fragen. Die anderen sind zurückgeblieben und schauen aus dem Fenster, während ich im Flur stehen bleibe und auf sie warte, das Wohnzimmer im Blick.

»Wir waren immer gute Freundinnen«, sagt Teresa im Versuch, sich zu rechtfertigen.

»Ach ja? Seit wann? Hast du vergessen, wie oft sie uns verraten hat, wenn Post aus dem Ausland kam? Bloß um ein paar Punkte zu sammeln und ihre bürgerliche Herkunft zu überspielen.«

»Tomás, reg dich ab, das schlägt dir auf die Gesundheit!«, blafft sie.

»Obendrein«, fährt Tomás wütend fort, während ich stillhalte, um nicht zu stören, »will das Meer, das seine eigene

Weisheit hat, diesen Körper für sich zum Schmaus«, worauf er, als bedürfte es noch dieser Geste, angeekelt das Gesicht verzieht. »Seit ich von ihrem Tod gehört und das Meer in diesem Zustand gesehen habe, musste ich daran denken.« Für einen Moment schweigt er. »Ihr Leichnam wird uns noch in Schwierigkeiten bringen!«, und dann hebt er die Hand und kreuzt die Finger, küsst sie.

Der Erste, der an mich herantritt, ist Mariano, Hipólitos Sohn. Seit Ewigkeiten ist er Junggeselle, von einem Mann oder einer Frau ist nichts bekannt. Er bleibt bei mir stehen, ich spüre seinen Atem an meinem Hals und gehe hastig weiter auf das Wohnzimmer zu, die anderen kommen jetzt auch. Als wir in der Tür stehen, sehen wir Tomás' angewiderte Miene, wegen des Leichnams in seiner Wohnung, er bemerkt uns und erstarrt. Ich halte mich so weit wie möglich von Mariano entfernt, der Mann macht mich nervös.

Es vergeht eine Weile, ohne dass jemand ein Gespräch beginnt, bis Hipólito vorschlägt, aus allen Wohnungen etwas Eis zu besorgen, um die Verstorbene zu konservieren.

»Wir müssen alle vereint und bereit sein«, fährt er fort, »für den Fall, dass die Armee zu unserer Befreiung ihre Kavallerie schickt«, so spricht er immer von den Amphibienpanzern, »dann muss alles schnell gehen. Isabel, Matías soll runterkommen«, ruft er, weil er weiß, dass sie auf der Treppe ist. »Und sein Radio mitbringen.«

Die Frauen ziehen sofort los, um das Eis und auch die Lebensmittel aus den noch nicht abgetauten Kühlgeräten zu holen. Da sie die Taschenlampen mitgenommen haben, ergreifen Teresa und Tomás die Gelegenheit und setzen ihren

Streit im Dämmerlicht fort, nur schließen sie sich diesmal im Badezimmer ein. Mir geht durch den Kopf, dass Tomás, wenn es sich ergäbe und niemand es sähe, womöglich imstande wäre, die Verstorbene aus dem Fenster zu werfen, womit Adelaida eine Seebestattung zuteilwürde, ihr, die vom Meer nie mehr gesehen hat als das, was die Landschaft vor dem Fenster ihr bot.

Eine gute Viertelstunde später hören wir, wie Teresa aus dem Badezimmer kommt und die Tür wütend hinter sich zuknallt. Ihr Mann macht wieder auf und ruft mehrmals nach ihr, aber sie geht stur weiter und gesellt sich im Wohnzimmer zu uns. Im matten Licht sind die verweinten roten Augen zu erkennen. Dann kommt auch er, nervös, und tut unschuldig.

Die Frauen kommen eine nach der anderen mit dem zusammengeklaubten Eis zurück.

»Wo ist Matías, Isabel?«, fragt Hipólito mit tiefer Stimme.

»Papa wollte nicht«, sagt sie, als wäre es nicht von Bedeutung.

»Wenn die Kavallerie eintrifft, riskiert er hierzubleiben«, sagt Hipólito in warnendem Ton, »oder ich muss hochgehen und riskiere, bei ihm zu bleiben, falls sie nicht auf uns warten können.« Aus seinem Mund klingt es wie ein Urteil, aber in dem Trubel beachtet ihn niemand.

Das gesammelte Eis kommt in mehrere Plastiktüten und wird rings um den Leichnam verteilt. Hipólito steckt auf Höhe der Brüste mehrere Eiswürfel unter das Laken, offenbar nicht ohne ein gewisses Vergnügen, das sagt uns die Art, wie er sie über die Erhebungen reibt. Es erinnert uns an das Gerede unter den Nachbarn, wonach er ein ewiger Verehrer sei, dessen Annäherungsversuche Adelaida schon als junge Frau zurückgewiesen habe, angeblich wollte ihre Mutter nicht, dass sie einen Kommunisten zum Mann nahm.

Allgemeine Meinung ist jedenfalls, dass das Eis nicht ausreicht, um sie für die nächsten Stunden kühl zu halten. Nach Tomás' Bemerkung über das Meer und den Leichnam klingt das Pfeifen des Windes wie das Heulen eines Wolfs, der nach seinem Aas verlangt und grimmig am Fenster rüttelt. Wir fragen uns, ob er wohl recht hat und das Meer sein Opfer einfordert. Tomás war Matrose und kennt die Geheimnisse der See, ihre Codes. Und erschrocken schauen wir zu den Fenstern, man könnte meinen, der Sturm drückt gleich die Scheiben ein, um sie zu holen, um uns zu holen. Und da der Tod uns jetzt, hinter diesem zerbrechlichen Glas, schon seine Aufwartung zu machen scheint, fühlen auch wir uns wie eine leichte Beute, es ist der Moment, in dem alle denken, dass sie hier längst hätten fortziehen sollen, so einladend die Landschaft auch sein mag.

Hipólito pocht darauf, das Wasser in den Dachtanks aufzusparen, weil die Zisterne und der Motor schon überflutet sind. Um wieder pumpen zu können, müssten wir erst warten, dass jemand den Sammeltank nach dem Sturm reinigt und man uns einen neuen Motor zuteilt.

»Wenigstens dafür werden Adelaidas Söhne gut sein«, sagt Flora, »nicht umsonst sind sie in einer führenden Position«, wobei sie einen gewissen Groll nicht verhehlen kann. »Sie sollten zumindest anerkennen, dass meine Söhne ihre Mutter hochgetragen haben!«

Alle schielen zu ihr hinüber, denn so dürftig und opportunistisch das Argument auch ist, wären sie doch dankbar, wenn man ihnen nach dem Durchzug des Hurrikans das leidige Warten in der Aufräumphase verkürzte. Wie bei früheren Wirbelstürmen werden, wenn das Wasser erst zurückgeht, Rettungsboote und Soldaten in ihren Amphibienpanzern kommen, das kennen sie schon, und mit ihnen Ärzte, Medikamente, Wasser, Milchpulver, Kekse und Lebensmittel in Dosen. Wie üblich werden die Nachbarn versuchen, eine doppelte Zuteilung zu erhalten, nicht ohne Protest, versteht sich, wieso ist ihnen nicht eingefallen, sie vorher auszuteilen, vor der Überschwemmung. Es wird ein guter Zeitpunkt sein, ihnen den Leichnam zu übergeben, denke ich, und ich werfe den anderen einen Blick zu, will ihnen von meiner Idee erzählen, aber dann halte ich lieber den Mund, warte auf einen geeigneten Moment.

Genauso wissen sie um die Verbitterung von Flora, aus der 2 B, es ist immer das Gleiche. Auf jeder Etage gibt es zwei Wohnungen, und die innenliegenden sind die B, weshalb die Eigentümer der A, wann immer sie das B aussprechen, eine gewisse Geringschätzung hineinlegen. Die Klage ist nicht neu, seit jeher haben die A-Eigentümer so getan, als gäbe ihre Wohnlage ihnen das Recht, den anderen ein wenig überheblich, von oben herab zu begegnen. Vielleicht ist es aber auch nur ein Minderwertigkeitskomplex der Bewohner nach hinten raus, die auch ein Schlafzimmer und ein Bad weniger haben und natürlich keinen Balkon. Doch jeder, der einmal in dem Haus gewohnt hat, wird verstehen, dass die Aufteilung von Bedeutung ist, vor allem wegen des Meerblicks, der sein Geld nun mal wert ist. Weshalb die A-Bewohner es sich erlauben konnten, so anzugeben.

Hipólito steht am Fenster und stiert hinaus. Allen ist klar, dass er mit seinem Fimmel eines alten Artilleristen die Höhe der Wellen abschätzt. Manchmal spritzen sie gegen die Scheiben, untrügliches Zeichen, dass sie sich immer höher türmen. Der ältere Herr übernimmt gerne das Kommando, dann kann er mit seinen Jahren in der Armee prahlen. Begeistert erstellt er bei solchen Gelegenheiten Pläne des Hauses, mit Ein- und Ausgängen, Fluchtwegen für die Zivilisten im Falle eines Rückzugs, legt fest, wer gegebenenfalls Priorität hat – Frauen, Kinder, alte Menschen – und wie die Evakuierung vonstattenzugehen hat. Alle hängen ihm dann an den Lippen und tun, als würden sie zuhören, um ihm eine Freude zu machen, denn wenn er erst mal eingeschnappt ist, das wissen sie aus Erfahrung, nimmt es kein Ende, also schauen sie zu ihm hin, während er sich in Fahrt redet und die Vorratsbestände in den Speisekammern abfragt.

Bei dem Durcheinander und dem dichten Gedränge lässt Tomás es sich nicht nehmen, Teresa den Arm um die Schultern zu legen. Die nimmt es als Angebot zum Waffenstillstand, hat seine Worte aber nicht vergessen, denn sie ruft ihm in Erinnerung, dass die Wohnung ihr gehört, »so steht es immer noch im Grundbuch«, und mit einer kleinen, scheinbar unbewussten Bewegung gelingt es ihr, sich von ihm zu lösen, womit sie deutlich macht, dass sie weiterhin beleidigt ist.

Viviana, die Nachbarin aus dem famosen Penthouse im vierten, der Wohnung ohne Buchstaben, bietet Eistee an. Isabel, die aus der 3 A, verteilt Brot mit Mayonnaise oder Butter, je nach Wunsch.

»Wir müssen uns mit dem begnügen, was wir haben«, bemerkt Isaura, die aus der 1 B. »Wenn wir uns die Kaufkraft ansehen, haben die Bewohner dieses Hauses nicht so viel Glück gehabt wie die Leute nebenan.«

Josefina, Isauras Cousine, nickt zustimmend, da hat sie vollkommen recht. Alle schauen zum nächststehenden Gebäude und sind neidisch auf die Beleuchtung, zu verdanken der Spende dieser Jinetera, die sich am Bordstein einen Ausländer geangelt hat und zu ihm gezogen ist. Die beiden haben sofort die Fassade ausbessern und streichen lassen und dazu noch einen Dieselgenerator gespendet, damit bei einem Stromausfall alle Bewohner darauf zurückgreifen können. Der Generator steht in der Kammer auf dem Dach, eben damit das Meer ihm, falls es heranbrandet, nichts anhaben kann.

»Nicht mal eine ›Führungskraft‹ hat hier je gewohnt«, fährt die Frau aus der 1 B fort, »jemand mit den notwendigen Mitteln, um dem Haus Würde zu verleihen«, worauf sie zu Viviana schaut: »Manche Generäle haben diese verdammte Macht nämlich nicht«, gefolgt von einer abfälligen Handbewegung.

Viviana ignoriert die Provokation. Ihr Vater ist General der Reserve, derzeit ohne jede Macht, abgesehen von ein paar monatlich garantierten Lebensmitteln und dem Urlaub im Sommer. Immerhin hat er ihr dieses Penthouse verschafft, als er noch im aktiven Dienst war und der Innenminister es ihm auf sein Ersuchen hin gewährte, nachdem er sich bei einem Militärmanöver entsprechend ins Zeug gelegt hatte. Hipólito, der damals Schritte unternahm, es gegen seine eigene Wohnung zu tauschen, kam nicht mehr zum Zuge, es war bereits übergeben.

Als Hipólito sieht, wie eine Welle gegen die Scheibe schlägt, tritt er vom Fenster zurück. Und vor den entsetzten Augen von Teresa und ihrem Mann, die Angst haben um ihr Eigentum, dringt vom Balkon aus Wasser ein.

»Wir müssen handeln«, sagt der Ex-Militär. »Wenn wir den inneren Feind erst überwinden, die verdammte Angst, können wir auch jeder äußeren Gefahr begegnen«, und dabei macht er ein Gesicht, als hätte er die Lösung. »Je früher, desto besser.«

Isabel hat ihre Wohnung nicht angeboten, aber es hat auch niemand danach gefragt. Sie werden hochgehen, ob es ihr gefällt oder nicht, das wäre das Erste, was Hipólito ihr sagen würde, und dann heißt es, dass sie im Krieg sind und ihre Wohnung ab sofort den Revolutionären Streitkräften untersteht; sich zu weigern wäre nicht nur ein Akt der Feigheit, sondern Verrat an den Wohltaten der Revolution. Da Isabel all diese Worte kennt, akzeptiert sie lieber stillschweigend, dass man ihre Wohnung beschlagnahmt.

Das Ehepaar Teresa und Tomás greift eilig zu den Sachen, die sie schon beiseitegelegt haben. Als alle schon an der Tür sind, erinnert jemand an Adelaidas Leichnam. Für ein paar Sekunden, die wie eine Ewigkeit sind, herrscht Stille. Flora sagt keinen Mucks, denn es sind ihre Söhne, die das Opfer werden bringen müssen. Wir Männer wissen, dass wir aufgefordert sind, uns noch einmal der Mühe zu unterziehen und den Leichnam in die Wohnung über uns zu befördern. Wir gehen schweigend zurück, von Einigkeit kann keine Rede sein, und versuchen mit der gleichen Energie wie zuvor anzupacken, aber es fehlt der Schwung, die Arme der uns Anvertrauten geben unter ihrem Gewicht nach. Schließlich schleifen wir sie durch den Flur.

Draußen wird sich unterhalten, und als man uns kommen hört, verstummen die Stimmen, aus Respekt, vor Kummer oder als Hinnahme der Strafe. Diesmal achtet niemand darauf, dass der Leichnam nirgendwo anstößt, als wäre es ohnehin unvermeidlich. Das Laken ist vollkommen durchnässt von den Beuteln mit Eis, Wasser rinnt uns auf die Füße, wir könnten ausrutschen und einen gefährlichen Unfall erleiden.

Als wir endlich oben sind, mag keiner von uns auf eines der Zimmer zugehen, denn selbst wenn wir wollten, wir könnten es nicht vor lauter Erschöpfung, also wird schweigend beschlossen, den Leichnam gleich im Wohnzimmer abzulegen, direkt am Fenster, um extremer Wärme vorzubeugen. Isabel akzeptiert das Riesenbündel ohne ein Wort, auch wenn ihr Gesicht verrät, wie unwohl ihr ist. Tomás genießt ihren Anblick, denn als es ihn traf, hat das niemanden gestört. Aber er ist vorsichtig, Teresa war immer eifersüchtig auf den Hintern der Eigentümerin der 3 A. Matías, Isabels Vater, schaut wie abwesend auf den großen Packen, hält sich weiter krumm, das Ohr an seinem batteriebetriebenen Radio.

Hipólito bezieht wieder Posten am Fenster. Er beugt sich vor, schätzt die Höhe ein, schüttelt den Kopf. Was er sieht, gefällt ihm gar nicht.

»Macht es euch nicht bequem«, sagt er ruhig, »alles deutet auf einen weiteren Anstieg hin. Was sagt das Radio, Matías?«, ruft er dem alten Mann zu, und der berappelt sich und hebt die Schultern, er weiß nicht, was er antworten soll.

»Erst müssen wir das Essen machen«, sagt Flora und schaut zu ihren beiden Söhnen, die dastehen wie zwei hungrige Löwen.

Die anderen Frauen gehen mit ihr in die Küche, um ein paar Lebensmittel beizusteuern, das Zubereitete wollen sie dann in gleiche Portionen aufteilen. Im Licht der hin- und herhuschenden Taschenlampen ist manchmal der Umriss der Verstorbenen zu erkennen, wie eine Ankündigung des Todes, der sich ganz in der Nähe aufhält und den es womöglich nach Weiterem gelüstet, nach dem reglosen Körper von Matías etwa, was jetzt erst recht Angst macht. Und niemand kann sich des Eindrucks erwehren, dass das eine seltsame Laune von Adelaida war, schließlich gibt es das Jahr über viele Momente, in denen es sich sterben lässt, und dann tut sie es zum denkbar ungünstigsten Zeitpunkt, mitten in der Hurrikan-Saison und, schlimmer noch, am Tag der Überschwemmung.

Nach einer Weile bringen sie das Essen und etwas Eis, das sie bei Flora gefunden haben, sie hatte es in weiser Voraussicht zurückbehalten, zumindest rechtfertigt sie es so. Niemandem fällt ein, dies unfair zu nennen, man vertraut auf das nachbarschaftliche Ethos, außer Isaura, die sie mit einer vielsagenden Miene bedenkt, »Wer's glaubt«, begleitet von einem weiteren zustimmenden Nicken ihrer Cousine Josefina.

Alle essen schweigend. Hipólito im Stehen am Fenster, wie es sich für einen guten Wachposten gehört, mit stierem Blick auf die trüben Wasser, die blindlings ihre Pranken gegen die Fassade schlagen. Bestimmt erinnert er sich an seine Jugendjahre, als er während der Oktoberkrise die Küsten schützte und es so zu arrangieren versuchte, dass Adelaida ihn in seiner neuen Uniform eines Milizionärs mit Pistole am Gürtel sah, ein Bild, das in jener Zeit so viel Respekt wie Furcht einflößte.

Seit einem Jahrzehnt aber zählt er zum alten Eisen, ist völlig vergessen. Unterstützung erhält er heute von einer Nichte in Miami, die die Jahre ignoriert hat, in denen er ihr den Kontakt zu ihrem Vater verweigerte, Hipólitos Bruder, denn es hätte ihm schaden können, wenn jemand von der Existenz dieser Nichte erfuhr, mit ihrer Auswanderung galt sie als Verräterin, als Gegnerin der Regierung, viele Jahre gleichbedeutend mit tot. Die wahre Krise aber war nicht die Oktoberkrise, sondern als ihr Vater an Krebs erkrankte und unter dem allgemeinen Mangel im Land litt, ohne dass sie etwas für ihn tun konnte, während sich sein Gesundheitszustand rapide verschlechterte.

»Wir müssen weiter hoch«, sagt Hipólito. Auf die müden Gesichter im Raum reagiert er mit einem Schulterzucken. »Die Wellen werden immer höher, die ersten Stockwerke sind bestimmt bald überflutet.«

Als Teresa und Flora hören, dass sie ihr Hab und Gut verlieren werden, stoßen sie spitze Schreie aus.

»Gibt es eine Möglichkeit, den Leichnam der Verstorbenen hier weiter aufzubewahren?«, fragt Mariano, Hipólitos Junggesellensohn, und für diese Anregung fängt er sich einen bösen Blick seines Vaters ein, ausgerechnet von einem Mitglied seiner Familie muss das kommen, von dieser Memme, nicht einmal zu heiraten hat er geschafft, so wird er ohne Enkel sterben.

Die anderen Männer springen ihm bei, sagen, dass es keinen Sinn hat, den Leichnam weiter mitzuschleppen. Hipólito unterbricht und sagt, Gefallene lasse man nicht zurück.

»Wenn es sein muss«, erklärt er mit inniger Stimme, »trage ich sie allein auf meinen Schultern.«

Wir Männer stehen auf, bereit, uns zu fügen. Und ohne

noch irgendeine Vorsicht walten zu lassen, machen wir uns mit der Verstorbenen auf den Weg in den Stock darüber. Die Frauen gehen voraus, so können sie oben auf uns warten, und helfen Matías, den nur sein Radio interessiert, während Hipólito, nun mit einem beachtlichen Koffer in der Hand, seinem Sohn die Taschenlampe abnimmt und an die Spitze rückt, um der Vorhut zu leuchten. Was Mariano sich zunutze macht, er will die Wohnungstür aufhalten, sobald wir ankommen, dann muss er uns beim Tragen des Leichnams nicht helfen.

Auf halber Treppe setzen wir den Leichnam ab, müssen verschnaufen und unsere Kräfte sammeln. Hipólito ist vorausgegangen und hat uns im Stockdunklen zurückgelassen, er will sich oben um alles kümmern. Wir hören, wie er seinen Sohn anbrüllt, er soll runtergehen und uns helfen. Mir wäre es lieber, er würde oben bleiben. Jemand macht einen Witz, und wir müssen lachen, beherrschen uns aber, nicht dass der alte Hipólito uns hört, er würde nur wieder schimpfen. Gelegenheit, eine Zigarette zu rauchen. Mariano kommt und setzt sich zu uns, wartet, bis wir aufgeraucht haben. Manchmal erbebt das Gemäuer beim Anprall der Wassermassen, und wir alle fahren auf, rechnen schon mit dem Schlimmsten.

Hipólito ruft uns etwas zu. Seine donnernde Stimme unterbricht unsere Unterhaltung. Wir schauen auf die Umrisse von Adelaida, erhellt vom Schein der Taschenlampe, und möchten sie am liebsten bitten, mitzuhelfen und auf eigenen Füßen zu gehen. Mariano spricht es nicht so deutlich aus, aber er denkt daran, sie in Stücke zu schneiden, dann wäre der Transport weniger quälend, doch niemand lacht, seine Stimme ist allzu ernst.

Schließlich schaffen wir es hinauf zu der Wohnung ohne Buchstaben. Viviana steht da und sieht, wie wir Adelaidas sterbliche Überreste auf den Boden fallen lassen und weitergehen, wir sind durchgeschwitzt und wollen uns jetzt nur irgendwo hinsetzen. Im Flur, fast noch an der Tür, haben wir einen Streit zwischen Isaura und Josefina gehört, weil Isaura, sagt sie, gesehen habe, wie Viviana und Josefina sich einen Kuss gegeben hätten, was Letztere jedoch von sich wies. Ein paar Klapse waren zu hören, aber nichts Ernstes. Mit zerzausten Haaren sind sie in die Wohnung zurückgekommen.

Hipólito schiebt den Koffer beiseite, und während er alles tut, um von den anderen nicht in Aktion gesehen zu werden, versucht er den Leichnam in eines der Zimmer zu schleifen, vielleicht um Adelaida dort zu betten und sich, erste und letzte Chance, neben sie zu legen und sich an all die Male zu erinnern, die er sich das gewünscht hat, aber er bekommt den Körper kaum ein Stück bewegt. Also macht er still kehrt und postiert sich wieder am Fenster, konzentriert sich auf die Situation.

»Was sagt dein Radio, Matías?«, ruft er dem alten Mann zu, aber der hebt nur wieder die Schultern. »Wann hört das endlich auf?«, und wie besessen schaut er weiter durch die Scheiben.

»Es gibt kein Gas«, sagt Isaura, die gerade aus der Küche kommt.

Alle schauen einander verärgert an, als wäre die Lage nicht schon schwierig genug. Hipólito reagiert mit einer verdrießlichen Handbewegung: Als er seine Gasflasche austauschen wollte, gab es keine mehr, selbst wenn er fünf Dollar in der

Hand gehabt hätte, aber die monatliche Zahlung seiner Nichte war ohnehin noch nicht eingetroffen.

»Meine Wohnung ist bestimmt schon überschwemmt«, sagt Tomás, »an die Gasflasche komme ich nicht ran.«

»Unsere steht auch schon unter Wasser«, meint Josefina.

Und alle schauen zu Isaura, schließlich wissen sie, wer bei den beiden das Sagen hat. Und genauso wissen sie, dass Josefina und Isaura sich zwar Cousinen nennen, aber, wie sich herausgestellt hat, sehr unterschiedliche Nachnamen tragen, was sie damit rechtfertigten, dass sie bei Verwandten als Pflegekinder aufgewachsen seien, nur hat niemand je Kinder- oder Jugendfotos von ihnen gesehen. Sie haben sich erst als Erwachsene kennengelernt und waren immer alleinstehend, heißt es zumindest.

»Machen wir die Dinge nicht unnötig kompliziert«, schaltet Hipólito sich ein. »Alles, was brennt, dient als Energie. Fangt mit dem Holz der Stühle an«, und dann wartet er darauf, dass sie ihre Trägheit überwinden, er verzweifelt schon. »Was ist, Mariano?«

Viviana schaut zu ihrem Mann, er soll jetzt bloß ihre Möbel verteidigen, aber seine Miene zeigt ihr, dass sie keine Wahl haben. Dann schaut sie zu Josefina, aber die tut so, als ginge sie das alles nichts an, Isaura sitzt ihr schon im Nacken.

Mariano wird den Auftrag also ausführen, schließlich weiß er um die Manie seines Vaters, auf Befehl Taten sehen zu wollen. Außerdem will er nicht, dass er ihn vor den anderen bloßstellt und sagt, er sei unfähig, eine Familie zu gründen. Vor allem will er das nicht vor Isaura hören, seiner heimlichen Liebe, egal was die Leute reden von wegen, sie sei mit Josefina zusammen. Er hat sich ihr gegenüber immer feinfühlig gezeigt, wollte ihr seine Liebe aber nie gestehen, unabhängig von einer etwaigen Zurückweisung.

Tatkräftig bricht Mariano die Stuhlbeine ab, jetzt geht es darum, zu überleben, würde sein Vater sagen, materiellen Dingen weint man nicht nach, aber wenn das Meer später die väterlichen Möbel ebenfalls mitgenommen hat, wird er auf dem Boden essen müssen, und dann kann er nicht mehr aufstehen, und Mariano wird sich verstecken und seine Hilferufe ignorieren, wird von seinem Zimmer aus zusehen, wie er sich unter Schmerzen dahinschleppt, weil er, der männlichste aller Soldaten, sich beim Militär die Lendenwirbel ruiniert hat.

Tomás sammelt das Holz ein und macht Feuer. Kaum brennt es, bringen sie ihm den Kessel, um das Wasser zu erhitzen und eine Suppe zu kochen. Die Temperatur ist mittlerweile gesunken, alle haben sich etwas übergezogen. Flora meint, sie rieche schon den Verwesungsgestank von Adelaidas Leichnam. Die anderen schweigen, als würde es sie nicht überraschen, als hätten sie es schon bemerkt.

»Noch ist es auszuhalten«, sagt Teresa.

»Das stimmt«, sekundiert ihr Tomás im Versuch, sich mit seiner Frau zu verbünden, die ihm seine Unverschämtheit noch nicht verziehen hat. »Dann wäre das der Moment, sie ins Stockwerk unter uns zu bringen.«

Hipólito schaut weiter hinaus und schüttelt langsam den Kopf, er weiß, dass diese Möglichkeit nicht mehr existiert. Auf dem Feuer hat das Wasser gekocht, und sie geben die Suppennudeln und Gewürze hinein. Alle schauen hungrig zu.

Als sie hören, wie Fensterscheiben zerspringen, kommt Panik auf. Teresa weint und sagt, sie würden sterben. Tomás nimmt sie in den Arm, streichelt sie, Teresa weist ihn nicht zurück.

»Wir müssen uns von ihr trennen«, sagt Tomás mit erhobenem Haupt. »Ihr habt ja gesehen, das Meer folgt uns mit jedem Meter, den wir hinaufsteigen. So wird es weitergehen, bis es seine Tote gefunden hat, und ist es erst hier, wird es uns auch mitnehmen.«

»Wage ja nicht, auszusprechen, was du denkst.« Hipólito will von seiner Initiative nichts hören.

»Lass mich die Idee wenigstens zu Ende führen.« Tomás gibt nicht klein bei und holt tief Luft. »Das ist uns auf einer Überfahrt so passiert. Mitten im Atlantik ist wie aus dem Nichts ein Sturm losgebrochen, es war fürchterlich. Wir wussten nicht, warum, bis wir erfuhren, dass sich ein kürzlich Verstorbener auf dem Schiff befand.«

Hipólito verzieht das Gesicht, macht sich lustig über diesen Schwachsinn.

»Wir haben alles versucht«, spricht Tomás weiter, »aber das Funkgerät war kaputt, das Wasser drang schon in den Maschinenraum ein. Die Lenzpumpe war ebenfalls defekt, die Kompasse spielten verrückt, die Lichter des Schiffes gingen aus. Bis uns klar wurde, was die einzige Lösung war, wir mussten den Toten dem Meer übergeben, so hatten es uns andere Seeleute erzählt, denen es ähnlich ergangen war«, worauf er verstummt, als würde er die Szene noch einmal erleben.

»Aber ... und dann?«, sagt beklommen einer von Floras Söhnen.

»Das haben wir natürlich gemacht, und sofort hat sich alles

beruhigt«, sagt Tomás, er ist ganz aufgeregt. »Das Funkgerät hat wieder Verbindung aufgenommen, die Pumpe hat das Wasser ausgepumpt, die Kompasse haben sich ausgerichtet, die Lichter haben wie gewohnt geleuchtet, und der Himmel hat im Nu aufgeklart.«

»Und du glaubst, mit deinem Märchen könntest du uns überzeugen?«, sagt Hipólito verärgert. »Als hättest du kleine Kinder vor dir.«

Alle anderen aber machen nachdenkliche Gesichter.

»Mit diesem Märchen, wie du es nennst«, fährt Tomás fort, »mag ich dich nicht überzeugen. Die Logik, an die wir uns auf dem Schiff gehalten haben, spricht aber dafür«, und er sieht ihn herausfordernd an. »Der Matrose war bereits tot, und wir hatten noch mehrere Tage auf See vor uns. Wir hätten ihn unmöglich aufbewahren können.« Tomás schaut die anderen jetzt reihum an. »Wozu also die Señora Adelaida hierbehalten, will ich sagen, wenn niemand uns zu Hilfe kommt, solange der Hurrikan tobt? Wenn es bis dahin noch mehr Tage sind, als wir auf dem Atlantik bis nach Kuba zu bewältigen hatten?«, und er deutet auf den Leichnam. »Morgen wird niemand den Verwesungsgeruch ertragen, ganz zu schweigen von den Krankheiten, die wir uns beim Einatmen des fauligen Gestanks holen können.«

Das Argument überzeugt, und alle nicken, sehen Hipólito eindringlich an und geben ihm zu verstehen, dass er jetzt das Richtige tun muss, egal wie frustrierend die Sache mit Adelaida für ihn ist. Er weiß, das sieht er an unserer Reaktion, dass es zu einem Aufstand kommen könnte und er das Kommando verliert. In seinen vielen Jahren an der Spitze der Truppe hat er das gelernt. Und obwohl er sonst keine Gelegenheit auslässt, eine Bemerkung zu machen und sich Gehör zu verschaffen, wendet er nicht einmal den Kopf, um zu widersprechen, im Gegenteil, er schweigt, und mit seiner Haltung zeigt er, dass er es als unausweichliche Tatsache akzeptiert. Dann nimmt er seinen Koffer und zieht sich in eines der Zimmer zurück, weil er nicht zum Zeugen werden will, zumindest denken wir das zunächst. Die Stille ist jetzt noch tiefer, zu hören ist nur das Summen der Seelen, die um unsere Köpfe schwirren, und die Wut des Meeres, das auf das Gebäude einschlägt.

Die Suppe ist fertig und portioniert. Wir alle blicken in Richtung des Zimmers, in dem Hipólito verschwunden ist, aber niemand traut sich, nach ihm zu rufen. Sein Teller wird auf dem Tisch abgestellt, wir warten.

Nach einer Weile hören wir die Tür aufgehen, und er kommt heraus, in seiner Paradeuniform und mit den Medaillen, die er sich in seiner Zeit als aktiver Militär verdient hat. Er nimmt uns, die wir im Wohnzimmer sitzen, nicht wahr. Auch nicht die dampfende Suppe. Er geht zu seinem Beobachtungsposten am Fenster. Wir fangen an zu essen, und nach jedem Löffel schauen wir hin und warten auf seine neueste Einschätzung der Gefahr. In seiner Uniform, getaucht ins Dunkel und in den gelegentlichen Schein einer verirrten Taschenlampe, sieht er riesig aus, seine Gestalt ist gewachsen und umso respekteinflößender.

»Uns bleibt nur noch die Abstellkammer auf dem Dach«, meldet Hipólito. »Wir müssen Adelaida opfern.« Ihm ist sichtlich unwohl. »Die Gerüche könnten uns krank machen, das stimmt«, sagt er mit einem Seitenblick auf Tomás. »Die Fliegen vermehren sich schon«, es klingt wie ein Urteil.

»Was meinst du mit opfern?«, fragt Tomás, seine Frau unterstreicht es mit einem nachdrücklichen Nicken.

»Genau wie auf deinem Schiff«, erklärt der Soldat und macht eine Pause, ehe er weiterspricht, »müssen wir ihren Leichnam ins Meer werfen.« Offensichtlich schmerzt es ihn, den Satz zu beenden.

Niemand setzt sich mehr dafür ein, den Leichnam aufzubewahren, auch Teresa nicht. Schweigen als kollektive Zustimmung. Mit einer Handbewegung bittet Hipólito um die Mitwirkung aller. Wir stehen gleichzeitig auf und schleifen Adelaidas Körper auf den Balkon, wo das Wasser nicht weit unter uns heftig schwappt. Wir heben den Leichnam an und werfen ihn über die Brüstung, zu hören ist das Geräusch, wie er ins Meer eintaucht. Die Frauen, hinter uns, sehen der Aktion zu und bekreuzigen sich, auch wenn Hipólito das missfällt.

Zurück im Zimmer, trocknen wir uns ab. Hipólito bleibt noch einen Moment draußen und schaut auf die Stelle, wo Adelaida verschwunden ist.

»Was sagt das Radio, Matías?«, fragt er, als er ebenfalls hereinkommt und auf den Tisch zugeht, um sich neben den Mann mit dem Radio zu setzen.

Matías hebt wie immer die Schultern, aber Hipólito hat auch keine Antwort erwartet, er weiß, dass der Alte nie anders reagiert, er fragt einfach gern, man könnte meinen, eine Marotte, die er sich bei seiner Truppe zugelegt hat. Flora nimmt den Teller und schiebt ihn dem alten Militär mit seinen Medaillen hin, jetzt, wo er so schmuck aussieht. Aber der beachtet sie nicht, so wenig wie die Suppe. Er stellt sich wieder ans Fenster. Matías langt nach dem Teller und fängt an, die

Suppe zu löffeln, die kritischen Blicke der anderen kümmern ihn nicht.

»Nehmt eure Sachen«, ruft Hipólito, »das Meer ist schon da. Die Fensterscheiben sind zu gefährlich, wenn sie zerspringen.«

Das Wasser steigt weiter an und donnert gegen die Fassade, als wollte es das Haus zum Einsturz bringen. Hipólito hält den Schlüssel für das Vorhängeschloss der Abstellkammer in der Hand und geht als Erster hinauf aufs Dach, stemmt sich gegen die Wucht des Windes. Wir anderen warten einen Moment, dann folgen wir.

Als wir zur Tür der Kammer kommen, steckt der Schlüssel bereits im Schloss, nur Hipólito ist nicht da. Tomás schließt auf, wir gehen hinter ihm hinein. Schweigend zieht er die Tür zu.

Alle wissen, dass Hipólito nicht anklopfen wird, und beim Blick aus dem Fenster ist mir, als sähe ich, einer kenternden Galeone gleich, das Klavier mit seiner auf ihm liegenden Passagierin und einem Kapitän in Paradeuniform, wie er auf seinen letzten Untergang zusteuert.

Ein Schatten in meinem Garten

Man könnte meinen, ein strahlender Sonntag im natürlichen Licht. Die Sonne sickert in jede noch so spröde Ritze. Ich bin schon eine Weile wach, möchte die Augen aber nicht aufschlagen. Meine Füße stoßen gegen etwas, und als ich hinsehe, sitzt da jemand ohne meine Erlaubnis auf der Bettkante. Ich ziehe das Moskitonetz zur Seite und ertappe ihn dabei, wie er in einem meiner Bücher blättert.

Er nimmt mich in den Blick und versucht zu lächeln, aber dann schaut er wieder auf das Buch, und seine Lippen verziehen sich zu einem Flunsch. Ich setze mich neben ihn, hebe die Schultern, frage mich, was seine Anwesenheit zu bedeuten hat. Zwar kommt er mir bekannt vor, aber ich kann ihn nicht einordnen. Jetzt hält er das Buch hoch, als suchte er nach Worten, um ein Gespräch zu beginnen.

»Das war ungerecht von Ihnen«, raunzt er.

Wieder hebe ich die Schultern, ich verstehe nicht.

»Der da bin ich«, er zeigt auf einen Namen im Buch.

Mir wird klar, dass eingetreten ist, was ich schon lange befürchte: dass die ein oder andere meiner Figuren mich besucht. Allen Kollegen ist das schon passiert, und hinterher berichten sie von ihrer glücklichen Erfahrung, schließlich sei es immer nützlich, sich mit den von uns gezeugten Wesen über Gefühle auszutauschen. Nur deutet die Miene meiner Figur, genannt Kalabass, nicht eben auf freundschaftliche Verbundenheit.

»Sie werden verstehen, dass ich hier bin, um mit Ihnen abzurechnen«, sagt er drohend.

Ich will mir eine Zigarette nehmen und gehe zum Tisch. Als ich die Schachtel nicht finde, fällt mir ein, dass ich vor einem Jahr mit dem Rauchen aufgehört habe.

»Sie haben mir keine Wahl gelassen«, spricht die Figur weiter, der Unmut ist nicht zu überhören.

»Das ließe sich erklären«, stammele ich.

»Sie haben es gewagt, über mich zu schreiben, und zwar ganz bewusst ...«

Der zunehmende Ärger in seiner Stimme beunruhigt mich.

»Und das«, fährt er fort, wütend jetzt, »ohne mich auch nur zu fragen, was ich von den Passagen halte, in denen von mir die Rede ist.«

»Hätte ich es getan, wäre das eine Art von Zensur«, stelle ich klar.

»Nein, über unser Bild entscheiden wir selbst, und niemand, absolut niemand«, mit großem Nachdruck betont er das *niemand*, »hat das Recht, seine Mitmenschen zu demütigen.«

»Mit Verlaub«, sage ich, »aber da unterliegen Sie einem Irrtum. Alles eine Frage der Perspektive.«

»Ich wusste, dass Sie zu Ihrer Rechtfertigung Erzähltechniken ins Spiel bringen würden«, sagt er und lächelt schief. »Das kommt von diesen Schreibwerkstätten für ›angehende Schriftsteller‹, die die meisten von Ihnen besuchen.«

»Über die Werkstätten können wir gerne reden«, deute ich vorsichtig an.

»Schreibfabriken sind das, sonst nichts«, knurrt er.

»Das ist Ihre Sichtweise, und die respektiere ich, aber«, und jetzt bin ich es, der seinem Ärger Luft macht, »in dem Punkt stimme ich absolut nicht mit Ihnen überein.«

»Das steht auf einem anderen Blatt«, sagt er süffisant. »Sie lenken vom Thema ab. Weshalb ich hier bin.«

»Keineswegs«, sage ich mit meiner ganzen Autorität, »schließlich haben Sie diese ›Werkstätten‹ angesprochen.«

»Dann habe ich Ihrer Ansicht nach«, und er zeigt mit dem Finger auf mich, »nicht das Recht, angehört zu werden und meine Meinung kundzutun, bevor Sie mich in die Öffentlichkeit zerren, richtig?«

»Ich denke nicht, dass es darum geht, etwas zu rechtfertigen«, sage ich und lasse eine Geduld walten, die mich selbst überrascht, »sondern um bestimmte Bereiche des Kreativen, um die Rechte des Künstlers.«

»Kommen Sie mir nicht damit, mein Herr«, und wieder zeigt er sein schiefes Lächeln, »oder besser gesagt, ›mein lieber Schriftsteller‹. Sie haben mir einen Tiefschlag versetzt. Das nenne ich allerdings literarische Zensur.«

»Und woher rührt Ihr Ärger genau?«, frage ich in dem Wunsch, das Gespräch bald zu beenden.

»Sehr einfach. Sie haben mich als Randfigur erschaffen.«

Aus seinen Worten höre ich jetzt mehr Schmerz als Verdruss.

»Erst durfte ich mir wichtig vorkommen, allseits gefürchtet, und dann sagen Sie von mir, ich sei bloßer ›Helfershelfer‹ einer anderen Figur. Sie werden verstehen, dass dieses Wort mich in dem Unterweltmilieu, in das Sie mich gesetzt haben, herabwürdigt, auf diese Weise wurde ich zum Gespött anderer Figuren, die sich wer weiß was einbilden.«

»Aber ich habe jedes Recht, selbst zu entscheiden, welche Rolle meine Figuren spielen«, sage ich im Ton eines endgültigen Urteils.

»Ich glaube, Sie irren sich«, antwortet er prompt. »Ich bin nicht hier, um aus Ihrer Sicht über ethische Fragen zu diskutieren und zu rechten, natürlich nicht! Sondern über den Wandel, um nicht zu sagen die psychologische, noch dazu inkohärente Unvollkommenheit meiner Persönlichkeit. Entweder oder.«

»Tut mir leid, das verstehe ich nicht«, sage ich, als würde ich es bedauern.

»Das möchte ich bezweifeln, wo Sie von Berufs wegen damit beschäftigt sind, ›verstanden‹ zu werden«, und so wie er aufblickt, scheint es ihm tatsächlich unbegreiflich. »Da sehen Sie, wie schwer es ist, sich in jemand anderes hineinzuversetzen.«

»Bitte nicht um den heißen Brei«, sage ich genervt.

»Klar, sparsamer Einsatz der Mittel.« Wieder lächelt er.

»Ich meine, kommen Sie auf den Punkt«, erkläre ich.

»Fokus auf das Ziel, nehme ich an.«

Diese Figur, da bin ich mir sicher, ist gekommen, um mich zu quälen. Mich zu verhöhnen, wenn ich mit meiner Geduld am Ende bin.

»Okay, dann zur Sache«, sagt er entschlossen. »Meine Ehre als Figur wurde beschmutzt, und es ist meine Pflicht, sie reinzuwaschen, da Sie nicht die Raffinesse besitzen, mir ein psychologisches Profil zu verleihen.«

»Wenn dem so ist«, hake ich nach, »wie gedenken Sie es anzustellen?«

»Auf die einzig mögliche Art, mit der sich Ehre reinwaschen lässt«, sagt er und verzieht das Gesicht, die Schultern hochgezogen. »Mit Blut«, und dabei sieht er mir fest in die Augen.

Nicht mit der kleinsten Regung hat er angedeutet, dass es sich um einen Scherz handeln könnte.

»Geschriebenes ist auch Blut«, sage ich, und als er nach seinem Hosenbund greift, in dem offenbar etwas steckt, versuche ich ihn zu stoppen. »Ich könnte Sie in einem anderen Text neu erschaffen und Ihnen dieses Bild von sich schenken, das Sie verdienen.«

»Freut mich, dass Sie so denken, aber veröffentlicht ist veröffentlicht, das lässt sich nicht ändern«, sagt er, um mich von der Ausweglosigkeit zu überzeugen. »So bleibt es in der Literaturgeschichte für alle Zeit festgehalten.«

Er nimmt das Buch, reißt die Seite heraus, auf der er als »Helfershelfer« erscheint, zerknüllt sie und will, dass ich den Mund öffne.

»Was haben Sie vor?«, sage ich. »Komm schon, was soll das?«

»Damit Sie wissen, wie Ihre Wörter schmecken«, antwortet er.

»Ich bitte Sie, hören Sie sofort auf.«

»Unmöglich, ich gehe hier nicht weg, ohne zu beenden, was ich angefangen habe.«

Er drückt gegen meine Lippen.

»Besinnen Sie sich, dann haben wir es bald hinter uns«, sagt er, damit ich endlich den Mund aufmache.

Ich gebe nach, und er steckt mir das Blatt hinein, ich

schmecke das Papier. Unter meinem Speichel wird es feucht, ich kaue, es wird zu Brei, und langsam schlucke ich es hinunter. Schließlich sehe ich sein zufriedenes Lächeln.

Ich will davonlaufen, aber dann durchfährt mich ein heftiger Schmerz, ähnlich wie beim Schließen des hinteren Buchdeckels, nachdem die letzte Seite gelesen ist. Meine Knie knicken ein, er hält mich, und vorsichtig setzt er mich auf dem Boden ab, legt meinen Kopf auf seine Beine, und auf mein Gesicht fallen seine Tränen.

Nachwort von Paul Ingendaay

Erwarten Sie von mir keine Objektivität. Ich habe die Literatur des kubanischen Erzählers Ángel Santiesteban zusammen mit ihm selbst kennengelernt. Für die angesagte Literaturtheorie früherer Jahrzehnte, die nur noch vom »Text« sprechen wollte und das atmende, kämpfende Wesen dahinter am liebsten unter den Tisch fallen ließ, wäre das ein Affront gewesen, aber glücklicherweise haben wir uns von diesem kalten Blick auf Literatur wieder entfernt. Nicht erst seit tapferen Dichtern wie Ossip Mandelstam und Joseph Brodsky, die für ihre Verse alles riskiert haben, wissen wir: Der Künstler steht für sein Werk ein, steht dafür gerade, leidet mit ihm und – im schlimmsten Fall – verschwindet mit ihm, in der Hoffnung, dass seine Bücher auf die eine oder andere Weise wiederkehren und überdauern.

Am bewussten Tag im April 2011 traf ich den damals 45 Jahre alten Ángel Santiesteban in Havanna. Das Auto, zu dem er mich führte, war eine alte Kiste. Um mich nach der Fahrt daraus zu befreien, musste er die Beifahrertür von außen öffnen. Damals hielt er sich mit dem Ausschlachten schrottreifer Autos finanziell über Wasser, aber für sein eigenes Gefährt schien er keine Zeit zu haben, vielleicht lag es auch an fehlenden Ersatzteilen, wie so oft in Havanna. Ángel Santiesteban, früher einmal ein preiswürdiges Talent und eine der Hoffnungen der jungen kubanischen Literatur, hatte die Machthaber des Castro-Staates enttäuscht und war als unzuverlässig, ja rebellisch abgestempelt worden. Jetzt drohte ihm wegen einer Strafsache, die auf konstruierten Anschuldigungen und gekauften Belastungszeugen beruhte, eine mehr-jährige Haftstrafe. Man wollte ihn, den Dissidenten, aus dem Verkehr ziehen, ihn weichkochen und gefügig machen. Wer die Bestechung nicht annimmt, hat jegliche Nachsicht verwirkt. Am Ende wurde Ángel Santiesteban zu fünf Jahren Gefängnis verurteilt, von denen er zwei absitzen musste. Erst auf internationalen Druck kam er frei.

In den Jahren zuvor hatte ich einige Autoren und Autorinnen des Inselstaates kennengelernt, hier Kompromissler, dort Protestnaturen, aber so radikal wie Santiesteban war niemand von ihnen aufgetreten; manche waren entnervt ins Exil gegangen wie so viele vor ihnen, um ihr Glück in der wachsenden kubanischen Diaspora von Miami, Madrid, Paris oder Berlin zu versuchen. Und nun dieser: ein sanfter Trotzkopf, der vor innerer Energie zu bersten schien. Der geschworen hatte, sich aus seiner Heimat nie vertreiben zu lassen und – das Undenk-bare – die Castros zu überleben, Gefängnis hin oder her. Der sagte, es sei ihm egal, ob seine Literatur überhaupt erscheinen dürfe, er schreibe sie so oder so, mit Geld, ohne Geld, oft übrigens in der Nacht. Seine Geschichten drängten aufs Papier, damit sie ihn im Inneren nicht verbrannten. »Das ist der einzige Sinn, den ich in meinem Leben entdecken kann«, sagte er mir. »Dafür bin ich auf der Welt. Um zu schreiben.«

Damals lernte ich einen Künstler kennen, der sich das Schreiben von niemandem verbieten lassen wollte. Ich erlebte außerdem, nachdem wir uns eine Weile unterhalten hatten, dass alle Dissidenten voneinander wissen und miteinander in Geheimsprachen kommunizieren. Im selben Vedado-Viertel, in dem Ángel Santiesteban wohnte, versteckte ein geschickter

Buchhändler seine aus der offiziellen Zirkulation verschwundenen Bücher unter meterhohen Stapeln anderer Druckwerke, um sie vor der Zensur zu schützen. Und um die Tarnung perfekt zu machen, sammelte der Buchhändler abgemagerte Hunde von der Straße auf und pflegte sie gesund. Es war die lebendigste Buchhandlung, die ich je betreten habe.

Die hier versammelten, von Thomas Brovot fabelhaft übersetzten Erzählungen – Santiestebans zweite Veröffentlichung auf Deutsch nach dem herausragenden Band *Wölfe in der Nacht* (2017) – überzieht ein dichtes Netz von Bildern des Eingeschlossenseins, von Ohnmacht und Aufbegehren, Kampf oder Kapitulation. Manchmal fliehen die Menschen in billige Tagträume, wie die *jineteras* – Gelegenheitsprostituierte – in der Titelerzählung »Stadt aus Sand«. Oder ein einfacher Köhler wird wegen seiner zufälligen Anwesenheit an einem verdächtigen Ort als Terrorist verhaftet und einem Verhör voller aberwitziger Missverständnisse unterzogen (»Selbstmordwalzer«), denn selbst die Sprache ist von der Ideologie verseucht. Santiestebans dystopische Stadt ist das Gegenbild der falschen Havanna-Romantik mit ihrer Revolutionsnostalgie vor dem Hintergrund pittoresk abblätternder Architektur, die ausländische Devisenbringer auf der Suche nach dem authentischen karibischen Sozialismus urlaubshalber durchstreifen. In zwei Geschichten endet das Ringen in der Zwangspsychiatrie; noch häufiger allerdings taucht als Chiffre für die Staatsmacht das Gefängnis auf, von dessen Allgegenwart im kubanischen Alltag die Touristen nichts ahnen.

In denselben Tagen, als ich die Bekanntschaft von Ángel Santiesteban machte, ließ ich mich gelegentlich von Fahrrad-

Rikschas durch Alt-Havanna fahren, um von einer Verabredung zur nächsten zu gelangen. Ich erinnere mich gut daran, dass die Fahrer, denen das Transportieren von Touristen verboten war, an jeder Straßenecke, die sie passierten, nach links und rechts spähten, um der Beobachtung durch die zahllosen Polizisten zu entgehen. In Havanna gab es kaum Kriminalität, jedenfalls nicht nach unseren Begriffen, und das war praktisch für ausländische Besucher mit den Taschen voller Dollar und Euro: Das Überwachungssystem mit seinen Heerscharen von patrouillierenden Uniformierten verhinderte jedes Delikt.

Nur die Kubaner selbst sind vor den Delikten des Staates nicht sicher – bis heute nicht. Alle paar Jahre gibt es neben den üblichen Repressionen klare Signale nach innen und außen: Versammlungs- und Publikationsverbote, niedergeknüppelte Demonstranten, Verhaftungswellen und Scheinjustiz. Auch Todesurteile gegen politische Abweichler wurden in Castros Staat vollstreckt. So verwundert es nicht, dass eine Atmosphäre des Misstrauens diese Erzählungen durchzieht, weil man sich auf nichts und niemanden verlassen kann: nicht auf die alten Eltern, die im falschen Moment einen Satz fallenlassen, der an das bürgerliche Leben vor dem Sturz des Batista-Regimes 1958 erinnert (so in der Erzählung »Der Äquilibrist«). Und schon gar nicht auf den eigenen Verstand.

Als Erzähler beherrscht Ángel Santiesteban viele Register. Da gibt es die mitleidlose Sozialsatire, in der einer ausländischen Menschenrechtsgruppe die Scharade eines »humanen« Haftvollzugs vorgespielt wird (»Trautes Heim«). Eine groteske Erzählung wie »Der Tod im Spiegel«, die den verzweifelten Versuch einer Mietergemeinschaft schildert, während eines tobenden Unwetters erst die Leiche einer verstorbenen Nachbarin und am Ende nur noch die eigene Haut zu retten. Oder die desillusionierende Story um einen Mann, der sich angesichts der willkürlich knüppelnden Staatsmacht von jeder Drei-Musketiere-Solidarität und den letzten Abenteuerfantasien seiner Jugend verabschieden muss (»Richelieus Männer«). Es gibt nichts Richtiges *vor* der Revolution und keinen erlaubten Reformversuch danach, keine Flucht aus der Misere und nicht einmal das Ausweichen in das Reich der Erinnerung.

»Der Blick in den Dunst« ist eine Parabel von rätselhafter Schönheit, die an den klassischen Ton von Borges-Erzählungen erinnert. Werden die Schiffe dorthin kommen, wo kein Tropfen Wasser ist? Danach fragt der einsiedlerhafte Mann mitten in der Wüste nicht. Er baut unbeirrt seinen Steg, dann einen Turm, und am Ende baut er einen Schaukelstuhl, um von der Arbeit auszuruhen und nur noch der Ankunft des Schiffes entgegenzusehen. Die Erzählung handelt vom Hoffen und vom Warten, jenen Tätigkeiten also, die das Spanische durch ein und dasselbe Wort ausdrückt, *esperar*, und wer will, kann darin die Geschichte zerstörter Utopien, ja der Vergeblichkeit selbst erkennen.

Während ich die obigen Sätze schrieb, unterbrach ich mich, um Ángel Santiesteban eine Textnachricht zu schicken. Er antwortete schnell. Im Jahr zuvor, nach den landesweiten Massenprotesten gegen das kubanische Regime im Juli 2021, hatte er untertauchen müssen, um der abermaligen Verhaftung zu entgehen. Natürlich war er in Havanna geblieben. Es war ihm mit der Hilfe von Freunden gelungen, von einer geheimen Wohnung zur anderen zu ziehen. Natürlich war er nicht emigriert. Das wird er wohl niemals schaffen. In seiner Antwort schrieb er mir wieder von dem, wonach seine Seele verlangte: die Castro-Diktatur fallen zu sehen. Es ist, während ich diese Sätze schreibe, ein großes Hoffen und großes Warten.

Paul Ingendaay, August 2022

Editorische Notiz

Die vorliegenden Erzählungen stammen zum größten Teil aus den Jahren 2016 bis 2022 und werden in diesem Band zum ersten Mal überhaupt publiziert, denn Ángel Santiestebans Texte werden schon seit vielen Jahren nicht mehr in Kuba veröffentlicht. Auf Spanisch erschienen ist bisher nur die Erzählung »Stadt aus Sand« (»Ciudad de arena«), in der Zeitschrift *Encuentro de la Cultura Cubana*, Nr. 33 (Madrid, Sommer 2004).

Das Gedicht von Alejandra Pizarnik auf S. 137 wurde von Thomas Brovot übersetzt, es stammt aus: *Extracción de la piedra de locura*, Buenos Aires 1968.

Karina Sainz Borgo
Nacht in Caracas
Roman

Adelaida beerdigt ihre Mutter, aber sie bleibt nur kurz am
Grab stehen. Auf dem Friedhof ist es gefährlich, genau
wie an jedem anderen Ort in Venezuela. Noch vor kurzem
kamen die Menschen aus Europa, um hier ihr Glück zu
machen. Nun versinkt das Land in Chaos und Elend. Alles,
was sie geliebt hat, existiert nur noch in ihrer Erinnerung.
Wenn sie sich retten will, bleibt ihr nur die Flucht.

»Ein Buch, wie es nur alle Jubeljahre entsteht.«
Deutschlandfunk

Aus dem Spanischen
von Susanne Lange
224 Seiten, broschiert

Weitere Informationen finden Sie auf
www.fischerverlage.de